O quarto era pequeno. Uma janela coberta com uma tela fina. Sem mobília, câmeras ou qualquer coisa que revelasse a identidade de seus sequestradores. A porta tinha uma janelinha de vidro para observação, alta demais para que Jean visse muito mais que um pedaço do teto.

Ela ouviu vozes no corredor, suaves, e então passos. Cada vez mais perto até a maçaneta estalar. Jean fechou os olhos. Ouviu alguém entrar.

– Ele ainda está apagado? – um homem perguntou. Tinha a voz rouca, áspera, como a de um fumante inveterado.

– É provável que esteja fingindo – o outro respondeu. Jean ouviu sapatos arrastando-se no chão. Ela espiou através dos cílios e viu sapatos pretos e calças azul-escuras. O cheiro de colônia fazia seu nariz coçar.

– Ei – o primeiro homem disse, cutucando suas costelas com a ponta do pé. – Ei, Jeff. Você está apagado?

Risos abafados.

– Idiota. Você acha mesmo que ele vai responder que sim?

Os dois homens estavam próximos, relaxados e tranquilos. Perfeito. Jean lançou as pernas e bateu seus saltos de madeira num joelho. Ouviu o estralar que esperava, um uivo agudo, e em seguida rolou para a esquerda, enquanto o segundo homem tentava dominá-la. Era lento, mas Jean também era. O corpo dela parecia desajeitado, estranho. Ela mal conseguia reunir impulso para ficar em pé e, naquele ponto, o homem – grande, musculoso, com um rosto quadrado e achatado – estava próximo demais para deixá-la escapar. Viu o punho dele voar em direção ao seu rosto – conseguiu apenas virar levemente – e o golpe foi tão forte, que a jogou contra a parede. Um *uhh* baixo escapou com o ar de sua garganta, e o som daquele meio grito a fez esquecer a dor, o rapto, tudo, a não ser sua voz.

Uma voz de homem escapou de sua garganta. Profunda, rouca e horripilante...

X-MEN™
ESPELHO NEGRO

X-M

ESPELHO

UMA HISTÓRIA DO UNIVERSO MARVEL

MARJORIE M. LIU

MARVEL

marvel.com

X-M

ESPELHO

UMA HISTÓRIA DO UNIVERSO MARVEL

MARJORIE M. LIU

X-Men: Dark Mirror

Published by Marvel Worldwide, Inc., a subsidiary of Marvel Entertainment, LLC.

marvel.com

COORDENAÇÃO EDITORIAL	Renata de Mello do Vale
ASSISTENTE EDITORIAL	Vitor Donofrio
TRADUÇÃO	Petê Rissatti
PREPARAÇÃO DE TEXTO	Paulo Ferro Junior
REVISÃO	Luiz Alberto Galdini
DIAGRAMAÇÃO	João Paulo Putini
CAPA	Equipe Novo Século
ILUSTRAÇÃO DE CAPA	Will Conrad

Texto de acordo com as normas do Novo Acordo Ortográfico da Língua Portuguesa (1990), em vigor desde 1º de janeiro de 2009.

Dados Internacionais de Catalogação na Publicação (CIP)
(Câmara Brasileira do Livro, SP, Brasil)

Liu, Marjorie M.
X-Men: espelho negro
Marjorie M. Liu; [tradução Petê Rissatti].
Barueri, SP: Novo Século Editora, 2015.

Título original: X-Men: dark mirror

1. Ficção norte-americana 2. X-Men (Personagem fictício) I. Título.

15-01303 CDD-813

Índice para catálogo sistemático:

1. Ficção: Literatura norte-americana 813

2015
IMPRESSO NO BRASIL
PRINTED IN BRAZIL
DIREITOS CEDIDOS PARA ESTA EDIÇÃO À
NOVO SÉCULO EDITORA LTDA.
CEA – Centro Empresarial Araguaia II
Alameda Araguaia, 2190 – 11º andar
Bloco A – Conjunto 1111
CEP 06455-000 – Alphaville Industrial – Barueri – SP
Tel. (11) 3699-7107 – Fax (11) 3699-7323
www.novoseculo.com.br
atendimento@novoseculo.com.br

Para Kielle, que faz falta para muita gente,
e para Amaranth, que vai sorrir quando vir este livro.

1

NO PRIMEIRO MOMENTO DE CONSCIÊNCIA, antes de abrir os olhos para o mundo e descobrir coisas como assoalho, paredes e camisa de força, Jean Grey imaginou que havia morrido; que por tudo que sofrera na vida, todos os terríveis sacrifícios que fizera, o momento derradeiro não ofereceria nada além de uma eternidade de sufocamento, uma escuridão opressora infinita, passada no mais completo isolamento.

Sua mente estava cega. Não sentia nada. Não ouvia nada. Nem mesmo Scott. Isolada, como se uma guilhotina tivesse caído sobre seu pescoço, separando a vida do pensamento, a vida da sensação, a vida – de *Scott?* – da vida.

As lembranças da carne chegaram lentamente. Tomou consciência das pernas, encolhidas numa superfície reta e rígida; as mãos quentes pressionadas contra um corpo duro. *Seu corpo*, embora lhe parecesse estranho, alheio. Errado.

Jean abriu os olhos. Viu uma parede branca rachada, decorada pelas sombras do alambrado. Sentiu o cheiro de água sanitária e, sob esse odor, urina. Sentiu algo gosmento embaixo do rosto. A cabeça estava estranha – não apenas sua mente, mas a cabeça mesmo – e o cabelo raspava sua bochecha. Não eram mechas sedosas, mas grossas, como pelos crespos. A boca também parecia diferente; os dentes rangiam irregulares. A mandíbula estalava.

Jean não conseguia mexer os braços. Isto a deixou preocupada até descobrir que não estava paralisada. Os braços estavam apenas presos contra seu peito, unidos dentro de mangas brancas que cruzavam seu corpo como um espartilho misterioso. Novamente, tentou expandir a mente para além do isolamento da escuridão mental silenciosa – *Scott, onde você está, o que aconteceu?* – a fim de encontrar algum vestígio daquele filamento dourado vivo que era um pensamento, uma presença, um... *Não estou sozinha...*

Quando criança, tudo que Jean queria era ficar sozinha. Sozinha dentro de sua cabeça, sozinha no coração, sozinha, sem vozes sussurrando incessantemente seus medos, sonhos e pecados. Engraçado como as coisas podem mudar. Seus desejos haviam crescido.

Jean tentou rolar até ficar sentada. Devagar, tão devagar – a cabeça latejando, uma dor insana como se tivesse sido espancada – e lutava para amainar a náusea, engolindo com força. Precisava ficar em pé novamente, libertar-se e escapar, escapar para encontrar os outros. Não importava onde estava ou quem fizera aquilo – *resultados, resultados são tudo o que importa* –, apenas não podia continuar.

Scott vai me procurar.

Sim, se puder. A última lembrança que Jean tinha do marido era do seu perfil forte enquanto ele observava a fachada dilapidada de tijolos de um antigo manicômio caindo aos pedaços, numa vizinhança tranquila ao lado de um fim de mundo industrial entre Tacoma e Seattle. Relatos perturbadores de tensões crescentes entre mutantes e humanos chegavam aos poucos da região noroeste há semanas, mas sem nada específico o bastante para justificar uma investigação completa – ou a interferência – dos X-Men.

Até dois dias atrás. Logan soube através de um antigo contato que mutantes estavam sendo presos sob falsas acusações e encarcerados em manicômios estaduais. Acusações sérias, sem nenhuma prova concreta – exceto um nome.

Belldonne. Um instituto para doentes mentais, e um lugar – de acordo com o contato de Logan – onde os X-Men encontrariam provas incontestes de que mutantes estariam sendo mantidos ali contra vontade.

– E, se for verdade, certamente não estão tirando férias – Logan disse. Como se o aprisionamento não fosse ruim o bastante, acrescente médicos, o espectro sinistro da ciência, experimentos, e o cenário ficaria ainda pior. Mutantes, apesar das leis que os protegem, ainda eram presas fáceis de cientistas gananciosos que não queriam nada além de ver, na carne, o como e o porquê da mutação extrema. Jean entendia a fascinação. Ela simplesmente não achava que tal curiosidade justificava o comportamento inescrupuloso.

O quarto era pequeno. Uma janela coberta com uma tela fina. Sem mobília, câmeras ou qualquer coisa que revelasse a identidade de seus sequestradores. A porta tinha uma janelinha de vidro para observação, alta demais para que Jean visse muito mais que um pedaço do teto.

Ela ouviu vozes no corredor, suaves, e então passos. Cada vez mais perto até a maçaneta estalar. Jean fechou os olhos. Ouviu alguém entrar.

– Ele ainda está apagado? – um homem perguntou. Tinha a voz rouca, áspera, como a de um fumante inveterado.

– É provável que esteja fingindo – o outro respondeu. Jean ouviu sapatos arrastando-se no chão. Ela espiou através dos cílios e viu sapatos pretos e calças azul-escuras. O cheiro de colônia fazia seu nariz coçar.

– Ei – o primeiro homem disse, cutucando suas costelas com a ponta do pé. – Ei, Jeff. Você está apagado?

Risos abafados.

– Idiota. Você acha mesmo que ele vai responder que sim?

Os dois homens estavam próximos, relaxados e tranquilos. Perfeito. Jean lançou as pernas e bateu seus saltos de madeira num joelho. Ouviu o estralar que esperava, um uivo agudo, e em seguida rolou para a esquerda, enquanto o segundo homem tentava dominá-la. Era lento, mas Jean também era. O corpo dela parecia desajeitado, estranho. Ela mal conseguia reunir impulso para ficar em pé e, naquele ponto, o homem – grande, musculoso, com um rosto quadrado e achatado – estava próximo demais para deixá-la escapar. Viu o punho dele voar em direção ao seu rosto – conseguiu apenas virar levemente – e o golpe foi tão forte, que a jogou contra a parede. Um *uhh* baixo escapou com o ar de sua garganta, e o som daquele meio grito a fez esquecer a dor, o rapto, tudo, a não ser sua voz.

Uma voz de homem escapou de sua garganta. Profunda, rouca e horripilante. Tinha algo de errado, devia ser sua imaginação: o homem com a rótula quebrada uivava, gritando tão alto que a voz dela deve ter desaparecido, sido engolida, e sim, tinha certeza, deve ter sido isso...

Uma mão forte agarrou seus cabelos e bateu sua testa contra a parede. Seu crânio estalou, o som ultrapassou seus lábios, e ainda era o mesmo, um estrondoso e impossível tom barítono, que não era sua voz, não era sequer levemente feminina.

– Parado – murmurou o homem, espremendo-a contra a parede. – Meu Deus, Jeff.

– Quem são vocês? – ela perguntou, ouvindo a si mesma falar. Arrepios percorreram seus braços e ela olhou para baixo, vendo o que achara que sempre veria ao acordar, sem perceber, nem prestar muita atenção às mudanças que sentira no corpo.

Não é o meu corpo. Não é o meu corpo.

Sem seios, um peito largo, pernas grossas e fortes. As pontas dos *dreadlocks* pretos pendendo sobre o ombro esquerdo.

O sequestrador não respondeu. Estava ofegante. Seu companheiro jazia no chão, gritos abafados saindo por entre os dentes cerrados. Jean ouviu passos fora da saleta: pessoas correndo, atraídas pelos sons de violência.

– Por favor – Jean disse, ouvindo a si própria falar numa voz estranha. Ela quis vomitar. – Onde estou?

O homem sacudiu a cabeça.

– Pensei que você estivesse melhorando. Não é de se surpreender que Maguire tenha pedido sua detenção.

A porta abriu de uma vez. Três homens entraram. Um deles segurava um cassetete, outro trazia uma seringa. Ela reconheceu os uniformes.

– Não – Jean falou, olhando fixamente para a seringa. – Já me acalmei. Estou melhor.

– Desculpe. – O homem a pressionou com mais força contra a parede. – Ninguém vai correr o risco agora.

Jean se debateu. Sem seus poderes, vivia num estado de semi-inconsciência. Dar um passo adiante, de novo, sem saber onde os outros estavam – *Scott* – ou o que havia acontecido para colocarem-na no corpo de outra pessoa era mais do que ela conseguia suportar.

Estava em desvantagem e numa camisa de força. Talvez os homens tenham ficado surpresos que a pessoa com quem estavam acostumados a lidar exibisse truques tão sofisticados para afastá-los, mas eram durões e habituados a tratar pacientes indisciplinados. Dominaram Jean. Dominaram o homem que chamavam de Jeff. E quando Jean sentiu a picada aguda da seringa na lateral do pescoço, chamou seu marido mentalmente, seus amigos, qualquer um que pudesse ouvir e, então, ainda se debatendo, sentiu-se despencar no assoalho duro como um peixe escorregadio, deslizando rapidamente através da cortina de escuridão para uma inconsciência mais profunda.

2

SCOTT SUMMERS ERA ACOSTUMADO À ESCURIDÃO. Voluntariamente cego, há muito aprendera a refrear todo e qualquer desejo de abrir os olhos sem a proteção de seu visor de quartzo-rubi. Era sua força assassina – aquele fogo, aquela luz alimentada pelo sol em seus olhos. Pessoas se machucavam quando ele olhava para elas. Pessoas morriam.

Uma péssima maneira de viver para um homem consciente. Mais fácil viver através das lentes de quartzo-rubi e aceitar a escuridão quando necessária. Como naquele momento. Não usava o visor. Nada cobria seus olhos. Ruim. Péssimo.

Scott tocou seu rosto, pressionando as pontas dos dedos contra as pupilas, com medo de confiar em si mesmo sem aquela pressão contínua. Ouvia o mundo ao seu redor. Primeiro, o silêncio. Uma quietude estranha, sem o tipo de barulho com os quais nos acostumamos em certas situações e locais. Em sua casa, em Westchester, os insetos cantavam como campainhas durante todo o verão seco, uma sinfonia aguda e constante fora de sua janela, noite e dia. Em algum lugar também havia uma voz familiar; gargalhadas, talvez, ou os ruídos estrondosos e distantes de um filme. Sons reconfortantes, como uma família. Como Jean, respirando baixinho ao lado, seu corpo quente.

Mas não ali. Não naquele momento. Ele estava com frio e sozinho. Scott tentou contatar mentalmente sua mulher. Não recebeu resposta. Havia um fio dourado queimando, brilhante, quente, sem o toque suave em seu coração. Uma desconexão total, como se todos aqueles anos ligados não fossem nada além de fantasia, um conto de fadas para um homem solitário. Era como se Jean estivesse morta.

Scott sentou-se. Sua cabeça doía. O coração doía ainda mais. Quando se moveu, percebeu algo estranho com seu corpo, algo muito perturbador. Algo que devia ter percebido logo, porque essa era a natureza de sua perda.

Faltavam algumas... partes. Haviam também algumas novas. Ele as tocou. As mãos moveram-se mais para baixo, ainda tateando.

– Ah, meu Deus – Scott disse, e sua voz era aguda e doce. Arriscou e abriu os olhos. Nada aconteceu. Conseguia ver como um homem normal, com cores normais, sem explosões e raios de luz cortante. Olhou para baixo e viu mãos brancas e pequenas descansando nas pernas de um pijama de algodão, mãos que estavam presas a braços finos que subiam, subiam para um corpo que tinha...

Scott se levantou. Estava num pequeno quarto branco. Sem luzes, apenas as sombras noturnas. Havia um catre ao seu lado, uma mesa de pés finos à direita. Nenhuma outra mobília. Uma janela alta, tela de arame sobre o vidro. Muito industrial. Lembrava o orfanato onde havia passado grande parte de sua juventude.

De novo, ele se forçou a olhar para o próprio corpo.

Não. Este não é meu corpo, mesmo.

Não era, a menos que tivesse desenvolvido a capacidade de se transformar em mulher. Algo que, considerando tudo que sabia sobre si mesmo, era mais do que improvável.

Então, alguém havia feito isso com ele, uma separação de suas identidades física e mental. E se ele estava assim, como estariam os outros? A última coisa que se lembrava era de estar diante do manicômio Belldonne com sua equipe – Jean, Logan, Vampira e Kurt –, todos eles esperando sua palavra final a respeito da abordagem, sobre como lidar com as informações de mutantes sendo injustamente aprisionados no prédio diante deles.

Sim, é isso.

Scott caminhou até a porta. Teve de ficar na ponta dos pés para olhar através da janelinha de observação. Conseguia ver apenas um trecho pequeno do corredor, que estava vazio, privado de qualquer decoração ou cor. Luz turva, branca e estéril. Testou a maçaneta, mas ela não girou. Scott olhou ao redor daquele quarto, procurando algo que pudesse transformar numa gazua para abrir a tranca. Não tinha dado certo, até ele perceber o que estava vestindo.

Scott tirou o sutiã. Tentou não olhar para seus seios, ou melhor, os seios da mulher estranha em cujo corpo ele parecia habitar – porque era errado, grosseiro e... Deus. Muito bizarro.

O sutiã tinha arames. Ele os arrancou, enfiando um deles no cós da calcinha – *não olhe, não olhe, você terá seu corpo de volta* – torcendo o outro para transformá-lo em algo parecido com uma ferramenta de verdade. Scott de repente se sentiu muito grato por todas aquelas longas sessões de treinamento com Gambit, no qual aprendera a abrir uma fechadura sem usar chave, sobreviver sem depender de nada além de um pedaço de arame e vontade, o que era essencial para vencer.

A fechadura foi fácil. Scott abriu um pouco a porta e segurou a respiração para espreitar. Nada além do silêncio. Deslizou quarto afora para o corredor vazio, privado de qualquer coisa que não fossem portas. Assoalho branco, paredes brancas rachadas, frias e fáceis de limpar. Nenhuma câmera de segurança. Por um momento, a luz fluorescente trêmula machucou os olhos de Scott. Ele os esfregou, tentando lidar com sua nova capacidade de ver em cores. Por menos cores que houvesse.

Scott não sabia aonde ir, apenas que precisava sair dali, saber por que estava ali, como havia chegado ali, o que acontecera com o restante da sua equipe – *Jean* – e, em seguida, fugir, correr, consertar as coisas. Scott era bom em consertar as coisas. É preciso ser, quando se é líder dos X-Men.

Em algum lugar distante, um homem gritava. Alarmado, um grito de dor. Scott escutou a gritaria. Com cuidado, seus pés pequenos e cobertos apenas com meias brancas finas, seguiu a passos largos pelo corredor atrás daqueles sons – e ah, era estranho se mover naquele corpo, naquele casulo alheio com seus músculos, ritmos e partes estranhas. Não conseguia reconciliar a mente com a perda de seu lar físico, teve problemas em permanecer concentrado no momento, quando tudo sobre ele era estranho e novo.

Apesar da confusão logo adiante, o corredor permanecia vazio. Era um vazio familiar, associado à sua infância. Em lugares onde os habitantes não tinham controle sobre a própria vida, a noite significava confinamento, descanso forçado. Mais fácil para o turno da noite, poucos em número e malremunerados demais para se importar com idas ao banheiro ou pesadelos.

Você não é mais criança. Não está no orfanato.

Não. Estava em um hospício. Belldonne, se não estava enganado. Havia estudado as plantas do lugar durante o voo curto até Seattle e foi fácil para ele converter as linhas bidimensionais, as imagens de corredores, quartos e escadas, em algo concreto, físico. Quando se tem um poder como o seu – de criar luz que pode ricochetear, bater, refletir –, aprende-se rapidamente como visualizar a realidade das coisas.

E a realidade daquela instituição era exatamente como ele havia idealizado a perspectiva física dos desenhos das plantas. O que significava, exceto por não saber em que andar estava, que poderia facilmente entrar em Belldonne e sair dali. O maior problema era não saber se o resto da equipe estava lá dentro com ele. Até descobrir mais, não poderia arriscar deixá-los para trás.

E se você for o único aqui? E se houver outra pessoa – esta mulher – olhando através dos seus olhos? Usando seus poderes? Interagindo com as outras pessoas?

Isso seria péssimo. Ele se perguntou onde estaria seu corpo. Imaginou onde Jean estaria, se ainda era ela mesma e se havia percebido a mudança em sua mente. Se alguém poderia consertar aquilo, seria ela.

O hospital não era muito grande. Scott, ainda seguindo o ecoar de vozes aflitas, aqueles gritos de dor, finalmente chegou perto o bastante para ouvir palavras de verdade, como: "cuidado" e "se prepare". A maçaneta de uma porta estalou, Scott espiou de uma das curvas do corredor e viu quando três homens entraram num quarto. Ouviu sons de luta – mais gritos – e, depois de vários minutos, o silêncio profundo foi interrompido apenas pelos soluços de um homem ferido. Scott permaneceu bem quieto.

A porta se abriu. Dois homens surgiram, carregando um outro entre eles. Scott achou que a perna dele talvez estivesse quebrada: o homem machucado não conseguia parar de gemer. Scott se preparou para correr, mas os funcionários do hospital seguiram pelo corredor na direção oposta. A porta se abriu novamente. Mais dois homens surgiram, um deles dizendo:

– Ele nunca foi tão violento. Pensei que Maguire estivesse brincando quando disse para prendê-lo na camisa de força.

– Ele disse a mesma coisa sobre a Mindy, que eu devo tomar cuidado porque ela pode ficar maluca. Acredita nisso?

– Mindy? – Ele parecia chocado. – Como assim?

– Exatamente. Não coloquei, não. Maguire não sabe de tudo.

– Ele previu o Jeff. Devia ter escutado o homem também. Ele chegou até a falar diferente.

– Sei lá. Aquela injeção vai deixar ele desmaiado até amanhã. Deixe o turno do dia cuidar dessa merda.

– É – o outro homem respondeu, embora não soasse feliz com isso.

Saíram. Scott ouviu o som dos passos suaves desaparecerem no silêncio. O velho hospital estalava e crepitava ao redor dele; em algum lugar distante, outra pessoa gritou. Dessa vez uma mulher. Soava como se estivesse no meio de um pesadelo. Talvez ela acordasse sozinha, talvez não. Scott sabia como era aquilo.

Ele espreitou a porta de um canto do corredor. As luzes estavam apagadas naquela parte do corredor; para economizar, iluminavam os corredores alternadamente. Esperando que ninguém mais voltasse, Scott deixou seu esconderijo. Explorar o hospital não parecia mais importante do que o paciente encrenqueiro dentro daquele quarto, porque se ele foi espancado, então por que o restante da sua equipe não seria?

Você está tirando conclusões demais. Precisa de fatos.

E ele tinha um: os funcionários do hospital estavam surpresos com o comportamento do paciente. Algo sobre esse tal "Jeff" estava diferente e, embora pudesse ser apenas mais um desequilíbrio químico, Scott precisava verificar. Não podia arriscar perder talvez um amigo – ou sua mulher. Esperava desesperadamente que Jean estivesse bem.

A porta estava trancada, mas ele ainda tinha seu aramezinho. Trabalhou rápido.

O quarto onde entrou era muito mais gélido do que aquele no qual acordara. Não havia mobília, nem qualquer tipo de conforto. No meio do chão sujo e rachado jazia um homem grande. Pele escura, *dreadlocks*. Camisa de força bem apertada. Havia um pouco de sangue no canto da boca.

Scott agachou-se ao lado da figura desmaiada, examinando aquele rosto, imaginando como aquilo era estúpido, como podia ser possível que outra pessoa que ele conhecia estivesse presa dentro daquele corpo.

Você está dentro de uma mulher, ele se lembrou. *É possível.*

Com cuidado, atento a qualquer movimento no corredor, Scott agachou-se ao lado do homem.

– Ei – ele disse, sacudindo o ombro grande. – Ei... Logan?

E nada. Scott suspirou. Era um beco sem saída, pelo menos até que o homem – Jeff – acorde. Até lá, ele não podia ficar parado, precisava tentar descobrir por que e como fora parar ali. Talvez até mesmo cumprir a missão pretendida e descobrir se havia mutantes mantidos ali contra a vontade.

Ha ha. Engraçado.

Scott saiu do quarto onde o homem continuava dormindo. Não olhou para trás.

• • • •

Uma coisa comum em instituições de qualquer tipo – orfanato, asilos, hospícios – era que a equipe sempre fofocava sobre as pessoas das quais cuidava. Era inevitável, a melhor catarse à disposição e, mesmo que esse tipo de discussão fosse rechaçado para impedir qualquer energia malévola em potencial, Scott sabia muito bem que era impossível refrear a língua que desejava tagarelar. Quando criança, ele mesmo havia sido alvo de fofocas adultas, às vezes agradáveis, às vezes não. Sabia como funcionava esse jogo.

Por isso, pouco antes da alvorada, voltou ao quarto e esperou a equipe vir para checá-lo. Foi difícil, mas Scott era bom em ser paciente, em esperar o momento certo. Tinha um controle excelente.

A luz do sol já entrava pela janela quando a porta finalmente estalou e uma mulher entrou. Era baixinha e rechonchuda, com um rosto escuro e redondo e olhos apertados. Dava a impressão de ser dura, ríspida, mas sorriu quando viu Scott, e sua voz soou alta e alegre ao dizer:

– Bom dia, Mindy. Dormiu bem?

Mindy. Scott se lembrou do nome. E respondeu.

– Dormi, obrigada.

O sorriso da mulher desapareceu e ela o encarou, sem piscar. Scott pensou, *Ah, não*, e tentou parecer estúpido.

– Você falou – ela disse.

Scott não respondeu. Olhou para as mãos, juntando-as com recato sobre o colo. Desejou saber como Mindy normalmente se sentava, suas expressões e comportamento. Não queria chamar atenção, nem causar problemas. Não queria ser o alvo da fofoca que ansiava em ouvir.

A mulher se aproximou.

– Mindy – ela chamou, e encaixou as mãos sob o queixo de Scott para forçá-lo a erguer a cabeça. Ele se recusou a olhá-la nos olhos. *Tímida*, ele pensou. *Talvez essa Mindy seja tímida.*

– Mindy – ela repetiu. – Diga mais alguma coisa.

Scott ficou em silêncio e, depois de um longo momento, a mulher suspirou, soltando-o com um empurrão.

– Está bem, vai se fazer de estúpida mais um dia. Isso lhe convém muito bem, eu suponho.

Aquilo convinha para ele, muito bem. Scott olhou para a plaqueta de identificação no uniforme dela. PALMER, dizia, em letras grandes. Enfermeira Palmer.

– Vamos lá. – Ela se afastou da cama. – o Dr. Maguire quer que eu te vigie enquanto ele está de férias, mas não tenho tempo para isso. É só seguir sua rotina, Mindy, e não teremos problema. Está bem? Pode ir, agora. Se lave e vá para a sala de recreação. Vamos ter música hoje.

Scott não precisou que ela falasse duas vezes, embora fosse cauteloso em seus movimentos, tentando assumir um ar de timidez calada que ele esperava espelhar a verdadeira Mindy. Tinha a sensação de que estava fazendo um trabalho desleixado. Embora não olhasse para a enfermeira Palmer, sentia como ela o examinava, e sua análise o deixava desconfortável.

Contudo, ela não disse nada, e quando Scott arrastou os pés pelo corredor na direção do banheiro feminino – uma porta pela qual ele passou, e quase entrou, durante sua incursão noturna –, a enfermeira Palmer virou-se e caminhou a passos largos na outra direção. Ela destrancou a porta ao lado do quarto de Scott e entrou com o mesmo cumprimento.

Ao menos você sabe mais do que antes. Mesmo que não fosse muito, apesar da reação da enfermeira Palmer ter sido um indício, Mindy tinha uma reputação pacífica, o que lhe daria a chance de circular pelo hospital e em meio a sua equipe sem se encrencar.

O banheiro parecia mais um vestiário completo, com uma área aberta para os chuveiros e cabines onde ficavam as privadas. O ar tinha um cheiro morno, úmido. Scott viu-se num longo espelho sobre as pias.

Sua primeira reação foi a de gritar, fechar os olhos – e, de fato, um som abafado passou pelos seus lábios, embora seu olhar não tivesse saído por um instante das finas feições femininas que o encaravam no espelho. Pele pálida, maçãs do rosto altas emolduradas pelos cabelos pretos e curtos. Olhos castanhos. O rosto de Mindy parecia asiático, talvez chinês. Era... bonita.

Ele estremeceu, por fim desviando o olhar. Não suportava se ver, encarar-se através daqueles olhos estranhos e saber quem era, que estava preso dentro de um corpo estranho. Era surreal demais, perturbador demais. Sentia-se perdido. Mortal, até mesmo, de uma maneira como nunca se sentira antes. Era a violação máxima destituí-lo da ilusão de que tinha algum controle sobre sua vida, seu corpo.

Ele se virou e caminhou até as cabines. Sua bexiga doía. Não foi fácil aliviar-se, mas ele conseguiu. Lavou as mãos, o rosto – esforçando-se para não se olhar novamente – e em seguida saiu do banheiro. Seguiu a lembrança que tinha das plantas do prédio, caminhou pelo longo corredor até encontrar uma escadaria ampla. Scott ouviu vozes; o hospital despertava. Na verdade, quando chegou ao primeiro andar, os corredores já estavam cheios de ruídos, pés arrastando, conversas, lamúrias, encaradas, corpos. Enfermeiras e seguranças misturavam-se aos pacientes, mas muitos da equipe juntavam-se nas várias salas de enfermeiros localizadas pelo corredor. A maioria parecia cansada; agarrava-se às canecas de café e observava os pacientes com olhares entediados.

Os funcionários mais alertas pareciam se localizar na sala de enfermeiros diante da área de recreação, que também fazia as vezes de refeitório. Uma pequena fila de pacientes estava em pé diante de um balcão, segurando bandejas e recebendo a refeição de várias mulheres que ficavam atrás de um balcão baixo de aço inoxidável. O estômago de Scott roncou. Ele entrou na fila.

– Ei, ei, ei – murmurou o homenzinho na frente dele. Tinha cabelos desgrenhados e olhos esbugalhados, bochechas afundadas cobertas por uma barba rala salpicada de fios grisalhos. – Ei, Mindy. Tem um lápis aí com você?

Scott não disse nada, e o homem sussurrou.

– Ei, merda. Merda, merda, merda. Mindy, tem um pouco de merda com você?

Ele começou a rir, alto, um traço de histeria.

– Cala a boca – alguém disse. Uma mulher. Scott virou-se e precisou olhar para cima para ver o rosto bronzeado, os olhos verdes ríspidos e a boca implacável. Sentiu-se muito pequeno.

A mulher sorriu, lábios tensos, e olhou por cima da cabeça de Scott para o homem importuno – agora em silêncio. Ele apertou a bandeja contra o peito e engoliu seco.

– É isso aí – ela disse baixinho. – É isso mesmo, agora você vai ficar quieto. Entendeu?

Ele assentiu. Scott teria concordado também, se fosse o homem. Parecia que aquela mulher seria capaz de quebrá-lo ao meio e palitar o dente com seus ossos depois do café da manhã. O que lhe fez pensar.

– Logan? – ele perguntou. A mulher lançou-lhe um olhar estranho.

– Quando *você* começou a falar? E, não, não sou Logan. – Ela empurrou o ombro de Scott com o dedo. – Pareço um homem?

Scott balançou a cabeça e se afastou rapidamente. Pegou a bandeja e apanhou um ovo e um pequeno sanduíche num saquinho plástico que foi entregue a ele por uma das cozinheiras. Ela também lhe deu uma maçã e um suco de laranja de caixinha. Aparentemente, apenas alimentos que podiam ser comidos com a mão. Nada de talheres, nem objetos afiados e pontudos.

– Ei. – A mulher ergueu o sanduíche e encarou a cozinheira. – Eu disse para vocês que sou vegetariana.

Não recebeu resposta. Scott teve a sensação de que era algo ouvido regularmente. A mulher murmurou e cutucou Scott com o cotovelo.

– Ora essa. Assassinos de animais é que são os anormais. Um dia desses ainda faço um picadinho *deles* e vamos ver se vão gostar de comer.

Algo meio difícil, considerando que provavelmente estariam *mortos* quando ela acabasse com eles. Scott não fez essa observação. Seguiu com diligência a mulher alta enquanto ela o guiava até uma mesa de plástico vazia perto da janela. As cadeiras também eram de plástico, cobertas com cores vibrantes que distraíram Scott. Seus olhos doíam ao olhar para aquelas cadeiras, mas sentia fome também, por conta da grande variedade de azul, verde e amarelo. Jean às vezes deixava que ele visse o mundo através de seus olhos, mas aquilo era melhor. Tinha esquecido como a cor amarela podia ser clara e forte, ou do brilho verde da maçã.

A mulher pegou a única cadeira vermelha – um vermelho que era mais nítido, mais forte, com mais variação e calor do que ele se lembrava – e foi até outra mesa pegar uma segunda da mesma cor para Scott. Ela empurrou para longe todas as outras cadeiras até elas atravancarem o espaço ao redor da mesa. Alguns pacientes lançaram olhares aborrecidos para ela; o resto não pareceu se importar, ou sequer perceber.

– Vermelho é melhor – ela disse, virando a cadeira ao contrário para montá-la. – Vermelho é quente. É como o fogo.

Scott assentiu, desembalando seu café da manhã. Vermelho era bom, contanto que não seja a única cor que se espera ver pelo resto da vida.

Ele olhou ao redor do refeitório. Teria preferido se sentar mais perto da sala dos enfermeiros; toda a fofoca boa ficava lá, cada reclamação mínima e elogio sutil. Se algum dos pacientes estivesse agindo de forma estranha, era o melhor lugar para descobrir. Ainda assim, não queria chatear a mulher, e ela parecia gostar... de Mindy. Em alguns minutos, então. Certamente ela logo ficaria entediada com ele.

Mas ela não ficava entediada, e pela próxima meia hora se pôs a contar para Scott tudo sobre si, com tranquilidade, e com tanta prática que chegava a soar ensaiado, como se as palavras que saíam dela fossem uma tradição, uma brincadeira que fazia, como – *na noite passada eles me fizeram rodar no círculo e dizer que meu nome é Rachel, como se eu fosse um Gemini, que significa que sou maluca, e claro, mostrei para eles as minhas cicatrizes, disse "estão vendo essas cicatrizes, essas cicatrizes no meu braço", e não, não são de drogas, estúpidos, nem de qualquer coisa assim, porque fizeram aqui, sabe, tipo, eles botam todo aquele medicamento na sua bunda, simplesmente vão INJETANDO quando querem te acalmar, mas eu peço com educação, então me injetam no braço ou me dão pílulas, sabe, para me ajudar a pensar melhor, que é uma merda porque eu penso muito bem, muito bem mesmo, e eles são um bando de nazistas comedores de carne nesse lugar, e por que diabos você está comendo ovo, que merda, eles transformaram você numa deles, Mindy, me dá aqui esse lixo, não enfia isso no seu corpo* –, ou seja, tudo que Scott conseguiu comer foi um pedaço de pão e uma maçã, e aquilo foi o bastante para deixá-lo irritado.

Ele estava pronto para desistir e trocar de mesa quando Rachel olhou para além dele, franziu o cenho e disse:

– Aquele é esquisito.

Scott, que naquele momento já não se importava com como seria a reação da verdadeira Mindy, virou-se na cadeira para olhar. Não viu nada fora do comum e perguntou:

– Quem?

Rachel olhou para ele.

– Você está *falando*.

Scott ignorou aquilo.

– Quem está agindo estranho?

Rachel, ainda olhando como se o anticristo estivesse falando pela boca de Mindy, falou:

– Renny. Ele é como você. Não fala merda nenhuma. Mas está lá agora, paquerando descaradamente a Betty loirinha.

Scott olhou e, com certeza, viu um homem de pele escura, magro, recostado no ombro de uma loira mais velha. Ela sorria, ele sorria, e Scott pensou que os dois pareciam estar se divertindo demais para ser um dos seus X-Men. Claro que se alguém da equipe tivesse sido sequestrado, não estariam usando esse fato como desculpa para flertar.

Sim, certo. Ele se levantou, e Rachel disse:

– Que foi?

Scott respondeu:

– Já volto.

E caminhou até o homem chamado Renny. Estava ciente de que as enfermeiras observavam de sua sala, e lembrou-se da conversa que ouvira na noite anterior. O médico pediu para que Mindy fosse observada com cuidado, pedido do qual o turno da noite zombou. Talvez o turno matutino também zombasse, mas Scott ainda sentia seus olhares rigorosos. Estava prestes a virar motivo de comentários agora. Mindy estava saindo do personagem.

Scott aproximou-se o bastante para ouvir Betty soltar uma risadinha e dizer: – Amo seu novo sotaque, – e em seguida, estava bem ao lado de Renny, o homem olhou no fundo dos olhos de Scott, e havia um brilho ali, o rastro de um sorriso que lhe era tão familiar que o fez refletir sobre almas, personalidades e tantas outras questões existenciais para as quais não tinha tempo, e então Scott disse:

– Kurt?

Dentes brilharam. A mão magra ergueu-se para tocar a ponta de uma orelha redonda e morena.

– *Ja*, é um milagre... Scott?

– Como soube? – Ele sorriu, incapaz de esconder sua alegria. Ele estava *feliz*, entusiasmado por finalmente saber que não estava sozinho naquele lugar.

– O rosto está diferente, mas alguma coisa permanece. – Kurt sorriu, dando um tapinha no ombro de Scott. Ele se afastou de Betty, que os observou sair, fazendo beicinho. – É bom ver você.

– Precisamos encontrar os outros – Scott disse mais baixo. – Supondo, claro, que todos estejam aqui.

– Não faria sentido pegarem apenas nós dois, especialmente *nós* dois. Somos fortes, Scott, mas não tão ameaçadores quanto Jean, Vampira ou Logan. Não, não. Os outros devem estar em algum lugar por perto.

– Alguma ideia de como isso aconteceu?

Kurt balançou a cabeça. Era perturbador ver aquele estranho falar e agir com os maneirismos de Kurt, mas Scott fingiu que era obra de um indutor de imagens, que seus novos corpos eram um holograma, alguma camuflagem estranha que escondia quem eram de verdade. Era a maneira mais fácil, embora fosse terrivelmente desonesta.

Os olhos de Kurt pestanejaram, o que deu a Scott um alerta suficiente para se virar. Rachel aproximava-se com rapidez. Parecia nervosa.

– Uma amiga? – Kurt perguntou com doçura. Scott não teve tempo de responder. Rachel parou na frente dele com os punhos encaixados nos quadris e uma curva feia na boca tensa.

– Você estava mentindo para mim – ela falou. – Sua vaca.

– Não estou entendendo – Scott retrucou.

– Por todo esse tempo você podia falar e nunca disse nada para mim? E agora, com esse bandido aí, você fica cheia de amor? Depois de tudo que fiz para salvar sua pele? Que se dane. Desculpe, mas é uma bela falta de consideração.

– Espere aí – Scott disse. – Rachel...

Ela tentou socá-lo. Scott bloqueou o golpe, o instinto invadindo os músculos alheios, fazendo-os trabalhar de maneiras que não estava acostumado. Mindy não era uma mulher fisicamente forte; Scott precisava se adaptar, mas foi lento demais – Rachel acertou um bom murro, direto em sua barriga. Ele ouviu gritos, o sotaque de Kurt em uma voz estranha e Rachel berrando obscenidades enquanto era derrubada, caindo de barriga para baixo com o rosto espremido no linóleo e a parte de baixo do pijama arriada para que uma mulher pudesse enfiar uma agulha em seu traseiro pálido.

E, em seguida, Kurt estava lá, ajudando Scott a ficar em pé. Atrás deles, uma mulher ria. Baixo, suave e com sensualidade doce. Familiar.

– Ei, benzinhos – uma voz rouca falou, uma voz que não era reconhecível. – Eu sabia que se procurasse uma briga, acharia vocês.

Scott e Kurt se viraram. Vampira sorriu.

3

VAMPIRA, CLARO, PARECIA UMA ESTRANHA. Ela era alta e musculosa, com um rosto castigado pelo tempo, todo cheio de rugas fortes e cicatrizes leves. O rosto de uma lutadora, com olhos cinzentos e cabelos grisalhos bem curtos. Seu corpo era magro – sem curvas suaves, nem aparência jovial, apenas um pouco de seio e quadris estreitos. Mas sua risada, aquele sorriso...

Era assustador o quanto de Vampira podia ser visto na estranha, como se a mulher que ele conhecia e valorizava como amiga tivesse se transformado num fantasma impresso naquela carne; insubstancial, mas com presença o bastante para ser vista por um olhar aguçado. Scott não achava que se poderia dizer o mesmo dele. Ao menos, esperava que não.

– Kurt – Vampira falou, encarando o homem que havia sido Renny. – Reconheço esse sotaque em qualquer lugar.

– Sou Scott – ele disse, incerto de que ela reconheceria a pessoa por trás do rosto de Mindy. Seu estômago doía demais. O soco de Rachel havia sido muito forte. Ele imaginou se sentia mais dor por causa de seu novo corpo; não se lembrava das antigas brigas terem doído tanto.

Vampira sorriu, revelando dentes amarelos.

– Eu sabia. Logan nunca teria deixado que uma mina desse aquele soco, e se fosse Jean, não ia ter briga. Só sobrou você.

Kurt riu. Scott olhou feio para ele.

Um dos enfermeiros se aproximou de Scott; a perna do seu uniforme azul estava manchada de sangue e o rosto parecia tenso, cansado. Sua identificação dizia PENN.

– Você se machucou, Mindy?

– Não – Scott disse, e se repreendeu de novo por abrir a boca grande. Ainda assim, era inevitável: foi visto falando com várias pessoas diferentes nos últimos minutos, e se Mindy era tão quieta como todos pareciam acreditar, então mais cedo ou mais tarde alguém começaria a fazer perguntas. Melhor acabar logo com isso.

O enfermeiro Penn lançou-lhe um olhar estranho, mas não comentou sobre a recém-descoberta propensão de Mindy a falar. Ele examinou os outros dois pacientes em pé, ao lado de Scott, desviando levemente quando seus colegas passaram com Rachel desmaiada nos braços. Seu olhar sequer vacilou.

– Isso aqui está interessante – ele falou. – Mindy, Renny e Jane Louca, juntinhos, tendo uma conversa de verdade. Mindy não é problema, mas vocês dois? Tenho que dizer que esse grupo me deixa com a pulga atrás da orelha.

– Talvez a gente esteja melhorando – Vampira falou, ainda soando como uma rainha dos motociclistas sulista e como uma fumante inveterada.

– Pois é. – Penn riu, esfregando o queixo. – O fato é que na semana passada você tentou estrangular Renny com seu sutiã, e na semana anterior alguém precisou interferir quando você o encurralou no banheiro masculino e quis arrancar suas bolas. Geralmente ele começa a chorar quando te vê.

– Ah – Kurt falou. – Eu chorava antes.

– E daí eu fiz ele parar – Vampira disse. – Somos amigos agora.

– Praticamente irmãos – Kurt comentou, passando o braço por sobre os ombros dela. Scott tossiu. Penn franziu o cenho.

– Tem algo errado aqui – ele falou. – Muito errado. O doutor Maguire disse pra gente ficar de olho em vocês. Disse que devemos trancar vocês no quarto do silêncio. Agora, não quero fazer isso, a menos que haja um bom motivo, mas se vocês bagunçarem o coreto, se piscarem torto um para o outro, mando arrastar vocês pra lá tão rápido que nem vão saber quem os levou.

– Dr. Maguire – Scott disse lentamente, lembrando de ter ouvido aquele nome na noite anterior. – Ele está aqui para nos ver? – Pois achou muito curioso que um homem pudesse tê-los separado. Muito curioso, considerando o que aconteceu a cada um deles.

Novamente, Penn franziu o cenho.

– Está de férias. Pensei que soubesse disso, Mindy. Claro, você nunca fala muito, então é difícil saber o que se passa na sua cabeça.

Scott não disse nada, apenas encolheu o queixo, num trejeito parecido com timidez. Mexeu na barra da camisa com as mãos pequenas e pálidas. Tímido e nervoso, pequeno e nauseado, inofensivo como um gatinho.

Penn suspirou.

– Desculpe. Fico feliz que esteja progredindo. De verdade. Se precisar ver alguém, tem um médico chegando esta tarde. Tudo bem?

– Tudo – Scott murmurou, ciente da boca de Kurt, retorcida pela desconfiança. Em sua vozinha, que ele descobriu ser muito baixa e muito tímida, disse: – Doutor Maguire sabia que eu ia melhorar? Ele... ele disse quem mais?

– Ah – o homem exclamou, desconfortável. – Na verdade, ele não disse que você ia melhorar. Lembra? Quarto do silêncio, Mindy.

Scott assentiu, ainda olhando para o chão. Dócil, sempre tão dócil.

– Mas não estou sozinha?

– Não, menina. Você não está sozinha.

Ele parecia arrependido por ter falado demais e começou a se afastar. Scott não podia deixá-lo ir embora. Precisava daqueles nomes.

– Quem mais? – ele perguntou suavemente, por fim fitando-o nos olhos. – *Por favor*.

Era como pegar um cervo de surpresa sob a luz dos faróis do carro. Scott nunca seria capaz de escapar dali com seu próprio corpo, mas Mindy tinha um histórico ali, uma presença, e Penn disse lentamente:

– Ele pediu para ficar de olho em vocês três e em Jeff. Jeff e Patty. Até agora, esses dois corresponderam ao alerta. Ficaremos de olho no restante de vocês. O doutor quase nunca se engana.

Seu "doutor" parece o suspeito número um, Scott pensou, baixando o olhar. O enfermeiro Penn afastou-se, mas não muito. Parou na sala onde outros funcionários esperavam, ainda segurando suas canecas de café, ainda com olhares entusiasmados enquanto vistoriavam o recinto e seus pacientes surrados. O ataque de Rachel fora uma perturbação esquecível naquela manhã. Nada mais, nada menos.

Scott virou-se para que ficasse de costas para os enfermeiros e os seguranças.

– Sei onde o Jeff está. Precisamos encontrar essa tal Patty.

– Jean e Logan – Vampira murmurou. – Que diabos está acontecendo conosco, Scott? Onde estão nossos corpos?

Kurt fez um som gutural, baixo na garganta.

– *Meine freunde*, até encontrarmos nossos eus, esse *são* nossos corpos.

– Obrigado por lembrar – Scott retrucou, ainda tentando ignorar seus seios. – Tudo bem, então. Kurt, quero que descubra o máximo que puder sobre o Dr. Maguire. Vampira, procure essa Patty. Seja discreta. Você já tem uma certa fama e não queremos que você fique presa. Vou ver o que consigo fazer para ver Jeff.

Vampira fez uma careta.

– E se não forem eles? Talvez o enfermeiro tenha citado esses nomes por coincidência.

– Não acredito em coincidências – Scott respondeu. – Nos encontramos aqui em uma hora.

• • • •

Interessante viver na pele de um estranho. Vampira, para sua surpresa, descobriu que não gostava daquilo. Uma antiga fantasia, sem dúvida: ser outra pessoa por um dia, alguém normal. Sem poderes mutantes, sem aflições. Apenas uma vida normal e um corpo comum coberto de uma pele deliciosa e tocável.

Era um sonho bom. Fantasias plenas com o barato da excitação, agindo à sombra do proibido. Você me toca, eu te toco. A palma da mão morna deslizando contra a bochecha, uma garganta e, um beijo, algo doce nos lábios. O paraíso. Um desejo do coração.

E agora tinha tudo aquilo – ou, ao menos, a possibilidade –, e ela descobriu que a carne não era tão complacente, que seus sonhos a apavoravam.

Ah, Remy. Queria que estivesse por aqui.

Ela também ficava muito feliz por ele não estar. Complicação demais. Sequer tinha certeza se ele iria querer algo com ela naquele corpo. Velha, bruta, o produto de uma vida inclemente. A ironia era que, claro, aquele corpo com cicatrizes e dores da idade provavelmente era um reflexo melhor de seu coração do que o real.

Pare de sentir pena de si mesma. Não é hora de ter piedade.

Certo. Tinha trabalho a fazer. Uma coisa a Irmandade de Mutantes lhe ensinara, muito antes de ela se juntar aos X-Men, ou você fazia seu trabalho ou morria. Apenas os fortes sobreviviam. A vida nunca favorecia os chorões.

E ao menos ela ainda era mulher. Pobre Scott. Ele e Kurt já tinham saído do refeitório, e era engraçado observá-los; Vampira não sabia quem Mindy e Renny eram antes, mas agora transpiravam encrenca – como um desenho animado, animais um pouco perversos que andam na ponta dos pés com uma travessura na cabeça. Scott não conseguia evitar, provavelmente não restava uma ponta de humor nele naquele momento, certamente não havia travessura. Mas naquele corpo, com aquele rosto delicado refletindo seu franzir teimoso de cenho, havia uma aura surreal, ridícula, que Vampira não conseguiria esquecer.

Kurt não deixava por menos. Ela podia ver que ele estava se divertindo. Mas aquele era Kurt, sempre capaz de tirar o melhor de qualquer situação. Vampira gostaria de ter aquele talento. Apesar de querer rir dos amigos, não tinha o mesmo senso de humor a respeito de sua própria aflição.

Do outro lado do refeitório, havia uma área cheia de sofás laranja surrados e mesas gastas de compensado. Jogos entulhavam o chão e as superfícies riscadas: xadrez, damas, cartas, até mesmo uma versão antiga de Banco Imobiliário. Corpos também. Alguns dos homens e mulheres pareciam versões esfarrapadas dos jogos, velhos e plásticos, medicados quase à beira da morte. Cheiravam a urina, suor e desespero. Vampira odiava aquilo.

Poderia ter sido você, se não tivesse aprendido a controlar todas as vozes na cabeça.

Amigos, inimigos, estranhos – homens e mulheres que foram sugados para sua alma durante anos e anos, graças aos seus poderes. Alguns deles ainda falavam com ela, ainda sussurravam maquinações em seus sonhos. Sim, ela poderia ter acabado numa casa de malucos. Ainda podia, se não tivesse cuidado.

Bem, esquece. Ela já estava ali.

Havia pacientes na área de recreação que pareciam conversar de verdade. Vampira perambulava entre eles. Ela precisava encontrar a tal Patty, e esse pessoal parecia um bom começo. Se ficasse desesperada, poderia tentar enfermeiros e guardas. Esperava não chegar a tanto. Com base no que já ouvira, "Jane Louca" tinha uma certa reputação, e perguntar por aí sobre o paradeiro de outro paciente poderia ser suspeito. Quanto menos contato tivesse com as autoridades daquele lugar, melhor.

Escolheu os alvos com cuidado: não queria ser vista com pessoas que normalmente não ficariam perto de alguém como Jane Louca. Havia muitas perguntas e, naquele lugar, Vampira não tinha poderes – nada para protegê-la além de cérebro e cautela.

Não que pudesse reclamar. A alternativa, no fim das contas, era a morte – e, considerando a facilidade com a qual ela e seus amigos foram capturados, ficou surpresa por ainda estar respirando. O motivo pelo qual alguém se arriscou a roubar seus corpos – e, em seguida, manter suas mentes intactas – estava além de sua compreensão.

Vampira encontrou o que procurava no canto mais distante da área de recreação, sentado numa mesa pequena. Um homem jovem e uma mulher mais velha, os dois pareciam capazes de lidar com alguém como Jane, mas sãos o bastante para ter o mínimo de consciência. Ela caminhou até eles. Suas vozes estavam entusiasmadas.

– Minha mãe está vindo hoje. Meu Deus, ela é um pesadelo.

O jovem tamborilava os dedos na beirada da mesa. De perto, parecia e soava tão jovem que Vampira mudou de opinião e rebaixou-o para "garoto". Cabelos desgrenhados, queixo pontudo, testa brilhante.

– Amor, Kyle – disse a mulher diante dele. Ela comia uma maçã, segurando-a firme em seu punho rechonchudo. – Você não pode reclamar disso.

– Como não posso, Suzy? Você sabia... – Ele parou, pois finalmente havia percebido a presença de Vampira. Sua sombra cobriu a mesa. – Que diabos você quer, J.L.?

J.L. Hum, que gracinha. Vampira disse:

– Só companhia. Algum problema?

– É uma conversa *particular*. – Ele mostrou o dedo para ela, mas foi um ato indiferente, como um antigo hábito.

Vampira pegou a cadeira mais próxima e sentou-se.

– Ora, se fosse tão particular, meu bem, não estaria falando tão alto. Não são só as paredes que tem ouvido neste lugar.

– Você está falando engraçado. Está tendo aulas de gíria caipira? – Os olhos pequenos de Suzy podiam ficar azuis ou castanhos, cada vez que piscava pareciam mudar de cor.

– Não sei – Vampira disse, fazendo um esforço maior para disfarçar seu sotaque. – Você está tendo aula de como tomar um soco na cara?

Aquelas palavras mereceram um sorrisinho.

– A boa e velha Jane. Sempre tão previsível. Amo perturbar você.

– Isso não é tudo que você gosta – o homem murmurou.

Vampira lançou-lhe um olhar penetrante, imaginando o que *aquilo* significava. A mulher riu.

– Você é malvado, tão malvado! – Ela baixou a maçã e começou a embaralhar cartas. Em vez de passá-las adiante, no entanto, cortou o maço ao meio e depois abriu a pilha com a palma da mão. – Escolha uma, Jane. Vamos lá, eu te desafio.

Vampira não queria escolher uma carta. Tinha ido até ali fazer perguntas, não participar de joguinhos. Também não gostava da peculiaridade dos olhar mutável da mulher, sua intensidade. Vampira, diante daquele escrutínio, lembrou-se novamente de sua situação precária; sentiu-se exposta, fraca, extrema e miseravelmente humana. O contrário de todas suas fantasias, Vampira queria seus poderes de volta. Queria ser mutante e sentir-se segura novamente. *Mais segura*, de qualquer maneira. Não conseguia ignorar a ironia da situação.

– Bem? – Suzy disse, astuta. Ela tocou as cartas com a unha grossa. – Vamos ver o que o destino lhe reserva.

Se Vampira conseguisse o que queria, o destino lhe traria os amigos perdidos, além de uma fuga tranquila daquele lugar e um retorno seguro aos seus próprios corpos para que pudessem começar a surrar quem fizera aquilo com eles.

Vampira escolheu uma carta. Tinha trabalho a fazer, e ele vinha em primeiro lugar. Se deixasse a mulher feliz, entrasse nos seus jogos malucos, talvez ela ficasse mais disposta a responder suas perguntas.

Um nove de espadas. Vampira não sabia o que significava. Olhou para Suzy, e não ficou confortável com o rubor subindo pelo pescoço flácido da mulher.

– É uma carta ruim – ela falou.

– Claro – Vampira retrucou. – São as únicas que eu pego.

– Significa que você se perde em uma ilusão – disse a mulher, inclinando-se mais para frente. Os olhos mudaram, de escuros para claros: inconfundível, assustador e extremamente anormal. – Você não sabe diferenciar sonho e realidade.

– Sei o suficiente – Vampira disse com suavidade, embora por dentro sentisse um frio profundo na barriga. Os olhos podiam pertencer a uma mulher diferente, mas não mentiam. Suzy era mutante. Provavelmente de nível baixo, talvez apenas uma mudança física, mas com traços genéticos suficientes para diferenciá-la. Vampira se perguntou por que ela estaria no hospital, se seu confinamento tinha a ver com sua mutação. Imaginou se aquela mulher, por ser mutante, soubesse algo sobre o motivo de os X-Men estarem aprisionados ali. Não era por acaso que Vampira e seus amigos estavam vivendo no corpo de estranhos. Não havia uma máquina que ela conhecesse que pudesse fazer tal proeza, ou seja, uma pessoa a fizera. Outro mutante.

Vampira se acomodou na cadeira. Devia ter ficado com um simples interrogatório em vez de tentar se misturar.

Você nunca consegue fazer nada simples.

– Por que você está aqui? – Vampira perguntou para Suzy. Outra pergunta ruim, que também poderia arriscar tudo. Queria saber se a mulher estava ali contra a vontade.

Suzy não disse nada. O olhar de Kyle vagava de uma mulher para a outra, para lá e para cá, de cá e para lá. Os dedos tamborilavam no ar. Parecia preocupado.

– Quero falar sobre a minha mãe – ele disse.

– Tentei matar uma pessoa – Suzy falou com tranquilidade, ignorando-o. Ela fitou os olhos de Vampira. – Pá, pá, morreu. Mas você já sabe disso, J.L. Ou deveria saber.

– É? – Vampira perguntou. – Minha memória anda ruim. Me conte mais, Suzy. Você gostou de matar?

– Suzy – Kyle choramingou, implorando.

Suzy arreganhou os dentes num sorriso.

– Estava louca na época. Não sabia o que estava fazendo. Algo que *você* conhecer bem.

Vampira deu de ombros, mantendo o olhar fixo em Suzy. A mutante estava ali por um bom motivo, e se estava, talvez outros estivessem – se houvesse outros mutantes em Belldonne. Vampira tinha a sensação de que o contato de Logan estava cheio de razão, ou tinha enganado os X-Men deliberadamente. Nesse caso, foi a melhor armadilha na qual havia caído.

– J.L. – Suzy falou. – Você está agindo de modo bem estranho.

– É porque sou louca – Vampira falou, e empurrou o nove de espadas de volta para o arranjo de cartas. – Ouviu falar da Patty?

Kyle parecia aliviado com a mudança de assunto. Sacudiu a cabeça, ainda tocando bateria no ar com os dedos.

– Garota estúpida. Mexeu com o guarda errado.

– O que fizeram com ela?

– Quarto do silêncio – Suzy falou, ainda encarando, os olhos apertados em dois alfinetinhos que mudavam de cor. A dor formigou num ponto entre os olhos de Vampira; olhar para o rosto de Suzy era o suficiente para lhe dar dor de cabeça.

Kyle deslizou para frente na cadeira.

– Está pensando em quebrar ela enquanto está apagada, J.L.?

– Só se eu conseguir encontrá-la – Vampira falou, deixando que a aspereza de sua voz imprimisse a ameaça que precisava. – Em qual quarto do silêncio ela está?

– Terceiro andar, perto da enfermaria da ala oeste – Suzy levantou a carta deixada por Vampira. Correu os dedos pelas bordas e a deitou sobre palma da mão, em seguida apertou-a contra os lábios. – Vai precisar de uma distração.

– Está me oferecendo uma?

Novamente, ela sorriu.

– Interessante que esteja pedindo.

Vampira franziu o cenho e olhou ao redor. Ninguém além dos enfermeiros e guardas estava prestando atenção neles; a maioria dos outros pacientes estava afundada em cadeiras ou arrastava os pés pelo assoalho, irradiando um descontentamento embotado que parecia carregado de tédio, confinamento. Havia algumas áreas de dinamismo – ansiedade nervosa, crises de riso esparsas –, mas mesmo por baixo disso, existia uma tendência oculta de inquietude e medo. Ninguém queria estar ali. *Se quisesse*, Vampira pensou, *estaria doente de verdade.*

Ela se esticou e chutou a cadeira para trás. Aquele corpo ainda lhe parecia estranho; uma luva que não cabia, com dores desconhecidas, flácida nas juntas. Ela se levantou, e Kyle agarrou seu braço. Foi surpreendente, por um momento aterrorizante, sentir a mão dele na sua pele nua.

Não é minha pele. Não é minha. Você é apenas um ser humano aqui, meu bem. Lembre-se disso.

Ainda assim, não importava que sua pele estivesse a salvo. O toque não era natural, era errado. Perigoso. Vampira lhe lançou um olhar que parecia tão inamistoso quanto seus pensamentos, e a mão dele se soltou. Kyle encolheu-se, como se esperasse ser golpeado.

– Está tudo bem – Vampira falou, envergonhada por ele estar com tanto medo dela, da mulher que antes habitava aquele corpo. Suzy riu.

– Precisa aprender algumas coisas, Kyle – ela falou, ainda brincando com o nove de espadas: a ilusão, o sonho. – Em algumas vagabundas você simplesmente não toca.

Nunca foram ditas palavras mais verdadeiras. Vampira partiu para encontrar Patty.

• • • •

O hospital a surpreendeu. Era claramente algum tipo de manicômio, mas nenhum dos funcionários parou Vampira quando ela subiu as escadas até o terceiro andar. Ninguém questionou seus movimentos ou tentou impedi-la. Algo suspeito, para quem tem uma reputação tão ruim.

Não que houvesse muito motivo para restringir a movimentação de qualquer um ali; não havia espaço para os pacientes perambularem além dos corredores e outras áreas comuns. As instalações pareciam mais uma prisão que um hospital.

Telas de arame – e às vezes barras – cobriam todos os vidros das janelas, que muitas vezes eram turvos e distorcidos demais para permitir qualquer visão do exterior. As únicas saídas – e Vampira encontrara as duas, primeira coisa que fizera pela manhã – eram protegidas por portas de metal trancadas, guardadas pelo pessoal da segurança. Sem câmeras de segurança também, exceto naquelas portas. Vampira pensou que era um planejamento infeliz, mas o hospital era obviamente velho e era provável que fosse carente de recursos. Bom para ela e os outros, mas não para o cuidado que os pacientes reais recebiam, ou para o tipo de proteção que os funcionários tinham contra aqueles mesmos pacientes. Vampira não conseguia imaginar ser forçada a viver ali, dia após dia, talvez anos a fio.

A sala de enfermeiros do terceiro andar na ala oeste estava localizada à direita das escadarias. Diferente da sala de enfermeiros diante da área de recreação e do refeitório, esta ficava fechada em vidro e lembrava mais um escritório e menos uma área de tratamento médico. A mesa tinha espaço para apenas uma enfermeira, mas havia uma porta atrás dela, e Vampira não conseguia dizer se mais pessoas poderiam estar do outro lado. Ela duvidava; o hospital tinha uma equipe pequena demais para alguém ficar ocioso por muito tempo.

– Posso ajudá-la, Jane? – perguntou a enfermeira. A trança castanha grossa cobria a plaqueta com seu nome. Não se moveu para abandonar a proteção de sua mesa.

– Não – Vampira disse, lutando contra seu sotaque sulista. – Estou apenas caminhando. O doutor... o doutor Maguire está me ensinando algumas técnicas, coisas para me acalmar. Só estou experimentando.

A enfermeira abriu um sorriso fino.

– Que bom. O doutor progrediu muito com você e os outros. De verdade, é um profissional milagroso. Temos muita sorte por ele ter decidido vir para cá.

Sim, uma sorte terrível. Vampira pensou que talvez ele estivesse operando mais do que milagres. Até agora, parecia ser a única relação entre os X-Men e seus novos corpos. Scott estava certo em não acreditar em coincidências.

– Ouvi dizer que a Patty enlouqueceu com alguém – Vampira disse. – Acho que essas técnicas não funcionaram com ela.

A enfermeira suspirou, lançando um olhar de esguelha para a primeira porta fechada fora da sala de enfermeiros. Vampira olhou de soslaio para ela também. A tranca parecia padrão, fácil o bastante para quebrar, com a ferramenta certa.

– É uma vergonha – a enfermeira comentou. – Patty estava tão calma ultimamente. Pensamos mesmo que duraria depois que o Dr. Maguire fosse embora. Mas ele nos avisou. Devíamos tê-lo ouvido com mais atenção.

Vampira não disse nada, simplesmente caminhou até a porta e espiou através da janelinha de observação. Viu um corpo pequeno e rechonchudo enrolado numa camisa de força, cabelos loiros espalhados sobre o ladrilho branco. Se aquela fosse a Patty, então estava inconsciente ou fingia. Vampira não se sentia sortuda o suficiente para apostar.

– Por favor, saia daí – a enfermeira disse. Parecia desconfiada agora, e Vampira não deixou de perceber o jeito que sua mão deslizou para baixo da mesa. O botão de alarme, sem dúvida. Vampira achou estranho que uma simples olhada para Patty fosse o bastante para deixar a enfermeira preocupada, mas ela não conhecia o histórico de Jane. Talvez ela e a tal Patty tivessem um passado de brigas, como aquele que supostamente tinha com "Renny".

Vampira arrastou os pés, voltando até as escadas. A enfermeira perguntou:

– Já tomou seus remédios hoje, Jane?

– Sim – Vampira falou e em seguida partiu, rápido. A última coisa que queria era entrar numa conversa prolongada sobre medicamentos, especialmente quando não planejava tomar nenhum. As pílulas oferecidas para ela naquela manhã tinham encontrado um fim rápido após serem encaixadas na bochecha, cuspidas na palma da mão e enfiadas embaixo do colchão. Quando aquela primeira enfermeira destrancou a porta, Vampira ainda não havia entendido o que estava acontecendo, mas sabia o bastante para reconhecer que seu corpo estava consideravelmente diferente – e que pílulas de qualquer tipo deviam ser uma coisa ruim.

Ela ouviu gritos antes de chegar ao refeitório, e o ruído de algo grande se quebrando. Ela correu, desviando de outros pacientes que pairavam no caminho, tentando mover-se rápido em um corpo no qual os joelhos doíam e os pulmões esforçavam-se para conseguir ar.

O que ela encontrou foi uma briga. Nenhum dos participantes era conhecido, embora fosse um pouco difícil dizer, pois um enfermeiro estava de cara no chão com sangue espalhado ao seu redor, e as três pessoas que riam e chutavam-no estavam de costas para ela. Havia um cheiro terrível, como se fezes tivessem sido espalhadas nas paredes, e com certeza ela viu manchas escuras – não nas paredes, mas no chão, nos uniformes brancos dos enfermeiros que tentavam alcançar o colega caído.

Ela esqueceu que não tinha superpoderes, ou talvez não importasse. Estava mais perto para lutar que os enfermeiros e abriu com tudo caminho entre os pacientes até chegar ao menor dos agressores. Ele não a viu chegar, e Vampira agarrou-o pelas orelhas, virando-as, puxando com toda a força para trás. O homem gritou de dor, mas Vampira não soltou. Ela torceu mais forte, e quando os joelhos dele cederam, chutou o mais fraco por baixo dele e levou-o ao chão com tudo. Bateu a cabeça dele uma vez no chão, sem amortecer como estava acostumada a fazer, porque estava fraca, era apenas humana, e precisava de toda a força que aqueles músculos pudessem lhe dar. Ouviu um estalo satisfatório, e o homem ficou imóvel.

Vampira levantou-se, os músculos estranhamente doloridos. Nunca sentiu tanta dor, nem quando lutou com Magneto. Virou-se para enfrentar outro dos agressores do enfermeiro e tomou um golpe no estômago com um cassetete.

– No chão! – um guarda gritou, uma palavra que Vampira percebeu vagamente que estivera ouvindo muito no último minuto. Ele bateu novamente nela, e Vampira caiu de joelhos, tentando proteger a cabeça quando ele atingiu um terceiro golpe em seus ombros. Todos que se aproximavam da briga, participantes ou não, eram golpeados até obedecerem. Os responsáveis estavam irritados demais para separar o joio do trigo. Vampira encolheu-se toda, esperando outra pancada, que não veio. O guarda já havia partido para cima de outra pessoa. A luta arrefeceu; os agressores do enfermeiro estavam todos no chão, e várias pessoas cuidavam do funcionário machucado.

Uma mão não muito delicada gentil tocou as costas de Vampira. Ela ergueu o olhar e espiou o rosto de Suzy.

– Cartas ruins – ela murmurou, as cores do seus olhos girando como um cata-vento. O sangue pingava do queixo de Vampira. – Você está bem encrencada.

Não brinca. Ela estava bem machucada. Sufocando um gemido, Vampira tentou se erguer. Seu joelho estalou. Se ficar velho era assim, então sabia por que as pessoas lutavam contra a velhice aos chutes e pontapés.

Ela viu Scott e Kurt – ou melhor, seus novos corpos – aproximando-se. Pareciam preocupados. Ela acenou com os dedos para eles e balbuciou:

– Estou bem.

– Não – Suzy falou, encarando o homem que jazia completamente imóvel aos pés deles. – Não está, não.

Vampira olhou para ela, em seguida examinou o corpo quieto, o peito parado. Um arrepio profundo espalhou-se pelo seu corpo, acompanhado por pavor, horror.

– Não – ela murmurou, curvando-se para tocar o pescoço do homem.

Não, não é possível, não sou forte o bastante, sou apenas humana.

Humana, talvez. Mas, ainda assim, forte o bastante para matar.

4

OS SEGURANÇAS LEVARAM VAMPIRA EMBORA. Scott observou, incapaz de fazer algo para impedi-los. Ele e Kurt tentaram; foram até o enfermeiro supervisor, que por acaso era o enfermeiro Penn, a fim de intercederem por ela. Tudo que receberam por seu esforço foi um olhar estranho e um simples:

– Sei o que aconteceu, eu vi tudo.

Scott não se conformou.

– E agora? – Kurt perguntou. – O que farão com ela?

Penn deu de ombros.

– Jane ficará confinada até o administrador ter tempo de analisar o caso. Se acharem que ela matou aquele cara intencionalmente, provavelmente vai ser enviada para a ala psiquiátrica da prisão estadual. E mesmo que não seja considerada culpada, é provável que a mandem para lá. Essa mulher é perigosa demais para este lugar. Você sabe muito bem, hein, Renny?

Penn não esperou pela resposta. Se afastou, caminhando rapidamente atrás do pequeno grupo que arrastava Vampira. Os homens que começaram a briga estavam caídos no chão num montinho drogado. Um guarda cutucava suas costelas com o cassetete.

Scott e Kurt seguiram o enfermeiro Penn. Ele não se virou para ver se alguém o observava, o que foi bom, pois Scott não queria explicar por que ele e Renny, as duas pessoas mais improváveis de ter algum interesse no bem-estar de Jane, pareciam tão preocupados.

Ficou feliz por Vampira não ter resistido, e observou suas costas retas, seu caminhar cuidadoso e tranquilo. Levaram-na para o terceiro andar, para uma enfermaria onde a responsável não olhou para Vampira muito surpresa. Scott e Kurt permaneceram na escadaria, tentando ouvir enquanto os funcionários do hospital discutiam sobre onde alojá-la. A enfermeira queria Vampira trancada no seu próprio quarto, mas os guardas – e Penn – achavam que havia mobília demais, recursos demais para fazer uma arma, especialmente em seu "estado atual".

Seu estado atual era o de assassina. Não importava que ela tenha agido para defender um colega deles. Muito menos que não estava reagindo naquele momento, e estivesse, em vez disso, esperando calma e friamente. Um exemplo de conduta. Scott não conseguia imaginar o que Vampira estava sentindo naquele instante.

Os guardas venceram a discussão. A enfermeira disse algo abafado, e em seguida Scott ouviu o ruído de chaves, o ranger de uma porta. Velcro estalando.

– Vamos – Scott falou para Kurt. – Ao menos sabemos onde ela está.

– Por enquanto. Não acredito que ficará aqui por muito tempo.

– Então precisamos encontrar todo mundo rápido e sair deste inferno.

Uma vez que conseguissem escapar daquele lugar, seria apenas uma rápida corrida até o Blackbird, que tinham deixado ali perto, num parque local. Esperavam ligar do jato para a Mansão e convencer as pessoas de lá que não eram meros impostores.

Partindo do princípio, claro, de que o jato ainda estivesse lá. Se alguém estivesse com seus corpos, também teriam acesso a ele. O Blackbird abria as portas com comando de voz de determinadas senhas, ou se os sensores internos confirmassem a identidade física de um passageiro autorizado. A ideia de estranhos em sua aeronave deixava Scott nervoso. Não queria pensar nisso.

Ele e Kurt desceram as escadas e sentaram-se numa mesa no canto mais distante da área de recreação, onde assistiam as enfermeiras que continuavam a tranquilizar os pacientes, que as fitavam de olhos arregalados e gemiam para o cadáver que ainda jazia no ladrilho. Scott também queria gemer, mas por outro motivo.

– O que você descobriu sobre Maguire? – perguntou para Kurt.

– Não muito. Descobri seu escritório, mas estava trancado, e eu não tinha nada para abri-lo. Porém, as enfermeiras foram muito úteis. Disseram que estive em tratamento com o doutor por um bom tempo e estou, *hum*, menos maluco agora. Talvez até funcional. Embora nem tão funcional, ou a ex-habitante de Vampira não seria capaz de me bater tanto.

– Ex-habitante – Scott disse, refletindo. – Então, você acha que estamos sozinhos nesses corpos?

– Quê?

– É possível que os donos originais ainda estejam dentro dos corpos, suprimidos por nossas mentes.

– Eu não consideraria essa hipótese – Kurt falou. – Prefiro ser o único responsável pelas minhas ações, em vez de assumir o risco de que pode haver mais alguém comigo, controlando o que faço.

– Eu disse suprimidos.

– E eu digo que tudo eventualmente virá à tona.

Ele não podia argumentar, nem queria. Também preferia a ideia de ser o único ocupante daquele corpo, mas aquilo trazia a possibilidade desconfortável de que alguém poderia estar habitando o *seu* corpo também. Um estranho, olhando através dos seus olhos, usando seus poderes.

Mencionou essa possibilidade para Kurt, que ficou tão sério que Scott desejou não ter dito nada.

– Pensei nisso – Kurt confessou, esfregando o queixo contra as mãos entrelaçadas. – E acho que isso me incomoda profundamente. Estranhos, especialmente os estranhos nos quais agora residimos, usando nossos poderes e vivendo nossa vida? Não consigo imaginar o tamanho do problema.

– Eu posso – Scott falou –, e isso me deixa totalmente apavorado. Tudo que o Professor Xavier construiu e que apoiamos poderia terminar num instante por conta de um ato errado, especialmente um feito em nosso nome.

– Ah, mas estamos pulando para as conclusões. Sem mais informações não podemos saber se foi um acidente ou algo deliberado, se foi Maguire ou outra pessoa, se a troca foi localizada em nós ou disseminada. Estamos tentando fantasiar, *mein freund*, e nada de bom pode vir disso.

– Pessimista.

Kurt sorriu.

– Venha, vamos ver se conseguimos descobrir algo novo sobre este lugar.

Então caminharam, espiando por janelas onde viam fios de arame farpado e cercas de alambrado; portas corrediças com verificação de seguranças e detectores de metal; mais enfermarias cercadas por vidros, onde as paredes eram azul-claras e creme.

As enfermeiras e os guardas encostavam na parede quando eles passavam; faziam isso sutilmente, sem gestos aparentes de medo, mas Scott o sentia. Mesmo a pequena Mindy, que parecia ter a fama de se comportar bem, era enquadrada nesse procedimento de segurança do hospital.

Não vire as costas, não baixe a guarda.

Encontraram a janelinha onde os pacientes pegavam seus medicamentos, e alguns daqueles homens e mulheres já estavam enfileirados, esperando: tremendo, sacudindo-se, murmurando obscenidades enquanto esfregavam os braços com tanta força e rapidez que a pele ficava vermelha. Quando a enfermeira no guichê apareceu com copos plásticos de remédio e água, a fila inteira avançava, faminta.

Scott e Kurt afastaram-se, rapidamente, antes que alguém os notasse ali em pé e forçasse algo por suas goelas abaixo. O medo deles não era infundado; haviam passado por homens amarrados a cadeiras de rodas, se debatendo enquanto enfermeiras empurravam com rispidez pílulas boca adentro.

– Não separam os sexos aqui – Kurt observou. – Acho isso estranho e, devo admitir, perigoso.

– Talvez fiquem misturados apenas durante o dia. Ou talvez os pacientes não tenham registros de violência sexual. Ou isso, ou os homens foram quimicamente castrados.

– Scott.

– Ah, hum. Desculpe.

Kurt tossiu, olhando para o seu corpo.

– E Jeff? Você disse que iria vê-lo. Esqueci de perguntar.

– Tinha muita gente ao redor do quarto dele para que eu conseguisse entrar lá. Mas olhei pela janelinha. Ainda está inconsciente.

– Ainda?

– Fui lá noite passada. Abri a tranca da minha porta e dei uma volta. Nosso Jeff, seja lá quem for, brigou com os enfermeiros.

– Poderia ser o Logan?

– Talvez. – Esperava não fosse Jean. Não sabia se conseguiria suportar a ideia de sua esposa ter a aparência de homem. Além do mais, um homem quimicamente castrado. Logan, por outro lado...

– Você está sorrindo – Kurt falou. – Se importa em me dizer o que foi?

– Nada especial – Scott respondeu. – Me leve até o escritório de Maguire.

Kurt levou Scott através dos corredores estreitos até a parte mais distante da ala do primeiro andar. Passaram apenas por uma enfermeira, e seu rosto era familiar.

– Olha, que bonitinho. – A enfermeira Palmer recostou-se à parede. – O que vocês dois estão fazendo aqui?

– Vamos ver se o doutor voltou – Kurt disse, enquanto Scott encarava o chão, recatado como uma bonequinha. – Sentimos falta dele.

– Ele não está lá, querido – ela disse.

– Sentimos falta dele – Kurt falou, com um tom de lamúria maravilhoso na voz que o fez parecer um garoto de doze anos. – Podemos ao menos esperar na porta?

Ela hesitou e, em seguida, suspirou.

– Claro, Renny. Você e Mindy podem esperá-lo lá. Não se metam em encrenca, hein? Não quero ouvir mais histórias.

– Claro – ele murmurou, e ela lhe lançou um olhar severo. Scott segurou o fôlego, mas tudo que fez foi ficar ao lado deles, esperando, e percebeu que ela não queria dar as costas para eles.

Scott cutucou Kurt e eles seguiram pelo corredor arrastando os pés, espreitando o silêncio enquanto a enfermeira Palmer os observava. Apenas quando se aproximaram do fim do corredor, Scott ouviu passos. Ele olhou para trás e viu a enfermeira desaparecer ao virar em outro corredor.

– Por que sinto que foi por um triz? – Kurt murmurou.

– Porque foi – Scott falou, resistindo ao desejo de correr. Pensou em Vampira, Jean e Logan, e sabia que eles não tinham muito tempo, não se quisessem ficar juntos.

O escritório de Maguire ficava no fim do corredor. Havia dois outros escritórios ao lado dele, mas Scott e Kurt grudaram a orelha nas portas e não escutaram nada. Ou todo mundo estava em férias, ou os médicos vinham apenas em determinados dias da semana.

Scott puxou a gazua da calcinha, o que fez Kurt rir. Destravou a porta e os dois entraram numa sala pequena, onde o ar cheirava a papel, pó de café e vestígio de algo floral, como rosas.

A escrivaninha ficava diante da porta. Tinha uma superfície limpa, com pequenas pilhas de prontuários em um canto, e uma luminária pequenina no outro. As paredes estavam nuas – sem livros, pinturas, nada que fosse pessoal. Um computador ultrapassado ficava numa mesa pequena; um rápido exame mostrava poeira no teclado.

Kurt fuçou os arquivos.

– Há apenas cinco pessoas aqui. Adivinhe quem?

Scott grunhiu. Era baixo demais para espiar sobre o ombro de Kurt, então deu a volta e pegou um dos prontuários.

– Mindy Chan – leu em voz alta. – Sofre de transtorno de ansiedade social debilitante, que se manifesta como...

– Como o quê? – Kurt perguntou indiferente, lendo a pasta que segurava.

– Eu não consigo agir em uma sociedade normal e não falo. Nunca. Mas acho que já sabia disso.

– Como deve ser aterrorizante para ela estar neste lugar. – Ele folheou algumas páginas. – Meu nome completo é Renfield Brooks e, segundo estes papéis, sofro de ansiedade elevada causada por agorafobia.

– Estar aqui deve ter sido um pesadelo para ele.

Kurt balançou a cabeça.

– Não consigo imaginar alguém dando entrada voluntariamente neste instituto.

– Não precisa ser voluntário. – Scott leu o restante do prontuário. – Este prontuário faz menção a melhoras durante sessões de terapia particulares, mas não diz nada que nos ajude. Nenhuma indicação de que Maguire estivesse preparando Mindy para... sei lá o quê.

– Roubar almas, talvez?

– Isso é um pouco dramático.

– É mesmo? E o que me diz sobre acordar nu em um corpo que não é seu, em um hospital psiquiátrico onde você às vezes é estrangulado por mulheres e seus sutiãs?

– Isso é apenas estranho e incomum – Scott disse. – Temos o endereço e o número de telefone de Maguire? Será que temos um telefone?

Ele procurou na escrivaninha e encontrou um fio que levava a uma gaveta parcialmente fechada. Bingo. Se pudesse entrar em contato com a Mansão e ao menos convencer alguém a ouvi-lo...

Ele discou um primeiro, o que foi um erro, porque assim que começou a discar o resto do número ouviu uma voz do outro lado da linha dizendo:

– Enfermaria. Olá, quem é? É o... espere... tem alguém na...

Scott desligou o telefone, xingando a si mesmo.

– Melhor sairmos daqui. Agora.

– Achei o endereço dele – Kurt disse, rasgando uma página do prontuário de cima. Arrumou as pastas de volta numa pilha apresentável, e em seguida os dois saíram do escritório a passos rápidos. Momentos depois, Scott ouviu vozes. Não havia onde se esconder.

Scott agarrou o braço de Kurt e o puxou de volta pelo corredor até o escritório ao lado do de Maguire. Seus dedos deslizaram na gazua, e em seguida o arame entrou e a porta se abriu. Empurrou Kurt para dentro da sala e o seguiu, fechando a porta assim que ouviu os homens entrando no corredor. Em silêncio, segurando a respiração, ele trancou a porta.

– Sheila falou que a ligação veio do escritório do Maguire. – disse uma voz profunda, alta e irritada. Kurt sentou-se no chão atrás da escrivaninha. Scott juntou-se a ele. Ouviram as tábuas estalando.

– A porta está trancada.

– Abra mesmo assim. Sheila não costuma se enganar.

Scott ouviu o tilintar das chaves e o som áspero de respiração pesada. O isolamento era tão parco que ele conseguia ouvir os homens andando do outro lado.

– Não tem ninguém aqui.

– Sim, eu tô vendo. Bonnie disse que ela conversou com dois pacientes dele antes de subir. Vieram para cá esperar por ele.

– Ah. Quanto tempo você disse que o doutor ficaria fora?

– Não sei. Talvez algumas semanas. Não consigo lembrar se ele chegou a dizer. Mas saiu ontem.

– É uma espera longa. Aqueles doidos devem ter se cansado ou algo assim. Ei, será que ele vai dar falta dessa luminária?

– Certo. Engraçadinho.

Os homens saíram e não pararam para verificar os outros escritórios. Scott suspirou. Seu estômago doía, e o suor corria por entre seus seios. Cada movimento parecia lembrá-lo do que ele sentia falta.

Esgueiraram-se de volta para o corredor, espreitando por qualquer um que pudesse ter tendência ou o poder de trancafiá-los por passar dos limites. Tudo estava quieto, exceto por alguns gritos distantes que pareciam mais clamores a Deus que declarações raivosas e desafiadoras.

Quando saíram do corredor do escritório, Scott ouviu o chiar suave de pano e o amassar de papéis. Era tarde demais para se esconder. Viraram no corredor e deram de cara com um homem pequeno e magro vestindo um jaleco branco de laboratório. Tinha cabelo preto e ralo e óculos encarapitados na ponta do nariz. Lançou um olhar rápido e examinador para Scott e Kurt e sorriu com frieza.

– Não cansam do seu gênio residente, hein?

Scott, certo de que o homem era um médico e que Mindy não deveria falar na frente dele, ficou em silêncio. Kurt, depois de um momento de confusão, assumiu um choramingar patético e disse:

– Só estamos esperando ele voltar.

O médico, surpreendentemente, imitou-o e lhe lançou um olhar de desprezo.

– Não posso imaginar o que ele viu em vocês cinco, desperdiçando todo seu tempo tentando fazer vocês melhorarem. Como um deus exigindo sacrifício, e o hospital deixando que ele saia impune. Podem imaginar? Tudo que fez foi aumentar a carga de trabalho para o resto de nós, enquanto descontentes miseráveis como vocês se entregam a ele como pequenas virgens em sacrifício. – Ele parou para tomar fôlego e olhou para Scott. – Ouvi as enfermeiras dizerem que você falou hoje. Parabéns.

E em seguida, passou por eles e desapareceu na curva do corredor.

– Isso faz algum sentido para você? – Scott limpou os perdigotos na bochecha que vieram do médico.

– Apenas o final. Sinto muito ódio no coração dele.

– Sinto que preciso de um pouco da medicação que ele prescreve.

Kurt sorriu.

– Porém, descobrimos algo. Ou pelo menos, ele confirmou o que já estava implícito. Nós cinco... ou melhor, nossos corpos... eram bichinhos de estimação de Maguire.

– E bichinhos de estimação – Scott refletiu em voz alta – às vezes são treinados para um objetivo específico.

– Qual é o nosso? – Kurt perguntou.

– Não sei – Scott disse –, mas espero que seja bom.

••••

Colocaram Vampira num quarto do silêncio com Patty, o que teria sido uma pausa mais feliz do que era, se sua colega de cela estivesse de fato acordada e não babando. Vampira não sabia por que arriscariam colocar alguém potencialmente instável – uma mulher que acabara de matar um homem com os próprios punhos – dentro do mesmo quarto com outra paciente inconsciente, mas aparentemente Patty era um sacrifício que eles estavam dispostos a fazer para não conceder a Jane Louca acesso a materiais que pudessem ser usados na fabricação de armas, como gavetas de roupas, estrados de cama e lençóis. Ah, o perigo.

Porém, tinham-na colocado em uma camisa de força, o que era bem ruim. Por outro lado, provavelmente a teriam colocado na camisa de força e a deixado em seu próprio quarto, o que lhe fazia pensar que Jane tinha pés talentosos, pelo modo como não paravam de falar sobre as coisas que ela fazia para aterrorizá-los.

– Te nocauteamos, mas o administrador vai querer ter uma palavrinha com você. Precisamos que esteja lúcida o bastante para a conversa. E depois? Acabou, meu bem.

O segurança parecia especialmente alegre. Vampira pensou a respeito de ceder à tentação de morder o tornozelo dele, mas decidiu que realmente não precisava de mais pontos contra ela. Pensou também que as meias dele pareciam sujas.

Tudo isso era uma bela distração, porque quando finalmente saíram e trancaram a porta, ela não tinha desculpa nenhuma para não pensar no homem que acabara de matar. Vampira tirara vidas antes, mas nunca foi tão fácil e, daquela vez foi pior, porque foi tão inútil, um acidente sem objetivo real. Sim, ela estava tentando salvar a vida de um homem, mas o outro que estava prestes a assassiná-lo era doente, maluco. Talvez não tivesse controle real sobre suas ações. E ela... ela bateu a cabeça dele no chão com a crença equivocada e arrogante de que, na pele de uma humana, não seria forte o bastante para matá-lo com um golpe.

Arrogante, convencida, confiante demais... Talvez aquela fosse a Vampira real, a mulher que podia voar e erguer duas toneladas, cuja pele invulnerável podia roubar poderes e memórias de qualquer ser vivo no planeta. Sim, talvez fosse ela.

Não é tão fácil ser normal.

Que piada.

Olhou para Patty, que estava deitada ao seu lado, com o rosto voltado para Vampira. Ela parecia pequena e, certamente, era delicada, com um rosto redondo, sardas e cabelos finos e dourados que caíam ao redor do queixo. Jovem, bonita como um botão de rosa, e presa tão firme na camisa de força que fez Vampira lembrar de um marshmallow superestufado.

Jean, Vampira pensou. *Jean tem que estar dentro dela.*

Desajeitada dentro da camisa de força, ela chegou mais perto de Patty, buscando em seu rosto relaxado algo familiar, algum fantasma de sua amiga. Com Scott e Kurt tinha sido fácil; seu modos e pequenas idiossincrasias eram tão óbvias e identificáveis quanto os rostos com os quais nasceram.

Mas não havia nada de especial em Patty. Talvez pudesse ser culpa da inconsciência, mas e se fosse mais que isso? Talvez nem todos tenham sido transferidos para novos corpos. Se a equipe foi atacada – e certamente era o que parecia, e o perdedor estava óbvio –, era possível que Jean e Logan tivessem escapado?

Se alguém pudesse escapar, seriam esses dois. Assim esperava Vampira. Ela se inclinou um pouco mais para olhá-la melhor.

Sem aviso, Patty transformou-se de marshmallow em víbora, lançando-se sobre Vampira com os dentes à mostra; uma bonequinha que ficou raivosa. Vampira arfou, rolando para trás, tirando o pé pouco antes de Patty agarrar-se nele com a boca.

Certo. Não é a Jean.

– Logan! – Vampira chiou, empurrando o rosto de Patty com o calcanhar. Tinha de ser ele. Não importava sua aparência, ninguém mais no mundo conseguiria externar aquela combinação de loucura animal e fúria odiosa. Logan era o único da espécie.

Patty ficou imóvel. Deitou de bruços, queixo pressionado contra o chão, os olhos azuis ávidos e penetrantes sobre o rosto de Vampira.

– Quem é você? – ela perguntou, e a voz era baixa, rouca. Não era o tipo de voz que uma mulher como Patty teria. Não mesmo.

– Duas chances, meu bem – Vampira falou.

Patty piscou, e naquele momento Vampira parou de pensar nele como "ela". Era Logan, com seios e tudo mais.

– Vampira? – disse, e quando ela sorriu, ele fechou os olhos. – Que diabos está havendo aqui?

– Jean ficou cansada de suas piadas sobre TPM.

– *Vampira.*

– Sei lá. Sério, Logan. Encontrei Scott e Kurt, mas ainda falta Jean. Se bem que, agora que sei quem você é, tenho uma boa ideia de onde... ou, hum... em quem... ela está. Nossos corpos sumiram. Não sei porque, e nem para onde foram.

– Estamos num manicômio, certo? Meu Deus. Não consigo sentir o cheiro de nada.

– Somos humanos agora – Vampira disse baixinho, lembrando-se da sensação de estar com a cabeça daquele homem entre as mãos.

– Tente não parecer tão feliz com isso, boneca. E por que você está aqui comigo?

– Ai, Logan. Eu... matei um homem.

– Que ótimo – ele disse. – Você está ferrada.

5

QUANDO JEAN ABRIU OS OLHOS NOVAMENTE, viu que nada havia mudado. Ainda estava presa, ainda estava no quarto branco e sua mente continuava cega. Quase ficou feliz com tudo isso, menos com o último fato.

Tentou mover-se e a dor subiu com tudo para sua cabeça. Apenas mais do mesmo. Ela havia voltado exatamente aonde começara, sem nada para mostrar além de uma dor de cabeça ainda pior e um certo conhecimento de que quebrar a rótula das pessoas neste lugar não a levaria a lugar algum. Hora de reunir informações e montar uma estratégia.

Seu primeiro instinto – básico, como respirar – era expandir sua mente e simplesmente roubar as informações que precisava. Sofreu com a rápida lembrança de que aquilo seria impossível, e precisou morder a língua para não xingar. Não ficaria ali indefesa. Recusava-se. Havia outra maneiras de usar a mente, e nem tudo dependia de ser uma mutante. Jean começou a perceber que tinha se esquecido daquilo.

Pressionou o rosto no chão para conseguir um apoio melhor enquanto ficava de joelhos. Os *dreadlocks* caíam ao redor de seu rosto, e ela se lembrou de que era um homem. O que poderia ser mais sofrido se ela estivesse livre, mas naquele momento ela não tinha tempo a perder pensando naquilo. Pensando muito.

Lutando contra a vontade de vomitar, Jean se levantou cuidadosamente. Teve de se apoiar na parede por vários minutos; queria desesperadamente deitar-se novamente, mas tinha medo de que, se fizesse, não conseguisse se levantar. O desespero e a fadiga formavam uma combinação perigosa, e ela estava perto de sofrer os dois.

Ouviu alguém lá fora, no corredor, e preparou-se para outro encontro ruim. A tranca girou, a porta se abriu, e um homem estranho em uniforme branco de enfermeiro espiou para dentro da sala. Tinha olhos castanhos, cabelos castanhos e um queixo memorável.

– Ei, Jeff. Como está?

– Bem – Jean disse, ainda surpresa com a nova voz. – Sinto muito mesmo por ontem à noite. Não sei o que deu em mim. Acordei muito assustado. Aquele homem... ele vai ficar bem?

– Muito bem. – O enfermeiro lançou um olhar estranho para ele. – Maguire está dando uma de Henry Higgins com você?

– Desculpe? – Sua cabeça doía tanto que ela queria gritar.

– Sua voz. Está falando diferente.

– Ah – ela responde. – Bem... Maguire tenta fazer um monte de coisa para... ajudar.

– Acho que sim.

O jovem entrou no quarto, olhando por sobre o ombro para o corredor atrás dele.

– Apenas entre você e mim, Jeff, desta vez você estragou tudo. Maguire tinha convencido o administrador a não te transferir e... cara, o doutor ficou puto da vida quando sugeriram isso... mas depois da noite passada... – Ele chegou mais perto, sorrindo. – Bem, você sabe. Vem fácil, vai fácil. Acho que vão agir rápido, nos próximos dias antes de Maguire voltar. Será mais fácil para ele se não estiver aqui para assistir isso.

Mais fácil para o administrador, que não teria que lidar com quaisquer objeções imediatas. Jean observou o uniforme do jovem, que a fazia se lembrar do encontro da noite anterior. Era muito provável que estivesse dentro de um hospital psiquiátrico. Então a questão era totalmente outra, mas se ela estava aqui, os outros poderiam estar também. O problema era encontrá-los.

– Por que você está me dizendo tudo isso? – ela perguntou, pois não havia gostado do sorriso no rosto dele.

– Porque eu quero ver você se retorcer. – Seu sorriso alargou-se.

O longo corredor parecia uma extensão do quarto, um pesadelo de prisão, com portas e janelas gradeadas. O ar cheirava a desinfetante: rançoso, químico.

O enfermeiro não virava as costas para ela. Manteve distância, caminhando vários passos para trás a rodeando, como se estivesse se preparando para fazer alguma coisa. Ela olhou para trás.

– Estou tendo um problema esta manhã – ela falou. – Estou esquecendo as coisas. Quanto tempo estou aqui? Por que estou em tratamento médico?

Ele riu.

– Devem ter te dado uma surra daquelas. Caramba. O que posso te dizer, Jeff? Que você é um drogado? Que você quase espancou um homem até a morte por não te falar as horas, porque você precisava muito saber se estava atrasado para encontrar um traficante? Sim, você é mesmo um anjinho. Não sei por que Maguire perdeu tempo tentando dar um jeito em você, mas ele tem seus favoritos e, cara, quando ele gruda, não há quem faça desistir.

– Quais são os outros favoritos? – Jean quis saber.

Ele lhe lançou um olhar desconfiado e falou:

– O banheiro fica aqui.

O banheiro tinha bastante espaço, com cabines de um lado, uma fileira de urinóis do outro, e uma fila de chuveiros de gado entre eles.

– Precisa cagar? – ele perguntou.

– Não. – Ela imaginou se aquilo fora um engano. Talvez ele baixasse a guarda se ela se sentasse na privada. Podia tentar dominá-lo...

Tarde demais. Ele a puxou até o urinol.

– Vou tentar ser delicado. – Ele riu e abriu o zíper das calças de Jean. Era uma sensação horrível, sentindo as mãos lá embaixo, e mesmo que aquele não fosse o seu corpo, sentia repulsa por si, pelo homem que ela era, e encarou a parede enquanto ele tirava a coisa para fora.

– Bem, vamos lá. – Ele olhou para baixo e, em seguida, para o rosto dela. – Não temos o dia todo, Jeff.

Sua bexiga doía, mas não parecia natural. Não conseguia relaxar aquela parte do corpo.

– Não brinca comigo – disse o enfermeiro. – Eu te levo de volta para o seu quarto.

– Espere – Jean falou. – Por favor. Só... vire de costas. Preciso de um minuto. De um pouco de privacidade.

– Certo – o enfermeiro retrucou. – Você está doido para me dar o bote. Ah, peraí... suas mãos estão presas. Difícil, cara. Bem difícil.

Jean cerrou os dentes.

– Ótimo, não vire. Mas afaste-se um pouco. Não consigo soltar com você me observando.

– Ah, você é tímido como uma menininha. Tudo bem, Jeffy. Se for pra você se sentir melhor, vou me afastar um pouco. Só um pouco. – Ele se moveu. Ela se virou para o urinol e olhou para si mesma, tentando superar o desejo de gritar de frustração. Havia também apenas a simples necessidade de gritar – sem motivo além do fato de que tinha um pênis preso no seu corpo e atualmente não havia maneira de escapar daquilo.

Finalmente ela conseguiu urinar, mas levou tempo, e ela conseguia ouvir como o enfermeiro ficava cada vez mais impaciente. Na verdade, ficou surpresa que tivesse permanecido ali tanto tempo, até finalmente caminhar até ela e vestir-lhe de novo as calças de paciente. Foi até a pia e lavou suas mãos.

Outro homem entrou no banheiro. Um negro magro, com rosto fino e olhos brilhantes. Vestia a roupa larga de um paciente de hospital.

– Ora, ora – o enfermeiro disse. – Olha que coisa. Jeff, conheça uma das pessoas que você tão convenientemente esqueceu. Renny, consegue acreditar nisso? A menina aqui não se lembra de você.

– Ah – o homem disse com um sorriso estranho. – Não se lembra de mim, *mein freund*? Sério? Se ajudar, minha cor favorita é azul.

Jean prendeu o fôlego. Depois de um momento, ela disse:

– A minha é vermelha.

– Também é uma cor encantadora – respondeu Renny.

Jean pensou, *Kurt, esse é o Kurt*, e ele disse:

– Estávamos todos nos perguntando como você estaria. Não acredito que você nos esqueceu.

– Ei – disse o enfermeiro. – Que sotaque alemão é esse? Que porcaria Maguire está dando para vocês?

Jean o ignorou.

– Como estão os outros?

– Bem – Kurt falou, e em seguida o enfermeiro agarrou o ombro de Jean e empurrou-a para a porta.

– Acabou o recreio. Renny? Não fique muito aqui fora, cara.

– Tchau – Jean falou e, em seguida, completou rapidamente –, pode ser a última vez que me vê. Estou sendo transferido.

– Quê? – Kurt olhou assustado. Jean tentou dizer mais alguma coisa, mas o enfermeiro empurrou-a para fora do banheiro e Kurt não os seguiu. Ela não o culpava. Melhor não atrair a atenção naquele lugar. Já bastava que os outros estivessem ali. Egoísta, sim, mas melhor do que se perguntar se seus amigos e marido estão vivos ou mortos.

Ela e o enfermeiro passaram por uma chinesa magra, recostada na parede ao lado de uma escadaria mal-iluminada. Parecia muito bonita, embora fosse difícil dizer com o olhar tão tímido grudado no chão. Ela lançou um olhar furtivo para Jean e piscou.

Jean tropeçou. O enfermeiro deu um empurrão.

– Todos os seus amigos estão aqui, hein? Tá namorando, Jeff? – E, em seguida, para a mulher. – É melhor dar o fora, Mindy. Se der essas olhadinhas provocantes para Jeff, talvez eu peça para fazer o mesmo comigo.

Algo rude reluziu pelo olhar da mulher – por um momento, Jean pensou que haveria uma briga –, mas em seguida ela desviou o olhar e desceu as escadas arrastando os pés. O enfermeiro riu.

Jean olhou para trás. Por trás das costas do enfermeiro, a mulher – Mindy – olhou ao redor da escadaria. Encontrou o olhar de Jean e apontou para os próprios olhos. Disse "Scott", sem pronunciar nenhum som.

Jean respirou fundo e desviou o olhar; se o mantivesse por mais tempo, diria ou faria uma estupidez. Scott. Graças a Deus. Ele estava bem. Ou quase. Seu marido era uma mulher.

Nossa. Provavelmente alguém estivesse rindo daquilo.

E quando encontrasse esse alguém, ele estaria encrencado.

• • • •

Kurt saiu do banheiro depois que Jeff e o enfermeiro desapareceram de vista. Ele correu até Scott e disse:

– Aquela era Jean.

– Quê?

– Sério, tenho certeza.

Scott olhou fixamente para o corredor, tentando lembrar daquele rosto masculino, os olhos escuros. Parte dele não se surpreendeu. Houve um momento – breve, espantoso –, quando ele olhou para o rosto de Jeff e sentiu aquela gota de conexão que sempre tivera com Jean: bem-estar, uma sensação de estar em casa.

Porém, de imediato, aquilo parecia errado, e o motivo era superficial: Jeff era um homem. Scott, o mutante esclarecido e politicamente correto que era, sentiu-se estranho por ter aquele tipo de sentimento por um homem. Mas se Jean estivesse ali dentro...

Você a ama. Você a ama e isso não importa.

– Por sorte que decidimos voltar e verificar o quarto, *ja*? Se não a tivéssemos visto no corredor... – Kurt hesitou. – Jean acredita que será transferida logo, talvez hoje à noite. Ela só conseguiu me dizer isso.

– Perfeito – Scott disse. O corredor estava vazio; a maioria dos pacientes parecia estar lá embaixo, na área de recreação. A sala de enfermeiros daquele andar era na outra ponta da ala. Ele começou a caminhar atrás de Jeff. Kurt o seguiu.

– Scott – ele falou.

Scott ignorou a tensão na voz do amigo e falou:

– O quanto você está em forma agora, Kurt?

Kurt balançou a cabeça.

– Se você está me pedindo o que eu estou pensando...

– Estou.

– ... então sim, *mein freund*. Estou forte o bastante.

Scott começou a correr. Virou no fim de um corredor e viu o enfermeiro empurrando Jeff – *Jean* – para sua cela. Scott não reduziu o passo. Em silêncio, rápido, ele correu na direção do enfermeiro, e o homem ergueu os olhos no último momento, viu que era Mindy – a mulher pequena e doce – e ergueu as mãos devagar demais. Scott golpeou o punho pequenino na garganta do homem, Jean chutou as costas dos joelhos – e em seguida, enquanto o enfermeiro despencava, engasgando, Kurt chegou e chutou o rosto do homem caído, várias vezes, até ele ficar imóvel. Scott verificou o pulso do enfermeiro.

– Ainda está tudo limpo – Kurt falou, ofegando, enquanto olhava para as duas pontas do corredor. Scott ergueu-se e tocou Jean. Olhou para o rosto estranho e perguntou:

– Você está bem?

– Agora estou – ela disse e virou-se de costas. – Me tire dessa coisa.

Scott abriu as amarras de velcro e ajudou Jean a sair da camisa de força. Kurt tentou arrastar o enfermeiro para a cela de Jean.

– Seria bom ter uma ajudinha aqui – ele murmurou. Scott e Jean pegaram as pernas e os braços do enfermeiro e retiraram-no do corredor, deixando-o bem rente à parede, onde ficaria fora da visão de alguém que olhasse pela janela de observação. Kurt amarrou-o com a camisa de força.

– Isso não vai mantê-lo em silêncio – Jean falou, mas Kurt estava tirando os tênis do enfermeiro e arrancando as meias. Enfiou as duas na boca amolecida do homem. Scott revistou os bolsos e puxou um molho de chaves.

– Precisamos encontrar Logan e Vampira – ele disse.

– Não vai ser fácil. – Kurt afastou-se do enfermeiro e olhou pela janela de observação.

– Minha vida deixou de ser fácil no dia que cheguei à puberdade – Jean falou, empurrando-o de lado para abrir a porta com cautela. Scott encostou o ouvido nela, tentando ouvir lá fora. Não escutou nada além do eco distante de vozes, os sons de homens e mulheres movendo-se.

Os três X-Men saíram da cela e apressaram-se pelo corredor até as escadas. Logan e Vampira estavam sendo mantidos um andar acima deles, mas numa ala diferente. De acordo com as lembranças de Scott das plantas do hospital, a única maneira de chegar até eles exigia descer até o primeiro andar e passar pela área de recreação para chegar a outro lance de escadas na ala adjunta. Era um local bem cheio; Scott não gostava das perspectivas.

– Se alguém me vir... – Jean sussurrou.

– Eu sei – Scott retrucou. – Mas as únicas câmeras de segurança ficam perto das saídas e há mais pacientes que enfermeiros neste lugar. Se tivermos cuidado...

– Talvez não seja o suficiente – Kurt disse. – Tem alguém vindo aí.

Não havia tempo para esconder-se; estavam encurralados nas escadas. Respirando fundo e esperando pelo melhor, Scott avançou. Até agora, ele e Kurt confiaram na possibilidade de que ninguém prestaria atenção neles. Com Jean, aquilo mudaria. Scott imaginou que a maior parte da equipe sabia que ela – ou melhor, Jeff – fora trancafiado por ter sido violento. Se alguém questionasse por que ela estava livre...

Era a enfermeira Palmer que apareceu na frente deles. Carregava uma pilha de arquivos e seus passos eram lentos, pesados. A luz da janela atrás dela não parecia mais tão brilhante; Scott tentou imaginar que horas eram. A noite seria um horário melhor para escapar.

Você devia ter deixado Jean na cela até estarem prontos para sair daqui. Apenas piorou suas chances.

Mas, Scott preferia apostar com Jean ao seu lado em vez de arriscar que fosse transferida ou se ferisse. Os X-Men não tinham controle sobre suas vidas nesse lugar.

Scott não parou de andar, tampouco reduziu o passo; por um momento, pensou que a enfermeira Palmer deixaria que eles passassem, mas no último instante possível ela parou na frente dele. Scott se apoiou nos calcanhares para evitar cair em cima dela. Jean passou rapidamente pela enfermeira.

Ele olhou para a enfermeira Palmer por baixo dos cílios e a flagrou encarando Jeff. Sua testa enrugou-se num profundo franzir de cenho.

– Ei, tem alguma coisa errada. Quem deixou você sair do confinamento?

– Não sei – Jean falou. – Um dos enfermeiros. Disse que não queria perder tempo me alimentando, então eu devia fazer isso sozinho.

– Essa é boa... – A enfermeira Palmer balançou a cabeça, recuando. Scott imaginou se ela estava se preparando para correr. Ele não a culpava; era uma mulher solitária em meio a três indivíduos mentalmente instáveis. Scott ficou surpreso que ela tivesse até mesmo se dado ao trabalho de confrontá-los.

– Ele está com fome – Kurt falou. – Ele não pode comer conosco?

A enfermeira Palmer estreitou os olhos.

– Não, não pode. E por que você se importa tanto, Renny? Jeff sempre aterrorizou você, e agora de repente, vocês parecem até amigos? Fica o tempo todo com Mindy, procurando o Dr. Maguire? Tem alguma coisa errada aqui. Vocês estão estranhos. – Ela lançou um olhar inquisidor para Scott. – Todos vocês.

Ela voltou até as escadas e Scott soube que teriam apenas alguns segundos antes que ela começasse a gritar por ajuda. Ele falou:

– Espere.

Mas desta vez a enfermeira Palmer não respondeu nem ficou surpresa com sua vontade de falar.

Em seguida, outra mulher apareceu, subindo as escadas apressada, vinda do primeiro andar. Parecia vagamente familiar. Seus olhos eram estranhos, e ela vestia o uniforme folgado de paciente.

– Suzy – a enfermeira Palmer disse, e a mulher sorriu, chegando tão perto que Scott teve certeza de que a enfermeira diria algo, daria um grito, um alarme, mas as cores mudavam nos olhos da paciente, espirais de dourado e verde, e a enfermeira Palmer fechou a boca.

– Estas pastas estão muito pesadas – disse a mulher, Suzy. – E foi um dia de cão hoje. Acho melhor você ir embora e encontrar um lugar para descansar os pés.

A enfermeira Palmer sacudiu a cabeça, embora seu olhar nunca se desviasse dos olhos de Suzy. A mulher aproximou-se, o quadris redondos e suaves como sua voz, e disse:

– Agora vá. Essas pessoas não são importantes.

– Mas...

– Não. – Uma palavra, solta no ar como uma pedra. – Agora, *vá*.

A enfermeira Palmer virou-se e subiu as escadas. Ela não olhou para Scott ou para os outros quando passou. Não parecia enxergar muito naquele momento.

Ninguém se mexeu. Olharam para Suzy, cujo sorriso havia se alargado.

– Vocês estão tão ferrados – ela falou.

– Já nos conhecemos? – Scott perguntou.

– Não – ela respondeu. – Em geral, você não é muito de falar.

Certo. Ele sempre esquecia dessa parte.

– Obrigado pela ajuda – Kurt disse, educadamente. – Mas se importa se eu perguntar por quê.

Suzy sorriu, maldosa.

– Renny, Renny, Renny... este é o seu nome e você não se cansou dele, certo? Não está se tremendo todo, *Renny*. Nem parece preocupado. Está agindo como um homem com colhões.

– E isso a deixa surpresa?

O sorriso abriu-se ainda mais.

– Sutiãs e privadas, Renny. Lembra a bela distração que criei para as enfermeiras?

– Ah – ele falou. – Lembro.

Ela cruzou os braços sobre o peito.

– Você é um péssimo mentiroso. Era na época, e é agora. Seja lá quem você for.

Scott franziu o cenho.

– O que você quer dizer com isso?

Ela simplesmente olhou para ele e, novamente, ele amaldiçoou sua boca grande. Os olhos giraram como o sol brilhando sobre a água, de claro para escuro, as pupilas se expandindo e contraindo como batidas do coração, sutis e hipnóticas. Ele desviou o olhar, preocupado em ficar fixado demais naqueles olhos.

– Esperta – ela falou. – Alguns são mais suscetíveis que outros, mas quase ninguém percebe. Sou uma vadia, por isso eu os avisei.

– Você é uma mutante – Jean concluiu, e Scott pensou sobre a missão que os levara até ali. – Está sendo mantida no hospital contra vontade?

Suzy riu alto.

– Que merda é essa, Jeff. Gostava mais de você quando era um brutamontes. Não, não estou sendo mantida aqui contra minha vontade. Posso dizer que mereço estar aqui. Fico um pouco louca às vezes. Só um pouco.

– Só um pouco?

– Só um pouco de cantoria, um pouco de dança, nada de tão especial. Maluca. Só sou um pouco maluca. – Ela mostrou os dentes. – E vocês todos são impostores. Você e Renny e a Jane Louca, e Deus sabe mais quem. Impostores, ilusão, escondidos nas sombras. Vocês todos estão ferrados.

– Você é telepata?

– É uma palavra forte demais para uma garota como eu – ela falou, dissimulada. – Use palavras mais leves, *senhor* Mindy.

Scott ficou paralisado.

– Como sabe?

Ela deu um tapinha na cabeça.

– Apenas sei. Instinto, talvez. Ou foram as cartas. – Ela puxou um maço delas do bolso, um maço normal, bem usado e gasto nas margens. – Tive que passar um tempo com a Jane Louca, mas quando eu a descobri, o restante de vocês foi fácil. Vi vocês todos conversando. Não deveria ser assim, não importa o que o Dr. Maguire esteja fazendo com vocês.

– Sabe tudo sobre isso? – Scott aproximou-se, perto demais talvez, aqueles olhos poderiam ser perigosos, mas ele precisava saber, e se aquela mulher tivesse as respostas...

– Não – ela disse, e ele não conseguiu saber se estava mentindo. – Nunca tive chance de falar com o doutor. Muitos não tiveram. Ele veio e começou a ver apenas alguns pacientes. E em seguida, diminuiu ainda mais os pacientes, e de novo, de novo, até chegar a vocês cinco. Cinco desgraçadinhos.

– Isso deixa você irritada? – Kurt quis saber.

– Tudo me deixa irritada, *Renny*. Por isso estou aqui. Quer dizer, em partes. Mas você não deveria estar aqui. Não deveria mesmo.

Scott examinou o rosto dela, aquele sorriso, os olhos frios.

– Está nos oferecendo ajuda?

– Estou oferecendo algo – ela falou. – Tenho a sensação de que deveria. A Jane Louca puxou uma carta ruim e eu continuei puxando. Cinco de copas, cinco de ouros, cinco de espadas e paus. Cinco parece ser o número mágico, e depois de vê-las, crianças amadas, todas juntas, todos amigos quando na verdade nunca foram, entendi minha mensagem em alto e bom som.

– Que é? – Scott perguntou, cauteloso.

Ela limpou o dente com a unha do dedinho.

– Libertar vocês, passarinhos vermelhos. Vou libertar vocês.

6

DEPOIS DE MUITAS HORAS DE ESPERA naquela sala pequena e funesta, com um Logan de temperamento igualmente odiável, Vampira ficou de certa forma aliviada quando as enfermeiras vieram buscá-la para uma consulta com o administrador. Não tiraram sua camisa de força.

O Sr. Beckett era um homem pequeno, de careca brilhante cercada por um fino anel de cabelos castanhos que pareciam mais juvenis que seu rosto descaído e enrugado. Lembrava um basset hound entediado e soava como um quando falava, vogais e questões lentas que mais pareciam proclamações.

– Você é uma encrenqueira? – ele disse quando ela se sentou. – Acho que você é uma encrenqueira.

– Tudo bem – Vampira disse. O Sr. Beckett franziu a testa, batendo no prontuário diante de si com um lápis.

– Francamente, eu esperava mais. Fez progressos notáveis com o Dr. Maguire, mas vários incidentes no último mês demonstraram que seu caminho para a recuperação é... desafiador. Esse último episódio é um odioso exemplo disso.

– Eu estava tentando defender aquele enfermeiro.

– Vários da minha equipe disseram isso. Eu não estava lá, então não posso verificar a veracidade das histórias. De qualquer forma, pouco importa. Um paciente está morto, que é um tipo de marca permanente que não gosto de ter dentro do meu hospital.

Vampira também não gostava. Ela estava triste com aquela morte. Seu coração doía. Ela sentia as mãos sujas.

"*Mas nem tão sujas assim*", Logan dissera durante sua breve conversa. "*Porque suas intenções foram boas. Você estava tentando ajudar alguém. Caramba, gatinha, isso acontece comigo o tempo todo. Quer ver um fracasso quando se trata de manter as pessoas vivas? É só dar uma boa olhada para mim. Eu sou a imagem que eles usam no dicionário para esse tipo de coisa.*

O que foi o suficiente para fazê-la sorrir – um bom sinal –, mas, por mais que aquela conversa reconfortante continuasse, não era o suficiente para extinguir a culpa. Na experiência de Vampira, não havia muito o que fazer, exceto esperar o tempo passar.

– Qual era o nome dele? – ela perguntou, porque precisava saber, precisava lembrar-se da morte desse homem de um jeito pessoal, e não apenas de um rosto, um incidente, um mistério.

Foi a pergunta errada. O Sr. Beckett quebrou a caneta e atirou os pedaços na mesa. Eles ricochetearam; um deles atingiu o peito de Vampira.

– Você se diverte com isso, não é? – Ele se recostou na cadeira e pousou as mãos espalmadas na mesa.

– Não – Vampira contestou, mas ele balançou a cabeça.

– Não quero ouvir mais uma palavra de sua boca. Vou te transferir para a ala psiquiátrica da prisão correcional feminina. Você devia ter sido mandada para lá há muito tempo, mas o Dr. Maguire insistiu que permanecesse sob os cuidados dele.

– Você deve ter tido um bom motivo para ouvi-lo – Vampira disse, observando a expressão dele enrijecer. Não tinha mais nada a perder; não se importava mais que seu sotaque escapasse. Mesmo se não soasse em nada parecido com Jane, o homem na frente dela nunca imaginaria a verdade.

– O Dr. Maguire é altamente respeitado – Sr. Beckett disse, lentamente. – Muito.

– Então ele usou sua influência para te intimidar? – Vampira retrucou.

O rosto de Beckett avermelhou-se ainda mais.

– Os enfermeiros vão levá-la de volta para o quarto do silêncio agora. Se nada mais acontecer, pode passar mais tempo com sua... colega de terapia antes de ir.

– É muita gentileza da sua parte – Vampira disse, pensando, *Seu alcaguete nojento.*

– Também acho – ele disse, e apontou para a porta.

Logan estava apoiado na parede quanto Vampira voltou. Mostrou os dentes e disse aos enfermeiros:

– Vocês estão planejando nos alimentar? Uma gororoba cairia bem.

– Cala a boca – disse o homem. – Não vou chegar perto desses dentes aí para te alimentar. Se ficarem com fome, podem comer uma a outra.

– Opa – disse o outro, com olhar malicioso –, isso eu gostaria de ver.

– Aposto que sim – Logan falou. Os enfermeiros saíram, rindo. Vampira lançou-lhe um olhar de desaprovação e deslizou pela parede, esfregando o ombro no dele.

– Vão me mandar para prisão – ela disse. – Vão acabar comigo lá.

– Sempre soube que aconteceria. Você é um ossinho duro de roer. Sempre caçando problemas.

– Bem, aqui eu me superei. Só espero que os outros consigam encontrar uma maneira de sair daqui antes que eles me levem. Senão, vou ficar atrás das grades até vocês descobrirem como me mandar de volta para o meu corpo.

– Férias boas. Muito tempo para refletir.

– Fazer novos amigos?

– Amigos da prisão são os melhores.

– Cuidam da sua retaguarda?

– Às vezes literalmente.

Vampira riu. Logan cutucou-a com o ombro.

– Viu? Vai ficar tudo bem, gatinha. Lembra da época quando estávamos juntos em Genosha? Sem poderes também, e eles penduraram a gente como carne num açougue? Deu tudo certo, não deu?

– É mesmo. – Ela se lembrou do terror de acordar nua e sozinha numa pequena cela de concreto. Aquilo foi infinitamente pior. Ali, ao menos, havia regras. Naquele outro lugar, tudo que ela tinha era a piedade delicada dos soldados – e eles não eram tão piedosos assim. Na época, como agora, não ter acesso às suas capacidades mutantes parecia mais uma punição que um presente, e ela se perguntava se não era como sempre deveria ser. Se talvez aquilo não fosse o que ela preferia.

Claro, continuar pensando assim era apenas um desperdício de energia quando tinha assuntos mais urgentes para cuidar. Assuntos como não ir para a cadeia e ser separada dos amigos.

Em algum lugar distante, Vampira ouviu um homem gritar, e pensou, *Estou contigo e não abro.*

Vampira ouviu um pouco mais, mas o som era muito desolador, intermitente. Tentando se distrair, ela disse:

– Como vamos sair daqui, Logan?

– Fácil – ele disse, com voz baixa, quase um grunhido. – Vamos correr.

– E como você sabe disso?

Ele sorriu e apontou com o queixo para a porta.

– Porque ali está nossa passagem de ida.

E Vampira olhou e viu Kurt espiando através da janela de observação, e pensou que Logan poderia estar planejando algo.

• • • •

Kurt, ciente de que era um ilusionista nato e artista de fugas rápidas de fabulosa habilidade, estava bastante acostumado a entrar – de propósito – em situações que alguns pudessem considerar instáveis e perigosas. Fosse em trapézio alto ou numa disputa sangrenta com os Amigos da Humanidade, estava sempre pronto para enfrentar as dificuldades com um sorriso. Era brincadeira de criança para um homem de humor leve.

Até naquele momento. Kurt ainda sorria – mesmo enquanto ele, Scott e Jean preparavam-se para entrar na parte mais lotada do instituto –, mas era um esforço, uma tranquilidade forçada para refrear o desespero.

Kurt sentia falta de si mesmo. Desde que acordara naquele lugar, travava uma batalha contínua contra seus instintos, aqueles desejos primevos de usar o que lhe veio tão naturalmente: teletransporte, agilidade, até mesmo sua cauda. Sentia falta daquelas partes dele, aquela falta lhe doía e, embora fosse um homem que não perdia tempo com coisas que não podiam ser mudadas, aquilo o atingia no fundo do coração.

Pensou que soubesse quem era sem seus dons. Talvez. Esperava que os outros tivessem uma noção mais sólida de suas identidades. Diante deles havia uma estrada difícil; ele não poderia imaginar o que aconteceria se percebessem serem incapazes de separar personalidade de poder, se perdessem a determinação simplesmente porque o caminho mais fácil não estava aberto para eles.

Você se preocupa demais. Os X-Men sofreram e suportaram coisas piores que essa e sobreviveram. Não precisa temer por eles. Ou por si mesmo.

Porém, ele não conseguia livrar-se da sensação de que ali era diferente, que a perda era tão profundamente pessoal, tão intensa, que o corte chegava mais fundo que qualquer bala ou faca, mais fundo que qualquer coisas que já haviam encontrado antes.

Ou talvez ele estivesse apenas sendo dramático. Ele gostava daquilo, às vezes.

– Estão prontos? – Scott perguntou. Os três X-Men estavam dentro de uma pequena sala cheia de produtos de limpeza que Suzy garantiu a eles que nunca eram usados no início da noite. O faxineiro, segundo ela, ia para casa cedo – e as enfermeiras não gostavam de limpar. A despensa ficava embaixo das escadas e numa distância em que conseguiam ouvir a sala de recreação. Mesmo agora, Kurt ouvia o ruído alto de cadeiras sendo arrastadas e o rumor tempestuoso de vozes.

– Tem certeza que confiam nela? – Jean perguntou. – Ela parece desequilibrada.

– Tem razão – Scott concordou –, mas agora precisamos de toda a ajuda que conseguirmos.

– E vocês acham mesmo que eu posso simplesmente... passar por aquelas enfermeiras e guardas? – Jean apontou para si mesma. – Caso vocês não tenham percebido, não sou a mulher que costumava ser.

– Precisamos resgatar Logan e Vampira. Eu poderia deixar você aqui e resgatá-los, mas você ainda teria que cruzar a sala de recreação para chegar à nossa melhor rota de fuga.

Jean suspirou.

– Melhor acabar com isso logo. Eu só queria...

Ela não terminou de dizer o que desejava, mas Kurt pensou que havia entendido. Jean queria seu corpo de volta. Kurt tinha um desejo parecido para si. Viver como mutante – com todos os poderes concedidos a ele – era mais fácil que existir como um ser humano.

Você ficou muito mal-acostumado com as coisas incríveis que pode fazer. Sua única redenção é que nunca conheceu outro tipo de vida.

Kurt ouviu uma comoção no corredor; um homem gritando obscenidades, uivando como se o coração estivesse sendo arrancado do peito. Algo grande despencou num estrondo, uma mesa, talvez. Ou um corpo.

– É agora – Scott disse. Abriu uma fresta na porta da sala e espiou o corredor, em seguida deslizou para fora, acenando para Kurt e Jean seguirem-no. Eles foram, e seguiram os sons do caos até alcançarem a sala de recreação. Ninguém prestou atenção neles. Todos – enfermeiros, guardas, pacientes – encaravam um jovem magrelo se contorcendo no chão de forma tão violenta, com tanta impulsividade, que Kurt temeu que ele quebrasse a coluna ao meio. De sua boca vazavam sons de horror. Kurt queria tapar os ouvidos com as mãos. Suzy prometera uma distração; seu amigo, Kyle, estava certamente oferecendo uma.

Scott agarrou a mão de Jean e puxou-a através da sala, abrindo caminho entre os pequenos grupos de pacientes que estavam diante de si. Kurt corria atrás dele. Ninguém prestou atenção à passagem deles; as enfermeiras corriam na direção do jovem, gritando ordens umas para as outras enquanto agarravam o corpo ondeante e se esforçavam para segurá-lo. Kurt viu Suzy de relance; ela piscou para ele e continuou.

Passada a sala de recreação, os corredores estavam quase vazios, embora vários guardas tivessem passado correndo quando Scott, Jean e Kurt chegaram às escadas. Ninguém olhou duas vezes; os três não podiam competir com os gritos que soavam como um assassinato.

Correram escadas acima e no patamar viram uma sala de enfermeiras cercada de vidros. Havia uma mulher lá dentro, brincando com a ponta de sua trança, e quando viu os três X-Men ela se empertigou. Kurt aproximou-se primeiro, mas antes que pudesse dizer alguma coisa, sentiu uma mão no ombro, um empurrão, e Suzy passou por ele. Espalmou as mãos no vidro e encarou a enfermeira. Apenas encarou, e a mulher ficou muito quieta, seu olhar aberto e vitrificado. Suzy falou.

– Durma.

E a enfermeira fechou os olhos. Seu rosto relaxou.

Kurt ouviu vozes, sons de movimentos nas escadas. Suzy não disse nada, apenas correu naquela direção sem olhar para trás.

– Encontrei os dois – Scott disse, gesticulando para a porta mais próxima da saleta. As chaves roubadas tilintaram na sua mão. Kurt passou por ele e olhou através da janela de observação. Viu Vampira e, ao lado dela, uma mulher gorducha, pequena, de cabelos loiros que parecia a idílica namoradinha doce do interior norte-americano. E em seguida, ela lhe lançou um olhar malicioso, e não havia dúvida: era Logan.

Scott destrancou a porta. Logan e Vampira já estavam em pé, Kurt e Jean libertaram-nos das amarras.

– Vocês estão bem? – Scott perguntou, olhando para o corredor.

– Belezinha – Logan disse. – É você, Jeannie?

– Não – Jean falou, em pé, atrás dele. – Esta seria eu.

Logan virou-se e encarou-a.

– Uau. Queria ter estado lá para ver o primeiro encontro.

Jean estreitou os olhos. Logan ergueu as mãos e se afastou.

– Vamos – Scott falou, segurando a porta aberta. – Precisamos sair daqui.

– Você tem um plano? – Logan perguntou. Esfregou os nós dos dedos, um gesto familiar, que deixava Kurt aflito ao ver. Logan, como o restante deles, dependia dos dons mutantes como uma extensão natural da carne: braços, olhos, pernas. Garras de metal.

– Te conto no caminho. – Scott entrou no corredor. Kurt seguiu logo atrás dele; seu coração disparou quando viu uma sombra na escadaria, mas era apenas Suzy.

– Vocês estão muito devagar – ela disse, enquanto as manchas verdes e douradas rodopiavam como cata-ventos preguiçosos ao redor de suas pupilas.

– Tem certeza que não consegue nos levar até as portas principais? – Scott perguntou.

– Claro que não, vermelhinho. A mágica dos meus olhos só funciona com uma pessoa por vez, e o hospital tem vários cães de guarda em cada saída. A menos que você queira lutar para escapar, a saída dos fundos é a melhor.

– Talvez uma boa luta caísse bem – Logan murmurou.

Scott levou-os por um longo corredor até um conjunto de portas de aço trancadas. O metal exibia amassados, pintura lascada; as dobradiças estavam enferrujadas. Scott deixou as chaves de lado e pegou sua gazua.

– O que significa isso? – Logan perguntou, olhando para trás. Kurt seguiu seu olhar. Na outra ponta do corredor ele viu alguns dos pacientes olhando para eles.

– Esta ala do hospital tem quase setenta anos. De acordo com as plantas, tem uma velha escada de serviço atrás desta porta. Ela leva até a lavanderia original.

– Ah, lavanderia – Logan disse quando as portas abriram-se com um estalo. – Sempre podemos contar com uma lavanderia para uma fuga sensacional.

A escadaria era mal-iluminada e cheirava a concreto úmido e mofo. Jean e Logan entraram na escuridão; Kurt começou a segui-los até perceber que Vampira, Scott e Suzy estavam parados, encarando-se.

– Eu vou apenas até aqui – Suzy disse. – Eu vigio as portas, faço um escândalo se alguém tentar descer para dar uma olhada.

– Por que está fazendo isso? – Scott perguntou. – E por que já não escapou? Não importa o que diga, sei que podia sair daqui a hora que quisesse.

Suzy olhou de esguelha para Vampira. Um sorrisinho abriu-se nos seus lábios.

– Fico aqui porque devo. Cada um tem o seu lugar. Você deveria entender isso. Esses corpos não são seus, no fim das contas. Apenas sonhos e ilusões.

Uma carta apareceu na mão dela: um nove de espadas surrado. Suzy entregou-a para Vampira, que a segurou hesitante entre dois dedos.

– Sou louca – Suzy falou. – Mas Jane é mais louca. Vou sentir falta disso.

– Talvez você a recupere – Vampira disse baixinho.

– Não – Suzy disse. – Ela se foi. Mas agora pelo menos não terei que olhar para uma estranha vestindo o rosto dela.

Kurt, Scott e Vampira entraram na escadaria. Suzy, ainda sorrindo, fechou a porta atrás deles.

Scott seguiu às cegas na escuridão e se recostou na parede. Com cuidado, desceram as escadas, um passinho por vez. Kurt resvalou num braço macio.

– Ei – Logan disse. – Jeannie e eu estávamos esperando vocês.

– Obrigado – Kurt falou. – Mas, por favor, primeiro as damas.

– Engraçadinho.

– Ouviram alguma coisa lá na frente? – Scott sussurrou.

– Não – Jean respondeu. – Quanto tempo acham que vai levar até descobrirem que fugimos?

Logan bufou.

– Saímos há mais de cinco minutos. Não estamos lidando aqui com nada parecido com os agentes da S.H.I.E.L.D.

– Talvez não, mas eles laçaram *você* direitinho, não foi, meu bem?

A escadaria fazia uma curva, mas no fundo eles encontraram uma porta. Uma fina linha de luz cortava o ar embaixo dela, e eles observaram com cuidado se havia alguma sombra, qualquer distorção que indicasse movimentos do outro lado. Nada mudou. Logan abaixou-se e, após um momento, deu um tapinha no calcanhar de Kurt.

A porta não estava trancada por dentro. Prendendo a respiração, Kurt abriu-a com cuidado. Viu uma parede nua com encanamentos grossos pendurados no teto. O quarto estava vazio, exceto por sacos de lona empilhados no chão. Grandes contêineres de metal com alças estavam alinhados na parede ao fundo, embaixo de uma janela pequena e suja de onde se via apenas a parte subterrânea de uma parede de contenção de cimento. A luz fraca do crepúsculo vazava através do vidro.

A sala não tinha porta, apenas um corredor estreito que levava para a escuridão. Logan seguiu-o até desaparecer de vista; voltou menos de um minuto depois e disse:

– Este lugar é um labirinto. Cerca de vinte metros adiante comecei a ouvir máquinas funcionando, talvez até pessoas falando. Tudo isso aqui é trancado ou precisamos nos preocupar com gente vagando por aí?

Scott deu de ombros.

– Devia estar trancado, mas não posso garantir.

– Alguém pode inspecionar esta área depois que descobrirem que fugimos. Seria estúpido se não fizessem.

Jean espreitou para dentro da escuridão.

– Você viu lugares para se esconder além dessa sala?

Kurt viu Scott olhar de relance para Jean, e em seguida desviou o olhar. Rápido demais, assim pareceu. Kurt pensou que ela havia percebido e ficou magoado em ver aquele lampejo de incerteza passar pelos olhos dela.

– Alguns espaços baixos que fariam seu nariz esfregar na bosta de rato. Não são muito fundos, então uma passada de lanterna seria o suficiente para pegar a gente.

– Então precisamos sair daqui antes que alguém desça. – Scott olhou para a janela. Kurt seguiu seu olhar e observou o céu do entardecer.

– *Mein freund*, se esperar apenas quinze minutos, o céu já estará um breu.

– Seremos alvos fáceis – Vampira disse. – Embora eu prefira arriscar quando não tiver mais luz lá fora.

– Mas a segurança será reforçada – Logan falou. – Supondo, claro, que alguém perceba que fugimos.

– A segurança é mais forte dentro do prédio. Eles têm dois postos de controle, detectores de metal, e todas as janelas, exceto essas, são cobertas com cercas de arame. Não é fácil sair daqui, pelo menos para uma pessoa comum. Não acho que o hospital vá desperdiçar muito pessoal para procurar pela gente fora do prédio. Ao menos, não no início. Quando fizerem, estaremos bem longe daqui. O Blackbird está pousado apenas a dez minutos de distância.

Supondo que ainda estivesse no matagal onde o deixaram.

– Você está esquecendo da cerca – Vampira lembrou-o. – Eu vi arame farpado.

– Suzy comentou que tem um lugar onde a cerca está solta.

– Suzy – Logan falou –, aquela mulher que nos ajudou?

– Uma mutante – Scott falou. – E, Logan, eu acho que recebemos informações falsas para nos atrair até aqui. Esse lugar é uma armadilha.

– Não diga uma coisa dessas – Logan agachou-se contra uma parede, descansando as mãos nos joelhos. – O problema é que confio na minha fonte, Ciclope, e ele me jurou que havia atividades ilegais antimutantes. Além disso, uma armadilha que rouba corpos? Não haveria maneiras mais fáceis de nos pegar que não arrastar a todos nós até aqui com uma pista falsa? *Especialmente* para uma pessoa forte o bastante para fazer isso? – Ele apontou para os seus seios.

– Não tenho todas as respostas, Logan, mas isso aqui – e apontou para os próprios seios – é um indício de que algo deu muito errado quando viemos para cá, e *não acho que tenha sido um acidente*. A única coisa que todos os nossos novos corpos têm em comum é que compartilham do mesmo médico, um homem chamado Jonas Maguire. Ele tem bastante interesse em nós.

– E a falsa prisão de mutantes? – Jean perguntou.

– Não vi nada que corroborasse com isso – Scott falou. – O único mutante que encontramos parece acreditar que *precisa* estar aqui, e não acho que alguém a esteja obrigando a se sentir desse jeito. Não acho que alguém *poderia*.

– Concordo. – Vampira balançou a cabeça. – A Suzy é maluca.

– Maluca o bastante para saber que somos impostores – Scott disse. – E o suficiente para nos ajudar.

– Eu confio na minha fonte – Logan repetiu. – Além disso, vocês parecem estar concluindo que esse Maguire tem algo a ver com nossa situação. Concordo. Ele poderia ser um mutante, ou ter pensado em contratar um para arrancar a gente do nosso corpo. *Mas*, como um médico conseguiria fabricar o tipo de rumor que nos traria para cá, em primeiro lugar?

– Ele não teve de inventar a coisa toda – Vampira disse. – Encontramos bolsões de tensão mutante e humana dentro da cidade.

– E ele é médico. Tudo que precisa fazer é comentar durante algum tempo, e no fim das contas alguém espalha a história.

– Continuo não gostando dessa versão – Logan admitiu.

– Você nunca gosta de nada – Scott disse. – E agora estou menos preocupado com detalhes. Precisamos sair daqui.

– O estágio um desse plano já foi concluído – Kurt disse. – Agora precisamos dar no pé.

Não era algo pelo qual ele ansiava, mas no momento, era tudo que podiam fazer. Ficar preso no corpo de estranhos, sem quaisquer direitos ou recursos reais...

Kurt suspirou, perguntando-se novamente se havia amolecido. Tantos no mundo, mutantes e seres humanos, sofriam indignidades nas mãos de outros. Sua situação não era pior, e ao menos ele estava com seus amigos. Ao menos ainda sabia quem era, mesmo que a carne fosse diferente.

O que reconfortava muito pouco.

7

QUINZE MINUTOS ATÉ FICAR UM BREU. Eles decidiram esperar. Logan, incapaz de ficar quieto, imediatamente voltou rastejando às escadas para espreitar a porta do segundo andar. Não ouviu nada. Não sentiu o cheiro de nada. Não sabia ao certo se a mutante mantinha sua promessa e ainda vigiava aquela porta. Sentiu como se alguém tivesse enfiado um tampão em seu nariz e ouvidos e, embora ele sentisse falta das garras – daquela sofisticada capacidade de fatiar e picar –, eram aqueles dois sentidos perdidos que mais o incomodavam.

Não tem por que ficar remoendo coisas que não se pode mudar. Fique feliz por ainda estar vivo e faça o melhor que puder com isso.

Porque a alternativa significava um apodrecimento longo e lento naquele buraco esquecido por Deus, e ele preferiria morrer tentando escapar a ficar ali mais um minuto. O hospital lhe reavivou lembranças, as poucas que tinha, e nenhuma delas era agradável.

Ele não ouviu alarme, mas se levantou com a orelha grudada na porta e fingiu que ainda era um homem inteiro – sem seios – quando ouviu a batida distante de uma porta e o som de corrida. Um grito abafado, mais pisadas, batidas e socos – um "maldição!" bem alto – e, finalmente, um ruído de pés arrastando bem ao lado da porta e a sensação de que, sim, alguém estava em pé ali desde o início. Logan desejou ter alguma coisa para fazer uma barricada. Sua cabeça dura provavelmente serviria.

Ele voltou a descer as escadas, se esgueirando. A velha lavanderia estava tão escura que tinha dificuldade para enxergar. Trombou com um corpo alto e sólido e perguntou:

– Jeannie?

– Sim, Logan. – A voz era baixa, séria. Os outros estavam reunidos embaixo da janela. Scott tinha o punho enrolado em um dos sacos de lona.

– Acabou – ele disse a ela, e todos pararam e olharam para ele.

– Começaram a procurar pela gente? – Scott perguntou.

– Isso aí.

– Que ótimo – Jean disse.

Logan franziu o cenho e apontou para a janela.

– Você vai conseguir passar por ali, gatinha?

– Vou tentar. É melhor que ficar aqui.

– É mesmo – ele disse, imaginando qual seria o cheiro desse novo corpo. – Como é ser um homem?

– Estou descobrindo que é o mesmo que ser mulher, exceto por algumas diferenças anatômicas.

– Vai ter que pedir para Scott te educar em alguns pontos mais sensíveis.

– Acho que sim – ela falou, mas sua voz estava embotada. Logan tateou no escuro, procurando a mão dela. Sua nova pele era grosseira, o toque, masculino, mas ele se forçou a pensar na mulher dentro dela e viu que não era difícil.

– Ei – ele falou. – Alguma dica para mim?

Aquilo fez com que ela risse suave e momentaneamente.

Já tentou ir ao banheiro?

– Não.

– Pergunte depois que for. – Ela caminhou até os outros e Logan foi forçado a soltar sua mão. Ele observou Jean tocar o ombro magro de Scott, a oportunidade de chantagem de uma vida, e ela disse: – Deixem que eu quebro a janela.

– Não – Scott disse. Logan sorriu. O líder da equipe dos X-Men mal chegava a um metro e meio de altura e suas mãos eram pequenas e delicadas.

– Vá em frente, Ciclope – ele falou. – Seja a mulher do relacionamento.

Vampira tossiu. Jean lançou-lhe um olhar furioso.

– Você está sem seu fator de cura, senhor. Cuidado com o que fala.

– Pode deixar – ele disse.

– Jean – Scott começou, mas ela bufou e pegou uma capa de lona do chão. Enrolando a mão, tirou Scott do caminho com um empurrão pouco gentil e deu um murro no vidro. Logan refreou outro sorriso. Amava uma mulher que sabia usar as mãos.

Jean limpou o vidro, jogando a lona para fora da janela e cobrindo o vidro quebrado de modo que fosse seguro sair pela janela para o pátio do hospital. Tentou ser silenciosa, mas incomodava Logan o fato de que o trabalho dela era tudo que podia ouvir, que não havia mais nada, nenhuma sensação superposta como em geral encontrava: sons sobre sons, cobrindo um ao outro de forma que sua mente precisava separar e experimentar cada marca individual de homem, animal ou objeto.

Contudo, sua audição ainda estava boa o suficiente para captar um grito raivoso abafado.

– O que foi isso? – Vampira perguntou, e Logan abriu a porta um pouco para espreitar a escuridão da escadaria. Bem acima dele, ouviu dobradiças estalarem, e em seguida Suzy começou a fazer um escândalo com sua voz.

Logan fechou a porta e se apoiou contra ela.

– Precisamos ir. *Agora*.

– Eles não deveriam ter encontrado a gente tão rápido – Scott murmurou.

– Ainda não encontraram – Jean falou e agarrou o braço de Scott. – Você primeiro, meu amor.

– Não – ele disse, mas Jean agarrou seu marido sob os braços e ergueu-o até a janela. Scott não tentou impedir, mas Logan viu o conflito em seu rosto franzido: embaraço, raiva, preocupação. Esforçou-se para atravessar a janela e Logan ouviu o vidro sendo triturado embaixo da lona.

Jean gesticulou para Logan.

– Venham. Os menores vão primeiro.

Logan ouviu o som de luta atrás da porta, seguido por uma rápida tentativa de abri-la. Ele lançou-se para trás, enterrando os calcanhares no chão, escorando a porta fechada. Punhos batiam contra o metal, e ele sentia as vibrações atravessando seu corpo.

– Eu agradeceria se alguém ajudasse – ele grunhiu.

Vampira lançou o ombro contra a porta e disse:

– Vai lá. Eu seguro aqui.

– Você e qual exército?

– Logan! – Jean gritou. Já havia empurrado metade de Kurt pela janela. Vampira arfou quando a porta bateu forte contra o seu corpo, abrindo; Logan tropeçou. Ele se virou e viu feixes de lanternas varrendo a escuridão, a silhueta de mão e cabeça... em seguida a porta se abriu ainda mais e três homens entraram. Logan jogou-se entre eles, punhos erguidos, chutando e esmurrando. Mordeu uma orelha, sentiu o gosto de sangue. Alguém agarrou sua cintura e puxou com tudo; ele ouviu gritos, a voz grave de Jean, o grito agudo do homem sangrando na boca de Logan.

Vampira agarrou o homem que segurava Logan e se lançou para trás. Logan voou carregando os outros dois, mas o enfermeiro soltou-o antes que atingissem o chão e rolou para cima de outro enfermeiro, que lutava com Jean. Logan bateu os calcanhares contra os joelhos do homem. Ele gritou, caindo, e Jean se moveu com a cabeça dele entre as mãos e socou-a no chão. Em cima dela, Kurt descia pela janela, Scott pendurando-se atrás dele.

Restava um homem. Logan sentiu o ar mover-se contra o seu pescoço e virou a tempo de ver o enfermeiro atingir uma lanterna nos seus joelhos. Kurt empurrou-o para fora do caminho, mas foi lento demais; levou o golpe e seu gemido pareceu o som mais claro e mais ressonante que Logan ouvira desde que acordara naquele lugar.

Logan jogou-se para cima do enfermeiro, arrancando a lanterna com um golpe certeiro de punho. Vários golpes depois – rápidos, brutais e infinitamente gratificantes –, o homem ficou quieto. Logan baixou os olhos para aquele rosto amolecido, respirando tão fundo que achou que os pulmões poderiam estourar.

– Kurt – ele grunhiu. – Você está bem?

– *Ja* – ele sussurrou, mas sua voz estava fraca. Logan se levantou. O restante da equipe, vista pela luz das lanternas, parecia ilesa.

– Jean – Scott disse, rouco. A metade de cima do corpo pendia hesitante da janela.

– Estou bem – ela disse, dando dois longos passos até as portas e fechando-as. Ela agarrou o pulso de Logan enquanto voltava para a janela, arrastando-o consigo. Sem lhe dar tempo para contestar, simplesmente pegou-o por baixo dos braços e ergueu-o até a janela. Era uma sensação estranha ser levantado daquele jeito. Scott puxou-o pela beirada do muro de contenção de concreto até a grama.

Kurt foi o próximo, chiando apenas uma vez quando passou pela janela. Logan e Scott ajudaram-no a se rastejar até a grama. Vampira apareceu atrás dele, embora tivesse mais dificuldade para passar espremida. Ofegantes, lançando olhares nervosos ao redor do pátio escuro, eles esperaram por Jean. Ela não passou pela janela.

– Jean! – Scott sussurrou. Ela não disse nada, mas Logan ouviu objetos grandes sendo movidos seguidos por alguns baques secos. Imaginou-a fazendo uma barricada na porta com os corpos.

Suas mãos escuras finalmente apareceram, se agarrando ao cimento. Todos ficaram embaixo dela e puxaram, forçando-a a passar pela janela.

– Venha – Logan murmurou, resmungando enquanto procuravam uma maneira melhor de pegar o corpo de Jean. Ela ofegava, contorcendo-se com força.

Atrás dela, ao longe, Logan pensou ouvir gritos.

– Estão vindo – ela arfou, e em seguida fez uma careta enquanto se torcia para passar pela pequena abertura e atirava-se na grama. Logan e Scott agarraram seus pulsos e começaram a correr, antes mesmo de ela ter se erguido por completo. Logan ouviu um som de gritos abafados atrás deles.

Tentando manter-se nas partes mais escuras do pátio, Scott levou-os na direção da cerca. Kurt fazia o melhor que podia para acompanhá-los, mas estava claro que a dor em seu joelho era quase paralisante. Logan ficou com ele, puxando seu braço por cima dos ombros e arrastando-o mais rápido. Ouviu mais gritos, distantes mas se aproximando, até chegarem na cerca, num ponto próximo a uma árvore, e Scott ficou de joelhos, apalpando-a.

– Ela disse que era aqui – Scott murmurou, lutando com a cerca de alambrado. – Ao lado da árvore.

Logan olhou para os dois lados, mas não viu outra árvore. O pátio não tinha nada além de grama. Viu feixes de luz balançando.

– Não temos mais tempo – ele disse. – *Scott*.

Mas Scott fez um ruído baixo e, de repente, ali estava a abertura, pequenina, e Logan pôs Kurt de bruços e empurrou-o através dele. Agarrou Vampira em seguida e depois Jean, empurrando seus pés para ajudá-las a deslizar. As lanternas estavam mais próximas agora, muito próximas, e Logan mergulhou na abertura, raspando corpo e rosto. Vampira e Jean agarraram suas mãos, puxando o restante do corpo, e fizeram o mesmo com Scott, de forma que seu pequeno corpo de mulher parecia voar por baixo da cerca.

Correram. A equipe de enfermeiros e segurança estava tão próxima que Logan conseguia ver as expressões em seus rostos, e em algum lugar próximo ouviu sirenes. A área ao redor do hospital era residencial; eles desapareceram nas sombras de uma rua bem arborizada e então Logan assobiou e fez com que eles o seguissem por uma rua estreita atrás de uma fileira de casas, correndo, correndo, as sirenes cada vez mais altas, e as luzes das casas se acendendo, todas elas, pessoas acordando e fazendo suas coisas, e aquilo era bom, pois servia de contraste para os lugares quietos, calmos e silenciosos, como uma casa pequena no fim do quarteirão, que estava escura e não tinha carro na entrada estreita.

O proprietário era um jardineiro, com predileção particular por plantas floridas e frondosas que ofereciam uma cobertura maravilhosa quando alguém ficava no meio delas. As samambaias faziam cócegas no nariz de Logan; ele inalou profundamente, saboreando o pouco que conseguia do aroma. Era como cheirar a liberdade.

– E agora? – Vampira sussurrou. As sirenes encheram o ar e passaram, dois carros na sequência.

– Precisamos voltar ao jato – Scott disse. – É nossa prioridade número um.

Logan grunhiu.

– Desculpe, Ciclope, mas eu discordo. Não sabemos se o jato ainda está lá. Precisamos estar preparados. Roupas diferentes, no mínimo. Também precisamos ficar quietos por algumas horas. Assim que a agitação abaixar, será mais seguro ir até o parque.

– Está próximo – Scott sustentou. – Um de nós poderia ir sozinho.

– Não – Jean falou. – Acho que Logan está certo. Se o responsável por isso foi tão longe a ponto de pegar nossos corpos, precisamos considerar que ele levou tudo mais. Do contrário, o jato ainda estará lá quando estivermos prontos para encontrá-lo.

– O jato é o único jeito de irmos para casa – Scott disse.

– Isso não importa se perdermos um de nós – Jean falou, e em seguida, mais suave. – Não faça isso.

Ele suspirou e olhou de lado para Logan.

– Está pensando sobre essa casa? Poderia ter um sistema de segurança.

– Talvez – Logan disse, embora não pensasse que a vizinhança fosse rica o bastante para esse tipo de precaução avançada. Os hiperparanoicos, aqueles que tinham dinheiro para gastar em instalação de sistemas de alarme, em geral viviam em lugares mais luxuosos. – Parece vazia. Talvez seja nossa melhor aposta.

Logan não esperou aprovação. Deslizou para fora dos arbustos, mantendo-se próximo ao chão enquanto corria a curta distância entre o jardim e a porta dos fundos. Sentiu alguém atrás dele. Scott.

– Vai precisar disso aqui – ele falou, entregando a Logan um pequeno fio que ele já havia retorcido e preparado. Logan grunhiu um agradecimento e usou a gazua para fuçar a tranca até ela estalar. Com cuidado, segurando a respiração, girou a maçaneta e abriu a porta apenas o bastante para tatear a beirada do batente. Encontrou uma corrente solta, uma fechadura extra. Era um bom sinal de que nenhuma tranca estava em uso.

Logan esgueirou-se para dentro da casa, testando o silêncio com seus sentidos, tentando ouvir o máximo que podia, como jamais fizera. Foi da cozinha para a sala de estar, e de lá para as escadas; devagar, cuidadosamente, seguiu até o segundo andar. Scott não se juntou a ele.

Os quartos no andar de cima estavam vazios. Três quartos, um deles havia sido convertido em escritório. O outro pertencia obviamente a uma adolescente e o terceiro era a suíte do casal. Logan desceu as escadas novamente. Scott estava diante da porta, verificando a correspondência que havia sido empurrada pela portinhola de correio.

– Tem bastante aqui – ele falou baixinho. – Ao menos três dias de cartas. Férias?

– Espero que não voltem esta noite – Logan disse. – Vou buscar os outros.

Cauteloso, alerta quanto a testemunhas, o resto da equipe entrou na casa. Kurt encontrou de pronto uma poltrona macia e afundou nela com um suspiro.

– Não peguem nada além de roupas – Scott falou para eles. – Qualquer coisa que acharem que não fará falta.

A primeira inclinação de Logan foi ir até os pertences do marido, mas Jean rapidamente levou-o junto com Scott até a pilha bagunçada da mulher, bem como ao quarto da filha.

– Não quero usar mais esse sutiã – Logan reclamou para Vampira, que puxou uma camisa de gola alta e manga comprida e uma calça jeans do armário.

– Melhor usá-lo – Vampira aconselhou. – Garotas como você precisam.

Ele decidiu não responder. Pegou uma blusa no guarda-roupas da mãe, mas precisou ir até o quarto da adolescente para pegar um jeans e roupas de baixo que servissem. Odiava experimentar roupas. Aquilo era deprimente.

Vestiram-se rapidamente e logo estavam apresentáveis o bastante para ir a qualquer lugar público sem serem imediatamente associados a um manicômio. Ou a qualquer outro hospital. Pareciam normais, como pessoas normais de renda mediana. Sem serem ricos, de modo algum, mas sem representarem uma ameaça por sua falta de dinheiro. O tipo ao qual ninguém presta atenção.

Revezaram-se para usar o banheiro. Logan não gostou da experiência, nem se importou muito em olhar no espelho. Não conseguiu evitar o rosto: os cabelos dourados, as bochechas macias e os lábios grossos.

Quando saiu do banheiro, atravessou o quarto e foi até a janela. Viu uma viatura de polícia passar lentamente pela rua com as luzes apagadas. Ao passar pela casa, o policial ligou um refletor, varrendo o gramado e os arbustos.

Vampira juntou-se a Logan na janela, e ele sentiu a respiração dela parar por um momento.

– Será uma noite difícil – ela falou.

– É – ele disse. – Pegou todos os uniformes?

Vampira levantou-os para que ele visse.

– Jean ficou com o restante. Precisamos encontrar um lugar para escondê-los.

– Vou olhar o porão – ele falou. A viatura virou à esquerda no fim da rua, mas Logan pensou que eles voltariam.

Ele encontrou a porta do porão ao lado da sala de estar e desceu as escadas escuras. Teias de aranha resvalaram em seu rosto. A corrente que ligava a lâmpada bateu na sua testa, mas Logan não ligou a luz. Não tinha como saber se havia alguma janela no porão, não vira luz alguma vindo de fora, mas não valia a pena arriscar. Usou os pés e as mãos para tatear o recinto úmido e, finalmente, encontrou algumas caixas embaixo das escadas. Havia roupas dentro delas. Logan pegou uma caixa e, cambaleante, voltou para a cozinha.

Rápida e silenciosamente, os X-Men deixaram suas roupas do manicômio no fundo da caixa. As roupas lá dentro cheiravam a porão e pareciam especialmente antigas. Logan esperava que fosse o bastante para impedir que a família fuçasse fundo demais na caixa. Um dia, talvez, alguém encontraria esses uniformes. Até lá, tinham esperança de já terem seus corpos de volta.

Quando Logan voltou do porão, encontrou todos sentados na sala de estar, menos Scott. Foi até a cozinha e encontrou-o inclinado sobre o balcão. Encarava o telefone pendurado na parede. Logan falou:

– Aqui, não. O número vai aparecer na conta.

– Eu sei, mas quanto mais espero, pior me sinto. Como se não fosse ter outra chance.

– Vai ter, Ciclope. Quero falar com eles tanto quanto você, mas precisa ser de um telefone público, e não nessa vizinhança. Teremos que ir mais longe. Isso ou arriscar sermos pegos pela polícia.

Scott sacudiu a cabeça.

– Alguém está com um monte de problemas, Logan. Não sei onde nossos corpos estão, mas se não estamos neles, não quero saber quem está.

– As pessoas nas quais estamos, eu acho.

– Mas por que colocar indivíduos mentalmente instáveis dentro de nós?

Logan tinha uma resposta imediata àquela pergunta, mas era perturbadora demais para ser dita em voz alta. Em vez disso, ele falou:

– Talvez assim fiquem mais fáceis de controlar.

– Pelo Maguire?

– Sei tanto quanto você sobre esse cara, mas com certeza. Por que não?

– Não sei o que um especialista em saúde mental teria contra nós.

– Caramba, cara. Até nosso carteiro não gosta da gente. Pode ser qualquer motivo.

– Obrigado pela ajuda.

Logan bufou.

– Você sabe onde esse cara mora? Devíamos ir até a casa dele e ver se ele está lá. Mesmo se não estiver, aposto que há coisas por perto que podem nos dizer alguma coisa sobre o que ele está aprontando.

– Entramos no escritório dele no hospital. Kurt roubou o endereço. Ele mora num bairro chamado Old Victoria.

– Chique – Logan falou. – O homem deve ter dinheiro.

– Conhece o bastante para nos levar até lá?

Logan ficou com vontade de rir.

– Ciclope, eu conheço a área de Seattle a ponto de correr por algumas dessas ruas vendado.

– Como assim?

Ele deu de ombros, sem vontade de explicar sobre alguns dos trabalhos que fizera para Nick Fury. Os trabalhos haviam sido longos, exigindo um entendimento que só um nativo da cidade poderia ter.

E Logan sempre foi bom em bancar o nativo.

Scott e Logan reviraram os armários e encontraram caixas de biscoitos doces, salgados, e cream-cracker Ritz. Cuidadosos com as migalhas – e atentos para não acabarem com tudo –, sentaram-se na sala de estar escura e fizeram uma boquinha. Várias vezes a patrulha policial passou lentamente pela casa, mas não parou. Após várias horas se revezando entre dormir e vigiar, Logan disse:

– Faz duas horas que a polícia não passa. Acho que podemos ir em segurança.

– Vamos esperar mais uma hora. – Scott olhou para Jean, que estava deitada e encolhida ao seu lado, num sono pesado. Vampira e Kurt também estavam de olhos fechados. Logan não sabia o quanto estavam mergulhados na terra dos sonhos, mas qualquer descansinho os ajudaria quando começassem a se movimentar.

Logan dormiu por um tempo, com imagens de lobos, camisas de força e uma cerca alta de arame farpado enchendo sua cabeça – e em seguida ficou acordado enquanto Scott roubava vários minutos de seu próprio descanso. Os policiais não voltaram.

– É agora – ele disse finalmente, sacudindo Scott para acordá-lo. – Se ficarmos mais tempo aqui, vamos sair com o sol raiando. – Um exagero; não eram nem duas da manhã, mas o tempo passaria rápido assim que deixassem a casa.

Usaram o banheiro pela última vez e, em seguida, saíram pela porta dos fundos. Logan levou-os por uma travessa até chegarem na avenida principal. Não viu muitos veículos estacionados, nenhum deles parecia uma viatura policial. Ele não tinha tempo, tampouco paciência, para verificar os veículos desmarcados.

Cruzaram por ruas e vielas e tomaram atalhos por gramados, sempre observando, sempre à espreita. Apenas uma vez ouviram um carro e esconderam-se atrás de uma garagem. Não era nada além de um Jetta antigo, mas fez com que Logan ficasse mais cauteloso enquanto saíam das sombras.

Quando chegaram ao parque – uma área de muitos acres de caixas de areia, campos de futebol e espaços gramados para piquenique –, Logan fez com que esperassem dentro de um pequeno bosque enquanto estudava o campo aberto. Tudo estava em silêncio, exceto pelo leve roçar do vento no rosto, fazendo o balanço das folhas parecer uma música suave.

– Eu vou sozinho – Scott falou. – É mais seguro assim.

Logan não discordou. Jean também não disse nada. Eles observaram quando ele saiu da cobertura das sombras para uma escuridão menor, uma pequena figura atravessando rapidamente o gramado até um ponto no centro de um campo. Scott ficou lá por vários minutos, olhando para o nada.

– Merda – Logan falou.

– Não me surpreende – Jean falou. – Só precisaremos ser mais engenhosos.

– É uma das coisas que faço melhor, gata.

– Eu sei – ela disse e abriu um sorriso curto e irônico.

Scott não disse nada quando voltou do campo. Examinou suas mãos e o rosto deles, olhando para cada um nos olhos. Deixou Jean por último, e se Logan fosse sequer sentimental, teria sentido uma ponta de compaixão pelos olhos tristes e apologéticos daquele homem.

– Ninguém conhece a gente – Scott disse em voz baixa. – Não temos nossos poderes, estamos sendo procurados pela polícia e estamos sem dinheiro algum.

– Certo – Logan disse. – Hora da sobrevivência.

8

ELES CAMINHARAM RAPIDAMENTE, mantendo-se nos becos e ruas laterais conforme saíam das vizinhanças residenciais e entravam nos parques industriais. A noite na zona morta entre Tacoma e Seattle estava quieta, preenchida apenas pelo ronco ocasional de um motor de carro ou o grito de algum bêbado fazendo amizade com uma garrafa.

– São uns bons quinze quilômetros daqui até o centro de Seattle – Logan disse. Era difícil para Jean ouvi-lo com aquela voz de mulher. Ou talvez, uma palavra melhor seria "estranho". Se não olhasse para ele, se fingisse com bastante força, podia quase se convencer de que Logan ainda era um homem e que sua voz, com seu velho grunhido irritado, era o produto de algum terrível acidente com gás hélio.

Com Scott era diferente. Não conseguia fingir com ele.

– Vai levar a noite toda – Kurt disse. Vampira caminhava bem atrás dele; Jean pensou que era para o caso de a perna dele falhar. Ele tentava não mancar, mas ela se lembrava do golpe no joelho, do grito alto que ele soltou.

– Sim – Logan falou, e Jean soube que não haveria discussão sobre se Kurt conseguiria ou não vencer aquela distância.

Tinham que continuar a caminhada: primeiro, para localizar Jonas Maguire e se aquilo se provasse infrutífero, encontrar um caminho para casa, e rápido.

Scott encostou-se em Jean. Ela desceu o olhar para vê-lo – como era estranho ser mais alta que o marido – e disse:

– Ei.

– Ei – Scott respondeu, suavemente. – Como está se sentindo?

– Tudo bem – ela disse, sentindo o desconforto de Scott. A voz dela soava alta no silêncio da noite, e ela reduziu o passo, criando uma distância entre eles e os outros. – E como você está?

Ele sorriu, triste, e passou os dedos pelos cabelos. Um gesto familiar, que fez seu coração disparar, seu estômago se retorcer. Ela estendeu a mão para tocar o rosto dele. Apenas um resvalar de dedos contra sua bochecha. Sua mão era grande e escura contra sua pele clara, mas estava se tornando sua mão, seu corpo, e apesar do desconcerto, não perdia mais o fôlego quando olhava para si mesma. Conseguia aceitar sua nova forma, mesmo que quisesse desesperadamente a antiga de volta.

Scott prendeu a respiração. Jean disse:

– Feche os olhos.

E ele fechou. Ela passou os dedos pelos seus lábios, correndo-os pela garganta, e ele engoliu seco.

– Ainda sou eu – ela sussurrou, ciente de que estavam ficam bem para trás. Ela não se importava. Precisava ter certeza de que ele entendia, que, não importa o que acontecesse, ele poderia viver com as mudanças entre eles. Ela esperava que não fosse permanente, mas se fosse... ah, meu Deus, se...

Scott abriu os olhos. Olhos castanhos, olhos escuros e intensos. Mas não era os olhos *dele*. Jean queria que fossem. Ele pegou a mão dela, segurou-a contra o rosto e disse:

– Eu sei.

Sabe mesmo?, Jean se perguntou, com saudades dos seus poderes, aquele doce conforto de conhecer os pensamentos do marido. Um fardo, também, mas agora que estava sem suas capacidades, sabia que não devia julgar nada como garantido. Estava apavorada também sobre como se sentia vulnerável sem seus dons. Certamente, era mais forte que aquilo. Tinha de ser.

Um sorriso passou pelo rosto de Scott. Jean perguntou:

– O que houve?

Ele deu de ombros e encaixou o braço de Jean, muito maior, na sua cintura.

– É... engraçado. Não há maneira no mundo de alguém conseguir dizer que você é minha mulher...

– Ah, é mesmo – Jean falou lentamente.

– ... Mas tem algo de você neste homem em que está habitando. Posso ver. Posso ver claramente quando você me olha.

Jean sorriu, e desta vez era genuíno: o primeiro, desde que acordara nesse novo corpo. Scott ergueu o olhar para ela e disse, baixinho:

– Aí. Está aí. Minha Jean.

Ela não sabia o quanto precisava ouvir aquelas palavras; respirou fundo, saboreando o alívio inesperado no peito, no estômago, e continuou a olhar naqueles olhos, tentando memorizar o momento para que se mantivesse fresco em seu coração.

– Scott – ela disse. – E se eu ficar desse jeito? E se nós dois ficarmos... presos?

Ele não desviou o olhar.

– Você sabe quem *eu* sou, Jean?

Ela sorriu.

– É uma pegadinha?

Scott parou de caminhar. Estendeu a mão para tocar o rosto de Jean, acariciando seus lábios com o dedão. Jean quis fechar os olhos, fingir que ele estava com um rosto diferente, mas aquilo seria errado, pois os olhos de Scott estavam abertos. Ele não estava fingindo.

Ele se aproximou, e desta vez foi Scott quem se encaixou no corpo dela, Scott que era pequeno, ágil e feminino, sua pequena mão tocando a nuca de Jean. Os dois hesitaram, encarando-se: aqueles rostos estranhos abrigando corações familiares.

– Não precisa – Jean finalmente disse quando o silêncio estendeu-se demais.

– Eu sei – ele disse –, mas eu quero. Você ainda é minha mulher, Jean.

Ele ficou na ponta dos pés, e Jean curvou-se e fechou os olhos. Ele a beijou de leve nos lábios. Sua boca parecia estranha, mas a paixão ainda estava lá, e após um momento ela se entregou ao alívio de ser tocada pela pessoa que amava.

Não durou muito. Ela ouviu passos, um longo suspiro.

– Não temos tempo para isso – Logan murmurou.

– Cala a boca – Scott disse. – Estamos num momento romântico aqui.

– Por mim, você podem ter esses momentos o ano inteiro, mas não até encontrarmos algum lugar seguro. Venha, Zarolho. Não me faça ser a voz da razão com essas roupas. Já estamos ferrados o bastante.

– Ele tem razão – Jean falou. – Zarolho.

Scott lançou um olhar malicioso para ela. Logan, demonstrando um grau notável de controle, não disse mais nada. Virou-se e caminhou de volta até Kurt e Vampira, que esperavam em silêncio ao lado de uma árvore retorcida, uma das muitas que se enfileiravam na calçada rachada; sem dúvida, parte de um velho projeto que tinha como intuito trazer mais verde para uma área da cidade que era, mesmo à noite, extraordinariamente melancólica. Kurt se apoiou no tronco estreito da árvore, esfregando a perna. Parou quando os outros se aproximaram.

– Como você está? – Scott perguntou.

Kurt se empertigou, lançando um sorriso sarcástico para Vampira.

– Estávamos discutindo exatamente isso, *mein freund*. Vou ficar bem.

– Bem – Vampira murmurou. – O joelho dele estala toda vez que ele estica a perna.

Scott fez uma careta.

– Você andou tudo isso. Consegue continuar?

– Eu preciso – Kurt falou, e em seguida agitou as mãos no ar. – *Ach*, não fiquem tão preocupados. Não estou aleijado. Poderia ser pior.

Poderia, e provavelmente seria, depois daquela noite. Não tinham dinheiro, nenhum transporte além do que seus pés poderiam oferecer. Mas Jean não disse palavra alguma. Não imaginava que pedir carona fosse uma opção, não nesta parte da cidade, nem à noite.

– Que se dane – Logan murmurou, e partiu em direção à rua.

– Logan? – Jean chamou. Ela correu atrás dele. – Logan, o que está fazendo?

– O que deveria ter feito antes – ele disse. – Mas eu estava tentando ser decente. Que se dane.

Ele parou ao lado de uma antiga van Chevy estacionada na rua e começou a vasculhar o chão, que estava cheio de entulho.

– Vá buscar os outros, Jeannie – ele disse, pegando uma pedra.

Não foi necessário. Todos já estavam próximos, perplexos, mas não surpresos, com a explosão de Logan.

– Logan – Scott disse lentamente, olhando para a pedra em sua mão. Logan lançou um sorrisinho rápido e, com um movimento suave, atirou a pedra pela janela do lado do motorista da van. O vidro estilhaçou.

– Lá se vai a sutileza. – Scott olhou ao redor. Jean espreitou, mas não ouvia nenhum movimento nos prédios próximos. Duvidava que aquilo duraria.

– Não entrem em pânico. – Logan enfiou a mão através do vidro quebrado para destrancar a porta. Subiu e esticou o braço para abrir o lado do passageiro. – Todo mundo, para dentro.

– Sabe – Scott falou, ainda parado –, fazer ligação direta só funciona no cinema.

– Então você deve ser muito ruim nisso. – Logan pegou um pedaço grande de vidro quebrado e o usou para arrancar a velha tampa plástica ao lado do volante. Jean agarrou o braço de Scott e levou-o para o outro lado da van, onde Vampira e Kurt já estavam se acomodando no grande banco traseiro. Scott foi na frente. Jean juntou-se aos outros, deslizando a porta atrás de si. O interior cheirava a cerveja e cigarro.

Logan encontrou dois fios e desencapou-os com uma ponta afiada do vidro. Scott fuçou no porta-luvas. Jean também procurou alguma coisa de útil na parte de trás da van. Tudo que encontrou foram algumas *Playboys* surradas e roupas de baixo muito sujas. Jean empurrou as cuecas imundas com o pé. Vampira sacudiu a cabeça.

Ela ouviu estouros acompanhados por uma linguagem pitoresca. O motor da van roncou e Logan mudou a marcha, afastando-se da calçada. Ele soprou os dedos, cantando vitória.

– Me sinto tão culpado – Kurt disse. – E se roubar este carro arruinar a vida de alguém? – Ele olhou pela janela traseira. Jean olhou também. A rua estava escura e vazia.

– Faça algumas orações por ele – Logan retrucou. O vento irrompia pela janela quebrada, fazendo voar os cabelos loiros sobre o rosto gorducho. Ele o afastou, impaciente. *Uma moça durona*, Jean pensou com carinho. Logan parecia o tipo de garota que poderia cuidar de um gatinho doente e rasgar a cara de um caminhoneiro, tudo de uma vez só. Uma análise totalmente precisa, considerando o que Jean conhecia do homem que estava dentro daquele corpo de mulher.

– Onde Jonas Maguire mora? – Jean perguntou.

– Old Victoria Hill – Scott disse.

– Como eu disse, conheço a área – Logan comentou. – Fica no extremo norte da região central. Bem chique. Vamos chamar atenção com essa aparência.

– Aqui é Seattle – Jean falou. – Além disso, não estamos tão feios.

Logan não disse nada, embora sentisse que ele discordava. Entrou na via expressa. Jean viu as primeiras luzes no centro da cidade, as margens do oceano aumentando contra a costa da cidade. Os barcos, com seus faróis brilhando, arrastavam-se lentamente pelas águas. O ar que entrava na van, de repente, ficou mais frio; cheirava a sal, a químicas da indústria pesada.

– Ainda não entendo como esse doutor Maguire poderia ter alguma coisa a ver com a nossa situação. – Vampira tamborilava os dedos no assento de corino. – O que um psicólogo num hospital psiquiátrico teria contra os X-Men?

– A melhor pergunta é por que um psicólogo rico o bastante para viver em Old Victoria estaria trabalhando num lixão como Belldonne.

– Um bom coração? – Kurt sugeriu.

Logan resmungou.

– Bom coração não paga a hipoteca, Elfo. Não nessa cidade, pelo menos.

– Ele ficou lá por no mínimo um ano – Scott disse. – Trabalhando em tempo integral, com enfoque nos pacientes mais problemáticos da ala. Quer dizer, nós. Nossos corpos. Com base naquilo que ouvi, o doutor praticamente nos fez bem. Por isso nem todos os enfermeiros o levaram a sério quando ele os avisou para nos reprimir.

Vampira sacudiu a cabeça.

– Ele obviamente não fez tão bem para mim, ou eu imaginei todas aquelas histórias?

– Que histórias? – Logan quis saber.

– A ex-ocupante do corpo de Vampira desenvolveu muita criatividade no uso das roupas de baixo – Kurt falou, desviando do murro de Vampira. – Especialmente comigo.

– Entendi – Logan disse.

Seguiram em silêncio até Logan sair da via expressa, e depois seguiram a estrada que levava a um distrito comercial silencioso à sombra das altas torres do centro de Seattle. Jean imaginou que deviam ser quase quatro da manhã; as calçadas estavam vazias, exceto por alguns corpos desajeitados, deitados e encolhidos sobre pedaços de papelão. Ele imaginou-se como uma dessas pessoas, obrigadas a dormir nas ruas, e engoliu seco.

– Parece japonês – Scott disse, apontando para uma grande placa colada num antigo prédio de tijolos à mostra. Jean olhou com atenção e percebeu algumas placas escritas em idiomas asiáticos; eram restaurantes também, sinais de neon colorindo janelas com nomes como "PALÁCIO DO MEL" e "PÉROLA DO DRAGÃO". O estômago de Jean roncou. Vampira olhou para ela, e as duas compartilharam um olhar cúmplice. Comeram petiscos na casa não fazia muito tempo, mas até que conseguissem dinheiro, levaria mais tempo para encontrarem comida.

– Estamos em Chinatown – Logan disse. – Ou no Distrito Internacional, dependendo do quão politicamente correto vocês quiserem ser.

– Por que estamos aqui? – Scott perguntou.

– Precisamos trocar de carros, Zarolho. Ou pelo menos a placa, mas de carro seria melhor. Algo um pouco melhor para quando entrarmos em Old Victoria.

– São quatro da manhã – Jean contestou. – Com certeza ninguém vai dar a mínima.

– A polícia vai e, desculpe por dizer isso gata, mas nenhum de nós tem identidade, e o carro que estamos dirigindo grita "pobre". Sei lá o quanto essa cidade é considerada progressista, se formos até lá, num grupo grande, alguém vai fazer perguntas. Se não der em nada, vão checar uma segunda vez, e não queremos isso.

Jean bufou alto.

– Você é paranoico, Logan.

– Não, sou realista. Já estive na sarjeta e já estive na nata da sociedade, e vou te dizer uma coisa, Jeannie, não é bolinho ficar por baixo. Se você não tem nada, algumas pessoas acham que podem te tratar como nada. Arriscamos demais para no final darmos uma bandeira dessas.

– *Ach* – Kurt falou, baixinho. – Só deixe a gente para trás, então. Se somos um fardo, deixe a gente em algum lugar seguro e esperaremos você verificar a casa do tal Jonas Maguire. Seria mais fácil, *ja*? Mas sem roubar mais carros, Logan. Mesmo isso tem um risco.

Por um momento, Jean pensou que Logan pareceu preocupado. Scott, olhando para ele, disse:

– Não gosto da ideia de nos separarmos. Não temos como nos comunicar...

Vampira interferiu.

– E tudo que temos agora é um ao outro.

– *Mas* – Scott continuou, como Jean sabia que ele faria – Logan tem razão. Como grupo, atraímos atenção.

– E tenho certeza que não quero entrar na casa do cara com uma galera – Logan acrescentou.

– E então? Você nos deixa para trás, em algum beco, cruzando os dedos enquanto você corre lá e salva o dia? Logan...

– Isso não é sobre Logan, e não é sobre salvar o dia – Scott interrompeu. – É sobrevivência, Vampira. Estamos encrencados, e talvez esse Dr. Maguire saiba por quê. Qualquer coisa que melhore nossas possibilidade de entrar e sair da casa sem sermos vistos, e *qualquer* coisa que nos leve de uma vez para casa nós faremos, não importa o quanto vá ferir nosso orgulho.

– Scott – Jean falou. Ele a ignorou, se virando no assentou para olhar pela janela. Um silêncio suspenso encheu a van, um silêncio de expectativa, e se Jean ainda tivesse poderes, a cabeça de Scott estaria cheia de palavras em vez desse isolamento mudo.

Mas esse era o problema. Jean perguntou-se se ela e seu marido sabiam como se comunicar com palavras faladas; por tanto tempo fiaram-se na telepatia para conhecer cada nuance da alma do outro, e agora... agora...

Aquilo doía, e ela não conseguia fazer melhorar, pois não era hora para brigas, e nem ela discutiria em público com Scott. Não quando estavam numa missão e outros precisavam ter confiança nas decisões dele. Sua raiva nunca sobrepujou sua lealdade.

– Logan – Scott falou, baixinho. – Encontre um lugar seguro para estacionar a van.

– Tá – ele disse, olhando para Jean no banco de trás. – Entendi.

Logan passou por travessas estreitas que desembocavam no coração da cidade; uma paisagem engenhosa de aço e vidro assomava-se sobre fachadas elegantes de pedra e tijolos, tudo isso erguido ao longo de colinas impossíveis de tão íngremes que fizeram sua van roubada engasgar. Jean temia ter de saltar e empurrar.

– Tem que amar esses motores velhos – Logan falou, dando tapinhas no console. – Vamos lá, queridona.

Ele os levou ao centro da cidade, passando por vizinhanças silenciosas; ruas tranquilas com fileiras de casas pequenas e confortáveis com jardins pequenos na frente, todas terminando abruptamente na beira da estrada que os levou ao caminho tortuoso que passava pelo Space Needle de Seattle, o parque, e subia as colinas, sempre subindo, até que Logan saiu da estrada e entrou num estacionamento pequeno e vazio ao lado de algumas lojas locais, e parou o carro na esquina mais escura da rua.

Jean viu duas pessoas deitadas e abraçadas nos arbustos próximos. Estavam sobre um cobertor. Ela não conseguia ver claramente seus rostos, mas achou ter visto que observavam a van.

Logan abriu seu cinto de segurança.

– Estamos na parte baixa de Old Victoria. A casa de Maguire é na Highland Avenue, que fica a um quilômetro e meio daqui, no alto da colina.

– Não consigo imaginar o que esteve fazendo na sua última visita para saber todas essas coisas – Vampira comentou. – Acho que você memorizou esta cidade inteira.

Logan deu de ombros.

– Fiz alguns trabalhos. Aqui e ali. O que interessa é que, se eu sair agora, devo estar de volta antes que fique muito claro.

– Vou com você – Scott disse. – Sem discussão.

– Ótimo. – Ele não parecia feliz; Jean ficou surpresa por ele não ter causado mais uma briga. Vampira, pelo olhar em seu rosto, também estava chocada.

– Então, tudo bem levar *ele*?

Logan deu de ombros.

– Nós dois somos garotas, Vampira. O único problema que vamos atrair é um bêbado ou um pervertido. Parecemos inocentes demais para qualquer outra coisa.

– Ai, Deus nos ajude – Jean disse.

Vampira estreitou os olhos.

– Você é um porco sexista, Logan.

– *Oinc.* – Ele desceu do carro, mas inclinou-se de volta antes de fechar a porta. – Vocês, crianças, comportem-se. Sem brigas.

Scott virou-se e lançou um olhar sério para Jean, ela abriu a porta de trás e saltou atrás dele enquanto ele saía do carro. Ele era pequeno, suas pernas delgadas balançando sobre a calçada enquanto saía do assento para o chão. Jean aproximou-se.

– E agora? – ele perguntou.

Scott franziu o cenho e puxou-a para longe da van.

– Há várias incertezas nisso tudo – ele disse em voz baixa. – Nosso plano é sólido, mas você sabe como é, Jean. Nada é seguro. Se não voltarmos até o meio da manhã... mais cedo até... caiam fora daqui. Não levem a van. Limpem as impressões digitais e fujam. Encontre um telefone público e ligue para a escola até conseguir que alguém lhe ouça.

– Amo quando você manda em mim.

– É excitante, não?

– Apenas com você – Jean disse. – Não gosto disso.

– Eu também não – Scott falou –, mas o que você quer que eu faça? Não vou colocar todos em risco por algo tão incerto como uma invasão de residência. Se algo der errado, o pior que pode acontecer é Logan e eu sermos enviados para a cadeia ou voltarmos ao hospital. Se vocês três estiverem livres, ao menos teremos uma boa possibilidade de encontrar alguém... Xavier, esse tal Maguire... que possa consertar as coisas.

Jean suspirou. Scott tocou sua mão, seu rosto.

– Vamos lá, minha querida. Sabe que estou certo.

– Não sei de nada – Jean retrucou –, mas estou cansada demais para discutir. Vá, então. Vá com Logan e banque o vaqueiro esta noite.

– *Vaqueira* – Logan disse, aparecendo ao lado deles. Não importava que não tivesse mais seu corpo ou seus poderes mutantes; ainda se movia com o silêncio de um fantasma.

– Sempre esqueço dessa parte – Scott disse.

– Não consigo imaginar como – Jean falou, mexendo-se com desconforto. Logan abriu um sorrisinho, mas Scott agarrou seu braço e levou-o para longe antes que dissesse algo inadequado. Scott olhou para trás, e Jean tentou ver seu marido naquele rosto pequeno e feminino, naqueles olhos grandes e escuros.

– Adeus – ele disse. Jean não respondeu. Ela se virou e subiu no assento de passageiro da van.

– Odeio isso – Vampira disse, mas tão baixo, de forma tão desamparada, que Jean não conseguiu ficar irritada com a amiga. – Não gosto de ser deixada para trás. Quero ajudar.

– Sim – Jean concordou, batendo com o pé no assoalho. – Mas Logan tem razão. Todos juntos chamaríamos atenção. Mas duas mulheres jovens? – Ela deu de ombros. – Menos ameaçador.

– Verdade? Para mim, parece um monte de estereótipos ruins. – Vampira apertou os lábios, uma expressão familiar, semelhante à maneira que estalava os dedos e esfregava os braços, como se tivesse algo desagradável sob a pele. – Acho que Logan gosta mesmo é de agir sozinho, mas está levando Scott porque sabe que nosso líder destemido não aceitaria não como resposta. Nós, por outro lado, somos um bando de cachorrinhos, sentados, bonitinhos. Bons e obedientes.

Kurt olhou para ela.

– Você está mesmo chateada por conta disso. Isso... me surpreende.

– Não sei por quê – Vampira retrucou. – A mim parece que tenho direito de ficar um pouco ofendida. Algum... idiota... rouba nossos corpos, assume nossas vidas, e não posso participar da derrubada dele? Nem um pouquinho?

– Ninguém está segurando você aqui – Jean disse, cansada demais para chamá-la à razão, especialmente porque concordava com tudo que Vampira estava dizendo. – Ainda consegue alcançá-los, se é isso que realmente quer.

Silêncio. Vampira mudou de posição no banco e recostou a cabeça para trás, encarando o teto da van. Kurt lhe deu um tapinha na mão, sem dizer nada, mas acrescentou à atmosfera uma simpatia calada que era gentil e reconfortante. Aquele era o jeito de Kurt, não importava que aparência tivesse.

Jean pensou sobre sua aparência, olhando fixamente para as mãos enquanto se recostava contra a janela fria e dura. A pele morena escura cobria os dedos grandes e os pulsos robustos, antebraços grossos e musculosos que pareciam fortes, e sem dúvida eram; tocou o rosto, os pelos eriçados e a mandíbula grande, as feições masculinas que lhe eram extremamente alheias. Que estranho, saber que era mulher, sentir-se mulher, e ainda assim estar presa no corpo de um homem. Invejava Vampira e imaginava como Scott e Logan estariam lidando com seus próprios sentimentos de deslocamento. Nenhum deles reclamara de verdade – não que eles o teriam feito – mas devia ser estranho e assustador da mesma forma.

Jean ouviu o som de seu coração emprestado, batendo de forma lenta e segura dentro do peito que ela usava. Como um disfarce feito de carne, um que ela nunca poderia abandonar.

Colocada neste corpo porque alguém tem planos para o seu rosto, sua identidade, e não podem arriscar que haja duas de você.

Nenhum deles falou. Ficaram sentados e esperaram, perdidos em pensamentos, até Jean perceber que o céu estava começando a clarear e o tráfego na rua atrás deles havia aumentado. A preocupação fizera seu estômago doer. Ela tirou o pé do console e se preparou para sair da van. Talvez subir um pouco a rua e ver se conseguia ouvir algo estranho. Sirenes de polícia, se apressando para pegar seu marido e o companheiro maluco.

– Tem alguém vindo aí – Kurt sussurrou. Vampira e Jean olharam para ele, e ele ergueu a mão aberta. – Ouçam. Um arrastar de pés no concreto.

Jean prestou atenção e, depois de um momento, ouviu o ruído de passos, contínuos e despreocupados. Mas de apenas uma pessoa.

Logan viria em silêncio, ela disse a si mesma, mas não abriu a porta. Uma sombra apareceu do outro lado da janela. Um homem espiou lá dentro. Estava com um terno impecável, e seu rosto era sério e fino.

– Olá – ele disse.

– Olá – Jean respondeu, seu olhar demonstrando sua desconfiança. Ele sorriu, mas era um sorriso frio, cheio de dentes. Ela não conseguia ver suas mãos.

– Estive observando vocês por um tempo. Há algum motivo para vocês estarem estacionados aqui a esta hora da manhã? – ele perguntou.

– Existe alguma lei que diga que eu não posso estacionar aqui?

– Talvez. Depende do motivo, e daquelas garotas que vocês estão esperando.

– Garotas?

O homem coçou o queixo.

– Vi que algo está acontecendo no fim da rua. Esta é uma vizinhança de classe alta, sabe? Exige um certo tipo de garota, um certo tipo de conexão e know-how. Vocês estão fazendo tudo errado: o carro, as roupas que as garotas estão usando. Continuem assim e vão acabar atraindo a polícia para cá, e todos vamos nos ferrar.

– Não estamos trabalhando – Jean disse, entendendo finalmente. – Aquelas... garotas... vieram apenas visitar um amigo.

– Amigo. – O homem riu baixo. – Certo. Todos nós temos amigos que precisamos visitar a essa hora da manhã, não é? O fato é que não sou do tipo que gosto de dividir meus... amigos. Nem minhas garotas. Por isso agora, eu vou pedir com muita educação para vocês darem o fora da minha vizinhança com essa lata velha.

– Não posso fazer isso – Jean disse, sem se importar em contar mais mentiras. – Preciso esperar minhas garotas voltarem. Tenho certeza que você vai entender. Vou embora quando elas chegarem.

– Não vai rolar.

– Vai ter que rolar. – Jean sentiu Vampira e Kurt se mexerem em silêncio atrás dela. Ela se perguntou como alguém, mesmo nesse estado alterado, poderia confundi-la com um cafetão. Ela desejou poder ler a mente do estranho ou tomar seu corpo com nada além de um pensamento. Fazê-lo rastejar de volta para o buraco onde vivia.

Novamente, aquele sorriso frio. O homem afastou-se da van e finalmente Jean pôde ver suas mãos. Ele estava segurando uma arma.

– Ah, merda – ela disse.

9

FAZIA QUASE DEZ ANOS desde que Logan caminhara por aquelas ruas e, como a maioria dos bairros antigos, nada havia mudado muito. As casas ainda tinham telhados inclinados e pontudos com telhas de madeira padronizadas, os gramados ainda eram imaculados e a vista da Elliot Bay e do Lake Union ainda eram de tirar o fôlego. Ou talvez fosse apenas aquele corpo. Patty, seja lá quem fosse, tinha uma resistência péssima, e aquelas colinas eram as mais íngremes da cidade.

– Não gosto de deixá-los para atrás – Scott disse. Seu fôlego parecia bem mais regular, e Logan o invejou por isso.

– Vão ficar bem – Logan comentou, ainda tentando se acostumar com os tons agudos e esganiçados de sua voz. – Parece que esqueceu que estamos lidando com X-Men aqui.

– X-Men sem poderes.

– Dá um tempo, Zarolho. Você acha que é a telepatia da Jean ou o teletransporte do Kurt que os fazem fortes?

– Claro que não, mas isso dá a eles uma vantagem.

Logan deu de ombros, pois não podia contestar aquilo. Por outro lado, não havia motivo para chorar por coisas que poderiam nunca mais mudar. Era uma questão de juntar os pedacinhos e continuar a caminhada. Fazer o melhor com o que se tinha.

E o que ele tinha era o corpo flácido e maltratado de uma mulher de vinte e poucos anos que parecia bonitinha demais para o seu gosto e tinha piercings em várias áreas que nunca deveriam ter conhecido o toque do metal rígido. Dois deles esfregavam-se contra sua camiseta.

Essa garotada era maluca. Fora necessário uma legião de cientistas para enfiar metais no corpo de Logan. Ele não compreendia alguém fazer aquilo voluntariamente.

Passaram por apenas uma pessoa durante a caminhada, um homem mais velho de óculos passeando com um golden retriever, que sorriu para os dois, mas olhou apenas para Scott. Logan não dava a mínima importância. Scott lançou um olhar severo para ele e disse:

– Nem pense nisso.

– O quê?

– Sabe muito bem o quê.

– Ai, caramba. Precisa entrar em contato com seu lado feminino, Scott. Viver o presente.

Scott grunhiu.

– Não te incomoda nem um pouco o fato de você ser uma mulher?

– Me incomodaria mais se eu ainda estivesse no meu corpo e faltassem certas... partes.

Que foi o primeiro pensamento que teve quando despertou no hospital. Um lugar ruim para estar, se você for homem. *Muito* ruim. Descobrir peitos jovens e atrevidos, ver aquele rosto estranho refletido no espelho fez com que ele se sentisse imensamente melhor, pois estava claro que não era o seu corpo. E, se aquele não era seu corpo, então em algum lugar ele – Logan, Wolverine – ainda era um homem inteiro, saudável.

– Tudo bem – Scott disse. – Eu te entendo.

Logan resmungou.

– Estamos chegando.

– Graças a Deus. Minhas coxas estão me matando.

– Não reclame demais. Você tem que ficar sarada, não é? Vamos gastar essas pernocas.

– Logan...

– Por que acha que Jean faz *step* todos os dias?

Scott suspirou.

– Você está totalmente fora de controle.

– Você fala isso tanto que já virou um hábito. Precisa encontrar um bordão novo, Scottinho.

– Certo. É possível que ter virado mulher fez de você um cara ainda mais antipático?

– Só você acha isso. Deve ser a TPM.

– Piada ruim – Scott falou, mas Logan não lhe deu chance de falar mais. Parou de andar, olhando os números em uma caixa de correio cinza para a casa atrás dela, imponente como um diamante fino, um dos muitos na coroa de Old Victoria Hill.

A casa de Jonas Maguire era uma casa grande e branca, em estilo vitoriano, afastada da rua e cercada por árvores. Esconderijo perfeito. Logan e Scott caminharam pela calçada como se fossem donos do lugar, algo que, pela sua experiência, era a melhor maneira de agir quando se tentava dar um golpe. Um pouco de confiança bastava por um tempo, especialmente na cidade, onde ninguém presta muita atenção à vida dos vizinhos, e entradas e saídas estranhas à noite poderiam ser atribuídas a alguma peculiaridade no comportamento e não a algum ato criminoso.

– Ele deve ter um sistema de segurança – Scott sussurrou enquanto entravam na ampla varanda da frente. Vasos pendurados balançavam com silhuetas de gerânios e samambaias. Na extremidade da varanda havia cadeiras de balanço, e sobre a antiga portinhola de correios, uma escultura em madeira de uma vaca gorda. Era tudo muito inócuo e interiorano.

– Sim, esse é um verdadeiro cientista maluco – Logan disse. – Será que ele tricota?

Scott espreitou ao redor da beira da varanda.

– A garagem é separada, então não há como passar por lá. Acha que ele tem um caseiro?

– Eu poderia bater na porta e descobrir.

Parecia que Scott realmente considerou a oferta.

– Poderíamos falar que nosso carro quebrou.

– Esquece. Eu estava brincando. Faça isso e alguém vai ligar para a polícia. Não teremos tempo para fazer nada. – Logan examinou a fechadura. Era simples, parecia até mesmo a original. – Preciso de alguma coisa para enfiar aqui. Ainda está com aquele arame?

Em silêncio, o rosto desprovido de expressão, Scott enfiou a mão no bolso da calça. Logan o encarou. Abriu a boca para perguntar, mas Scott balançou a cabeça. Sim, era melhor não saber, mesmo assim não era fácil tocar naquele arame.

Enquanto Scott vigiava a rua, Logan curvou-se para trabalhar. Era difícil enxergar – ele sentia falta de ser mutante –, mas deslizou o arame na fechadura e forçou para girá-lo até ouvir um clique muito satisfatório.

– Segurança – Scott lembrou-o novamente.

– Eu sei – Logan disse, mas como não tinham mais tempo nem ferramentas para fazer uma análise adequada da propriedade, foram obrigados a improvisar. Com ou sem alarme, aquela porta seria aberta.

E quando abriu, Logan entrou na casa e não ouviu som algum. Olhou ao redor, buscando o painel do alarme, alguma luz vermelha piscando pronta para disparar, mas não havia nada.

– Esse Maguire é um cara bem confiante – Logan disse, abrindo caminho para que Scott pudesse entrar.

– Talvez tenha um motivo para ser.

– Se ele for mutante, quer dizer.

– Tudo leva a crer que sim.

– Mas por que nós? – Logan farejou o ar; por reflexo. Sentiu-se um pouco estúpido. A casa não tinha qualquer odor identificável, talvez apenas um aroma de flores, talvez uma rosa. Prestou atenção, e embora não ouvisse nada, imaginou se aquela era apenas uma fraqueza, se havia algo que ele estava deixando passar, algo escapando à sua percepção, tudo porque agora ele era um ser humano, e fraco.

Fraco, não. Nem por um minuto, não diga isso a você mesmo.

Porque ele seria apenas tão fraco quanto seu espírito, e recusava-se a deixar que aquela situação – seu novo corpo, essas circunstâncias – o derrubassem.

– Acho que ali é o escritório – Scott falou, espiando um cômodo ao lado da entrada principal. A carpintaria era antiga, clássica, com flores talhadas com esmero nos detalhes escuros e no assoalho de madeira maciça brilhante que cheirava a limão. Uma escrivaninha grande ficava em frente à única janela. Sua superfície estava livre, exceto por um computador, uma pilha fina de papéis e um porta-retratos com uma mulher de cabelos escuros, sorriso adorável e maçãs do rosto incríveis.

– Será que é a mulher dele? – Logan perguntou.

– Pode ser – Scott disse. Olhou ao redor da sala. – Verifique lá em cima. Eu cuido daqui.

– Sim, senhora – Logan abriu um sorrisinho e saiu do escritório. Examinou a cozinha primeiro, uma passada rápida por ela, e em seguida partiu escada acima com passos leves, espreitando qualquer movimento, qualquer sinal de que não estavam sozinhos. Tudo estava em silêncio. Ninguém mais por ali além dos dois.

Todas as portas estavam abertas. Logan verificou os quartos, observando a falta de mobília ou itens pessoais. Sem pinturas, nem poltronas macias; Maguire tinha uma cama, mas era apenas uma cama de viúva, coberta por um edredom surrado. Um travesseiro. Um armário meio cheio de camisas e ternos. Uma cômoda com apenas uma gaveta cheia de roupas de baixo.

E em uma gaveta havia apenas um ursinho de pelúcia. Muito macio, muito gasto e sem os olhos. Fora depositado com cuidado no meio da gaveta, com seu rostinho triste virado para cima. Logan pegou o urso, segurou-o hesitante nas mãos. Farejou-o. Tinha cheiro de limpeza, de detergente.

Ouviu passos no corredor. Scott entrou no quarto, parando quando viu o que Logan segurava.

– Isso quer dizer alguma coisa para você? – Logan ergueu o ursinho. – É o único item pessoal que vi na casa além da fotografia lá embaixo.

– Significa que é importante, porque esse cara não tem merda nenhuma. Parece que se mudou para esta casa com uma mala e se instalou.

– Uma moradia temporária? Algo que dê a aparência de permanência? – Scott puxou um papel dobrado do bolso. – Encontrei isso na escrivaninha.

Logan pegou o papel.

– Passagem de avião para Nova York. O bom doutor partiu noite passada. Que conveniente.

– Muito. Eu diria que as provas contra Maguire estão ficando mais fortes.

– Eu diria que você tem razão. Também diria que nossos corpos foram com ele, mas certamente no *nosso* jato.

– Precisa de conhecimento especializado para pilotar, Logan.

– Ciclope, se o homem realmente trocou nossa mente, então provavelmente teve força o bastante para puxar algumas informações da nossa cabeça enquanto estava dentro dela. – Logan hesitou, encarando o ursinho. – Isso aqui que não entendo. É um homem sem vida. Ou melhor, a vida que tem foi construída ao redor de um objetivo específico. Meu palpite? Para nos ferrar. E eu quero saber por quê.

– Você supõe muita coisa. Não conhecemos o homem. O objetivo dele talvez não seja nos ferir, mas nos *usar*.

– Não venha com tecnicalidades para cima de mim, meu chapa. Sua mulher é um homem e nós dois temos peitos. Não vejo como esse cara possa gostar da gente.

Scott revirou os olhos.

– Ótimo, concordo que as intenções dele não são exatamente nobres. Na verdade, eu chegaria ao ponto de dizer que ele quer nos prejudicar...

– ... obrigado...

– ... mas isso não responde à sua pergunta. Por quê?

Logan olhou ao redor do quarto. O ursinho parecia tão macio e quente na mão que ele relutava em deixá-lo de lado.

– Descobriu quem é a mulher da foto?

– Não – Scott respondeu –, mas deve ter sido especial.

– É. Não é um homem que tem muitas coisas. O que me faz pensar no seguinte: por que ele iria embora sem a foto e o ursinho? São fáceis de botar na mala e obviamente significam alguma coisa para ele.

– Quis viajar sem muita bagagem.

– Não convence.

– Porque ele acha que vai voltar?

– Ou porque sabe que não vai.

– Como assim? Ele acha que vai morrer? Planeja cometer suicídio?

– Talvez. Pelo visto, parece que não aproveita muito a vida.

Scott balançou a cabeça.

– Se eu estivesse indo me matar, eu gostaria de ter meus pertences mais preciosos por perto.

– Como uma recordação da sua desgraça? – Logan sacudiu o ursinho no rosto de Scott. – Isso diz realmente "por que, Deus, por quê"?

– Talvez para Maguire.

– Ou talvez ele tenha deixado enfeites da vida para trás, para que ele possa ficar livre e fazer o que precisa ser feito. Está indo como um homem decidido.

– Isso ainda não explica por quê.

– Não acho que a gente vá descobrir o porquê até pegarmos o cara, ou seja, precisamos encontrar uma maneira de voltar para Nova York antes de ele terminar o que começou. Seja lá o que for.

– Se infiltrar nos X-Men?

– Para começar. Ele tem alguma coisa maior em mente, com certeza. – Logan sacudiu o ursinho. Em silêncio, quase para si mesmo, ele murmurou. – Que diabos está acontecendo aqui?

– Isso é o que vamos descobrir. – Scott dobrou a passagem e enfiou de volta no bolso. – Vamos, Logan. Vamos sair daqui.

• • •

Duas coisas aconteceram antes que eles saíssem da casa de Jonas Maguire.

A primeira foi que Scott deu um telefonema. Eram quase oito e trinta na Costa Leste. Todo mundo já devia estar acordado e pronto para atender telefonemas.

A escola tinha um número 0800 para os alunos, caso eles precisassem falar com alguém na Mansão e não tivessem dinheiro o bastante para ligar de um telefone público. Apenas outra precaução – ideia de Jean, inclusive –, e Scott ficara ainda mais feliz com aquilo.

Tentou a extensão de Tempestade primeiro, mas não deu em nada. Scott não sabia quem mais estava na Mansão. No dia anterior em que ele e sua equipe partiram para Seattle, Bobby e Sam arrastaram Piotr para um acampamento na floresta. Gambit e Jubileu deviam estar por ali, mas eles também não atenderam seus telefones.

Scott desistiu e ligou para a linha principal. Tocou cinco vezes antes de alguém atender. A voz era de uma garota, jovem e ofegante; uma das alunas, embora Scott não tenha reconhecido qual.

– Alô? – ela disse. – Hum, Escola Xavier para...

– Ororo está aí? – Scott interrompeu. – Tempestade?

– Hum, desculpe. Ela saiu cedo para fazer compras. Quer deixar recado? – Educada, distante, a voz perfeita para lidar com adultos estranhos.

Mas não sou um estranho, Scott quis dizer. *Você me conhece. Provavelmente teve aula de geometria comigo na semana passada, garota!*

Scott cerrou os dentes.

– E os outros professores? Gambit? Sam ou Bobby voltaram?

– Desculpe, senhora, mas todos eles saíram. É fim de semana, sabe? Se a senhora deixar seu nome...?

Ele quase disse "Scott", mas se refreou a tempo. Sem vê-lo cara a cara, ouvindo a tudo que ele e os outros tinham a dizer, seria difícil convencer Tempestade ou qualquer dos seus amigos de que eram os X-Men de verdade. Todos sabiam segredos uns dos outros que não poderiam ser fingidos, mas encontrar a chance de fazê-los ouvir seria um martírio.

– Meu nome é Mindy – ele disse cuidadosamente. – Sou uma amiga muito próxima de Scott Summers e Jean Grey, e tenho algumas informações importantes sobre eles para Ororo. *Muito importantes.*

Por um momento houve um silêncio do outro lado da linha. Scott falou:

– Alô? – E a garota fez um pequeno ruído.

Com a voz baixa, hesitante, ela disse:

– Eles estão bem? Já faz alguns dias que eles saíram.

Scott vacilou. Devia haver algo em sua voz, ou talvez a garota fosse apenas muito sensível.

– Não, eles não estão bem – ele disse por fim, tentando ficar calmo e não gritar ao telefone. – Você precisa levar essa mensagem para Ororo o mais rápido possível. Entendeu?

– Sim, senhora – a garota disse, e Scott sentiu um grande orgulho na mudança de voz dela, na seriedade de seu compromisso. Crianças ótimas, todas elas. Talvez os X-Men não estivessem fazendo um trabalho tão ruim ao formar a próxima geração.

– Tem algum número para o qual ela possa ligar? – a garota perguntou.

– Não – Scott disse. – Apenas diga para ela que volto a ligar em algumas horas.

– Tudo bem – ela disse, e foi isso. A garota deligou.

Scott sentiu uma breve pontada no coração quando a ligação caiu. Naquele corpo, com sua identidade roubada, ele não era nada além de uma intrusa fazendo uma visita, um ser humano distante, misterioso – uma desconhecida, uma estranha – e aquilo doía. Doía o fato de uma aluna não tê-lo reconhecido, de que ela nunca acreditaria se ele lhe dissesse a verdade.

Maluco. Ela pensaria que sou louco. Até mesmo seus amigos vão pensar que você é louco, a menos que você consiga convencê-los da verdade.

Seria mais fácil se Xavier estivesse por perto, mas ele e Hank passariam as próximas duas semanas em Genebra, num simpósio sobre direitos dos mutantes. Mutantes representando mutantes, num esforço para abafar a onda de legislações internacionais voltadas à contenção do uso de seus poderes. Scott não sabia como chegar até ele, e mesmo se soubesse, ligar para Genebra a cobrar de um telefone público e conseguir de fato completar a ligação era muito improvável. Xavier estava na companhia de líderes mundiais; conseguir que alguém o buscasse para uma ligação desconhecida poderia ser tão difícil quanto recuperar seu próprio corpo.

Logan entrou no escritório. Carregava uma sacola plástica.

– O que você tem aí dentro? – Scott perguntou, franzindo a testa.

– Maguire ainda tinha um pouco de comida na geladeira. Também peguei suas roupas e cuecas. Mas não encontrei nenhum dinheiro.

– Precisamos descobrir como conseguir algum – Scott disse, esfregando o rosto. – Tudo bem, vamos...

Logan ergueu a mão; um gesto ríspido que fez Scott fechar a boca e ouvir. Logan fechou os olhos.

Então, Scott ouviu. Sirenes.

– Estão vindo para cá? – ele sussurrou, já saindo do escritório. – Ativamos alguma coisa quando entramos?

– Talvez alguém tenha nos visto.

– Estamos aqui há quase vinte minutos. A polícia teria chegado antes se alguém tivesse visto a gente arrombar a casa e entrar. – Ou se eles tivessem disparado um alarme.

– Não importa – Logan falou. – Vamos dar o fora.

Saíram pela cozinha, que tinha uma porta nos fundos que se abria para um pequeno jardim cheio de rosas. A grama não era cortada havia algum tempo, contrastando com o jardim frontal. Scott pisou em algo mole. Havia luz o bastante no céu para ele ver os restos de uma lesma gorda embaixo de seu sapato. Scott piscou com força; ainda tinha problemas em se adaptar ao fluxo repentino de tantos tipos diferentes de cores.

As sirenes soaram mais próximas; Scott e Logan passaram por uma abertura nos arbustos vizinhos e usaram a cobertura de árvores caoticamente podadas e da grama alta decorativa para esconder parcialmente seus movimentos enquanto cruzavam de um quintal para o outro até que, meio quarteirão depois da casa de Maguire, saíram para a calçada e espreitaram a rua.

Observaram o cruzamento próximo. Duas viaturas policiais passaram às pressas pela Highland Avenue, descendo a colina na direção da parte baixa de Old Victoria. Scott suspirou, esfregando o peito. Esqueceu que tinha seios e encheu a mão antes de lembrar-se. Logan lançou um sorrisinho para ele.

– Cala a boca – Scott disse, embora Logan não tivesse dito nada. Saíram para a Highland Avenue, ainda ouvindo as sirenes. Havia mais carros na rua, mas nenhum reduziu a velocidade quando passaram por Logan e Scott. Eram apenas duas mulheres que saiam para sua caminhada matinal.

– Aquelas viaturas parecem estar paradas agora – Logan disse assim que as sirenes pararam. Olhou para Scott, e não havia dúvida quanto à interrogação nos seus olhos.

Scott esqueceu a sutileza. Correu colina abaixo.

Quando viu as luzes vermelhas e azuis piscando, Logan agarrou o braço de Scott e fez com que ele reduzisse a velocidade. Seu coração batia tão alto que ele mal conseguia ouvir as vozes do rádio ou o estalar dos radiadores dos motores. Ouviu uma mulher falar, e pensou em Jean quando ouviu essa voz. Teve de lembrar que ela era um homem agora, e que a pessoa falando devia ser Vampira. Vampira ou alguma outra mulher.

– O que aconteceu? – Logan murmurou enquanto o estacionamento entrava no campo de visão. Scott esqueceu de respirar. Havia uma ambulância e um corpo no chão ao lado da van em que chegaram. Scott não conseguiu ver o rosto – muita gente ao redor –, mas as portas da van, as dianteiras e traseiras, estavam abertas, e ele não viu ninguém lá dentro.

– Eles fugiram – Logan disse e, em seguida continuou: – Erga a cabeça, Ciclope.

Scott afastou o olhar das pernas longas esticadas no chão – *o que Jean estava usando, meu Deus, o que ela estava usando, por que não consigo lembrar* – e olhou para os olhos azuis de um homem magro de uniforme preto.

– Senhora – ele disse, meneando a cabeça para Scott e depois para Logan. – Acho que nenhuma de vocês viu o que aconteceu aqui, certo?

– Não – Logan respondeu, e sua voz ficou especialmente suave, muito parecida com a de uma garota. Scott não pensou que ele fosse um bom ator, mas considerando tudo com o que precisou já lidar, provavelmente não devia ser uma surpresa.

– Podem ir, então. Não é uma cena muito agradável de se ver.

– O que aconteceu? – Scott perguntou e em seguida, reconsiderando, disse: – É uma vizinhança tão segura.

O policial deu de ombros.

– Como eu disse, não é algo com que as senhoras precisem se envolver.

– Tem razão – Logan disse, agarrando o braço de Scott. – Obrigada.

Ele os conduziu para longe da cena do crime e, quando viraram a esquina e estavam longe de serem ouvidos, chiou:

– O que você está tentando fazer, bater um papinho? Não esqueça de onde escapamos. Provavelmente já estão circulando fotografias nossas.

– Eu queria saber o que aconteceu.

– Aconteceu que alguém morreu. Tudo o que importa é que não foi um dos nossos.

Scott parou de andar.

– Tem certeza?

– Meu Deus, Zarolho. Não sabe qual é a cara dos seus amigos? – Logan ignorou a cara feia que Scott fez como resposta e disse: – O cara morto estava de calças cinza. Todos nós estamos usando jeans ou moletons.

As mãos de Scott doíam. Olhou para baixo e viu que suas unhas estavam enterradas na palma das mãos. Tentou relaxar e fracassou fragorosamente.

– Onde acha que eles estão?

– Devem estar por perto.

Na rua de cima havia mais residências, mas ali, naquela parte do bairro, Scott viu apenas pequenas lojas e restaurantes, a maioria ainda fechados. Era uma atmosfera muito classe média alta, sem muitos lugares onde as pessoas pudessem se esconder.

Porém, havia um pequeno espaço verde um quarteirão adiante, do outro lado da rua. Pequeno demais para ser um parque de verdade, mas com flores e vegetação o suficiente para ser um lugar agradável de se sentar e conversar. Scott viu movimentos, alguém alto e escuro.

– Lá – ele disse, e levou Logan a cruzar a rua. Ele olhou para trás. Os arbustos escondiam os carros de polícia de vista, embora Scott ainda temesse ser observado. Ninguém os seguiu enquanto caminhavam até o pequeno jardim público, e quando se aproximaram, Scott viu novamente a figura alta de um homem, cabelos compridos e desgrenhados com *dreadlocks*.

– Scott – Jean disse –, estávamos preocupados com vocês.

– Preocupados conosco? – Ele pegou a mão dela e puxou-a para mais perto. Era estranho ter que erguer o olhar para encará-la, mas ele afogou o desconforto no alívio de encontrá-la sã e salva.

Viu Vampira e Kurt sentados num banco. Próximo deles havia duas outras pessoas: um homem muito enrugado com cabelos prateados e outro homem, muito mais jovem, com olhos azuis e brilhantes e uma boca retorcida.

– Foram essas garotas que ele chamou de putas? – disse o jovem, olhando para Scott e Logan. – Cara. Que idiota.

– Parece que perdemos muita coisa – Logan disse para Kurt.

– *Ja*. Um barril cheio de diversão.

– Um barril fumegante – Vampira acrescentou. – Um cafetão da alta veio até o carro e acusou Je... hum... Jeff de mandar vocês até lá como prostitutas.

– Nessa vizinhança? – Logan fez uma careta. – Ele devia estar muito drogado.

– Não – disse o velho, correndo os dedos bronzeados por entre os cabelos. – Aqui as garotas não ficam nas ruas. Elas têm celulares agora.

Precisam manter agendas. Billy, ele costumava dar carona para elas aqui e ali quando iam pros compromissos. Nem parecem putas. Garotas lindas. Como vocês duas.

– Mas com muito mais brilho – acrescentou o companheiro. – Ninguém aqui contrataria vocês.

– Obrigada – Logan disse. – Mas quem diabos são vocês?

– Este é Luke, e o cavalheiro mais velho é seu companheiro, Ed. – Jean sorriu de leve para os dois. – Acho que eles salvaram nossa vida.

– Jeff está enchendo muito a nossa bola. – Ed encaixou as mãos nas costas e se esticou. Suas roupas eram escuras e maltrapilhas, e de sua mochila grande vazava pedaços estranhos de materiais diversos e plástico. Havia um vazio em seus olhos que incomodava Scott, mas seu sorriso parecia bastante genuíno. – Tudo que fizemos foi distrair o cara.

– Sim, nós vimos a arma, e o Ed aqui saiu dos arbustos onde a gente estava sentado e foi, tipo assim, "Ei, cara", e então o Jeff abriu a porta e saiu, e os outros dois saíram do carro também, e o Billy ficou lá, todo "Para trás, babacas", e Jane e Renny fizeram alguma merda estranha, e Jeff desarmou o cara com um golpe meio Jackie Chan e um chute de kung-fu no saco. O cara luta sujo.

– Aposto que sim – Logan disse, lançando um olhar estranho para Jean. – Aquele homem lá atrás. Ele parece morto.

Jean ergueu as sobrancelhas.

– Eu não atirei nele. Mas acertei a cabeça dele quando estava caído no chão.

– Ainda está com a arma? – Scott perguntou. Jean ergueu a barra da camisa e revelou uma .44 enfiada na calça.

– É uma boa maneira de se castrar – Logan falou. – A trava está acionada, certo?

– Claro – Jean disse.

Scott virou para Luke e Ed.

– Obrigada por sua ajuda, mas não podemos oferecer muito em troca.

Ed sacudiu a cabeça.

– Não pediríamos nada, de qualquer jeito. Tenho certeza que vocês fariam o mesmo.

Scott concordou. Os X-Men teriam feito o mesmo, embora suas últimas intervenções envolvessem apenas mutantes. Violência entre humanos era algo em que não se envolviam com frequência, apenas porque as questões mutantes sempre pareciam mais urgentes. Mais... atuais.

É claro, ao considerar que mutantes ainda eram uma minoria, e que a maior parte da violência cotidiana relatada era entre seres humanos normais e sem poderes, Scott perguntava-se em que mais eles poderiam usar seus dons. Era o suficiente ajudar apenas os mutantes?

Você não ajuda apenas mutantes, ele se lembrou. Uma verdade, mas parecia que era tudo no que *sempre* pensava. Outros heróis, como o Quarteto Fantástico e o Homem-Aranha, com certeza não se "especializaram". Ou, ao menos, não pareciam ter se especializado.

– Temos que sair da cidade – Logan disse. – Partir para o leste na direção de Nova York. Rapazes, vocês sabem se Pátio Balmer ainda é a melhor estação para pegar carona de trem para fora de Seattle?

Ed abriu um sorrisinho.

– Você pega carona em trem? Nunca encontrei uma moça tão jovem que fizesse isso. É uma arte moribunda.

– É – Logan retrucou. – Mas não morri ainda.

O velho riu.

– Baylors ainda é a melhor. Fique esperto com os touros. Estão ficando mais cuidadosos com os vagões vazios.

– Touros? – Scott murmurou.

– Seguranças da estação – Logan falou. – Gíria antiga de rua.

Com um aceno despediram-se de Luke e Ed, que ficariam mais um pouco ali no jardim, ou talvez – como disseram – sairiam à caça do café da manhã com algum dos donos de café locais. Era tentador ficar com eles e arriscar fazer o mesmo, mas os policiais ainda estavam na rua e era um milagre que nenhum deles tivesse vindo fazer mais perguntas.

– Na verdade, eles vieram – Vampira falou quando Scott expôs suas preocupações.

– Vocês devem ter inventado alguma história boa – Logan disse. – Me admira eles não terem levado vocês apenas por princípios.

– Como você é pessimista – Kurt disse, mancando atrás dele.

– Sim – Logan concordou. – Mas em geral tenho razão também. E no que deu?

– Falamos bem bonito – Vampira contou, abrindo um sorrisinho astuto.

Kurt pousou a mão por sobre o coração.

– Peço-te, bom Mercúcio, retiremo-nos! Quente está o dia, os Capuletos estão fora...

– Caso os encontremos – Jean interrompeu com sua voz de barítono profunda –, não poderemos evitar contenda, pois agora, nesses dias quentes, o sangue do homem ferve. – Ela sorriu. – Acho que gosto de dizer essas falas com voz de homem. Dá um peso dramático.

– Vocês citaram Shakespeare para a polícia? – Logan perguntou, incrédulo.

– Não – Vampira respondeu –, mas começamos a declamá-lo assim que vimos eles chegarem. Agimos como se fôssemos atores pobres começando um ensaio matutino. Você devia ter visto a cara deles.

– Certo – Scott disse, lentamente –, que tipo de criminoso recita o grande Bardo?

Jean deu de ombros, ainda sorrindo.

– As pessoas veem o que querem. Demos a eles algo diferente do comum, e então ficaram menos propensos a acreditar que éramos capazes de qualquer violência. Ilusão, meu amor. Sonhos e ilusões.

Vampira tropeçou, Kurt tocou seu braço e disse algo baixo que a fez sorrir – um sorriso que não chegou a seus olhos.

– Estamos todos cansados e famintos – Jean falou em voz baixa, observando Vampira.

– Logan encontrou um pouco de comida na casa do Maguire.

– Medida paliativa – Logan disse. – Precisamos de dinheiro. Também precisamos chegar a Nova York o mais rápido possível.

– Por isso perguntou sobre a estação de trem?

– Não tem estação, gata. É linha de trem.

– Não me conformo. Deve haver um jeito melhor.

– Jeannie – Logan começou, mas Scott ergueu as mãos.

– A menos que vocês queiram continuar roubando carros, o que penso ser uma opção, e a menos que possamos encontrar dinheiro para passagens de ônibus ou avião, acredito que seja nossa melhor alternativa.

– Tentou falar com a escola?

– Todo mundo que precisávamos estava fora. Fazendo compras.

Jean bufou.

– Se esperarmos aqui...

– Pessoalmente – Kurt retomou a palavra –, eu preferiria *não* esperar. Ao menos vamos seguir para *algum lugar*. Quanto mais ficarmos nesta cidade, maior as chances de sermos... recolhidos... pelo manicômio. Com certeza vamos encontrar telefones públicos no caminho. Teremos outras oportunidades de entrar em contato com nossos amigos.

Vampira parou de andar e virou-se a fim de olhar para eles.

– Vocês não disseram o que encontraram na casa do médico.

– Alguém muito solitário – Logan falou. Ele enfiou a mão na sacola e puxou o ursinho de pelúcia. Scott tentou não mostrar surpresa. – Isso e uma foto foram os únicos itens pessoais que encontramos na casa.

– E um tíquete aéreo de um voo para Nova York – Scott acrescentou. – Ele partiu noite passada.

Vampira assentiu, a boca repuxada numa linha branca e rígida. Parecia particularmente perigosa naquele novo corpo, o que Scott achava curioso. Apesar da impressão que em geral ela dava – de que era uma bela e afável mulher sulista –, Vampira era uma das mutantes mais formidáveis do mundo, e Scott sempre a julgara *por causa* dos seus poderes. Como um ser humano normal, contudo, ele começava a perceber que ela era simplesmente intimidadora.

Aquilo era bom. Esperava que todos eles provassem ser tão fortes. Porque se tivessem que entrar em confronto com eles mesmos – seus corpos, seus poderes – e chegassem ao ponto de uma briga, precisariam de cada milímetro daquela grande determinação para simplesmente sobreviver.

E isso também exigiria um milagre ou dois.

10

ORORO MONROE, EMBORA NUNCA ADMITISSE, era uma mulher desconfiada. Quando entrou na estufa da loja Worm's Way da Quinta com a Tucker e descobriu que as raras rosas-chá tipo *Gemini* de seu pedido especial haviam morrido misteriosamente durante a viagem da Carolina do Sul, tomou aquilo como um mal sinal. Rosas nunca morriam à toa. Precisavam ser mortas. E nesse caso, ela pensou que o assassino talvez fosse apenas o Destino.

A justificativa era simples o bastante. Naquela manhã, cada rosa do seu tão bem cuidado jardim estava morta ou morrendo. O que, provavelmente, tinha menos a ver com o Destino, e mais com algum adolescente irresponsável que acabaria pagando pela morte do seu jardim com algum sacrifício comparável – como um duro serviço de jardinagem, totalmente desprotegido, num canteiro de espinhos.

Ainda assim, custava a acreditar que alguém que ela conhecesse fosse capaz de assassinar uma *remessa* de rosas, pois na verdade, quando as pessoas não gostavam dela, costumavam tomar atitudes maiores, como sequestro, tortura ou lutas mortais.

E aquilo a levou de volta aos sinais e presságios. Alguma mensagem misteriosa que não podia ser boa.

Assim, tomou mais cuidado ao voltar para casa, dirigindo como uma mulher com três vezes a sua idade, encurvada por sobre o volante, vigiando a estrada em busca do inesperado – recebendo buzinadas e sendo ultrapassada por conta do seu esforço. Sentiu-se bem idiota quando entrou na longa estrada que levava até a Mansão – e como não podia deixar de ser, reuniu toda sua dignidade para que, quando saísse do carro, fosse novamente uma Deusa, confiante, reluzente, brilhante e poderosa. Tentou ignorar as rosas murchas ao lado da porta da frente.

A Mansão cheirava bem, alguém assara bolinhos ou biscoitos naquela manhã, e o aroma doce rodopiava ao seu redor, acompanhado pelo barulho da televisão, por gargalhadas, estalos e baques de algum poder mutante sendo utilizado. Viu a ponta de uma cauda desaparecer no fim do corredor e sabia que havia outros por perto, sem dúvida escondendo-se dela.

– Crianças! – ela gritou, batendo palmas. – As compras estão no carro e preciso de ajuda para trazê-las para dentro.

Foram necessários muitos chamados como aquele – inclusive uma breve invasão da sala de recreação – antes de receber uma resposta adequada, mas logo tinha à disposição um pequeno exército de jovens carregando sacolas do carro para a cozinha e guardando seu conteúdo nos lugares corretos.

Ororo estava no meio da tarefa de supervisionar – e proteger – o sorvete quando Annie Potensky entrou na cozinha. A garota desajeitada, em seus quinze anos, era uma das melhores alunas de Ororo e uma jovem telecinética das boas.

– Alguém ligou enquanto a senhorita estava fora – ela disse, ofegante. – Uma mulher chamada Mindy. Disse que era amiga do senhor e da senhora Summers e que eles estavam encrencados.

Todos na cozinha pararam. Ororo disse:

– Continuem o que estavam fazendo – e em seguida, para Annie: – Venha comigo.

Quando saíram da cozinha e esconderam-se cuidadosamente em uma das salas de estudo particulares, Ororo fez Annie lhe dizer tudo, o que não era muito.

– Falei com Scott noite passada – Ororo disse, lembrando-se de sua conversa breve e um pouco artificial. – Ele não comentou sobre problema algum.

Pelo contrário: Scott relatou que a questão dos mutantes em Seattle era um verdadeiro despropósito e que a viagem fora uma perda de tempo. A equipe voltaria no máximo naquela tarde, e Ororo ficou feliz com aquilo. Gambit estava por perto, mas era pior que as crianças. Era difícil ser a única adulta responsável na Mansão, mesmo que fosse verão e a maioria dos alunos estivesse de férias pelas próximas duas semanas.

– Ela ligou hoje de manhã, senhorita Monroe. Rastreei o número e era de uma residência em Seattle.

– De quem é o telefone?

– Maguire – Annie respondeu. – Jonas Maguire.

Ororo franziu a testa.

– O nome não me diz nada, mas obrigada, Annie. Fez um excelente trabalho.

O sorriso tímido de Annie revelou uma preocupação.

– Acha que está tudo bem com eles, senhorita Monroe? Digo, com o senhor e a senhora Summers? Eu não... não sabia que eles tinham ligado noite passada.

Ororo tentou não mostrar como sua preocupação era graciosa. Jean e Scott eram os favoritos entre os alunos, a quem consideravam com vários graus de afeição. Pais de acolhimento, professores e – ocasionalmente – objetos da cobiça adolescente, o casal era a âncora da escola, de uma forma que nem mesmo Xavier era capaz de concorrer. A idade provavelmente tinha seu papel. Ororo sabia muito bem que os alunos pensavam que Charles era muito velho.

– Está tudo bem, Annie – Ororo tranquilizou. – Vá se divertir.

Vá e relaxe, vá e pense em coisas melhores do que em seus professores se metendo em encrencas. Deixe isso comigo.

Não que Ororo pensasse que Scott e sua equipe precisassem de ajuda, mas ainda estava com as rosas na cabeça, e isso sem dúvida era algo espinhoso. Saiu da sala após Annie, mas desviou para à esquerda, na direção dos elevadores de segurança, onde bastava uma rápida descida para chegar ao porão e ao centro de segurança automatizado. Monitores de alta tecnologia forravam a parede, revelando imagens de todas as áreas públicas da escola.

Fez uma ligação para o Blackbird. Jean atendeu. Sua voz soava um pouco mais baixa que de costume, como se ela estivesse resfriada.

– Oi – Ororo falou. – Estão todos bem por aí?

– Claro – Jean respondeu. – E você?

– Bem – ela disse. – Só queria saber que horas vocês voltam hoje.

– Na hora do almoço – Jean disse e, em seguida, ficou em silêncio. Ororo franziu o cenho. Jean era mais falante que isso. Ou ao menos, mais participativa. Suas palavras soavam um pouco cuidadosas demais, rápidas demais, intermitentes.

– Bem – Ororo continuou, tentando soar mais alegre do que se sentia. – Sei que todos os alunos ficarão felizes em ver vocês e os outros.

– Que bom – Jean disse.

– É – ela falou e, depois de um momento de hesitação, comentou. – Uma mulher ligou para cá esta manhã. Falando sobre você e Scott. O nome dela era Mindy, e disse que vocês são amigas.

Jean não respondeu. Ororo insistiu.

– Alô?

Dessa vez, foi Scott quem respondeu.

– Não é nossa amiga. Mindy é uma das pacientes que visitamos no hospital psiquiátrico. Ela... se afeiçoou a nós.

– Deve ter se afeiçoado mesmo para ter descoberto nosso telefone – Ororo falou.

– Ela é telepata – Scott disse. – Deve ter pegado o número das nossas cabeças.

Aquilo não fazia sentido para Ororo, considerando que Jean e Charles haviam passado muito tempo ajudando cada um dos X-Men a desenvolver seus próprios escudos mentais.

– Se essa Mindy realmente pegou algo tão específico como um número de telefone da cabeça de vocês, ela é extremamente poderosa. Têm certeza de que não está hospitalizada contra a vontade? Talvez tenha algo que possamos fazer por ela.

– Acho que não, de verdade – Scott disse. – Nada pode ajudá-la.

– É possível, para você ter desistido tão fácil. – A voz de Ororo saiu com uma acidez maior do que ela pretendia; suas bochechas coraram. Se perguntou o que havia de errado com ela, porque precisava ser tão crítica.

– Você não estava lá – Scott retrucou.

– Claro, claro – Ororo disse, embora seu humor ainda estivesse azedo. Pensou em suas rosas e deu um suspiro profundo.

Você é uma tola desconfiada. Não descarregue seus problemas insignificantes nos seus amigos.

– Havia outros mutantes no hospital? – ela perguntou, e como ele não respondera: – Scott?

– Não – ele disse, e a voz parecia mais grave, muito diferente dado homem que ela conhecia. – Mas temos que ir agora, Ororo.

O link de comunicação estalou, terminando. Ororo sentou-se, surpresa. Scott havia acabado de desligar na sua cara. Scott, que era um dos homens mais compulsivamente educados que ela conhecia. Era perfeccionista demais para ser menos que isso. Lembrou-se de outra coisa. Segundo Annie, Mindy ligou para a Mansão de uma residência, não de um hospital.

Ou seja, alguém estava mentindo para ela. Porém, não queria fazer qualquer acusação antes de olhar seus amigos nos olhos para ver se havia algo com que se preocupar de verdade. Mas ela *conseguiria* as respostas. A verdade não era algo com o qual ela gostava de brincar.

Ororo recostou-se na poltrona, olhando os monitores, um em especial: o que exibia imagens do jardim com os botões murchos, como se uma praga os tivesse assolado durante a noite e sugado tudo delas, exceto seus espinhos.

Maus sinais, ela pensou. *Ou talvez algo de ruim já esteja por aqui.*

• • • •

Em qualquer dia normal, com qualquer motorista normal, a viagem da cidade de Nova York até Salem Center deveria levar ao menos uma hora. Para Remy LeBeau, levava apenas trinta minutos – e isso porque ele estava sendo cuidadoso. Levava uma passageira.

– Está indo devagar demais – Jubileu disse, espiando-o por sobre as lentes do seus óculos escuros. A jaqueta de couro era de um amarelo berrante, mas pelo menos tinha desenvolvido uma noção suficiente de moda para combinar sua cor favorita com tons que não fossem rosa-choque e azul *délavé*. Em vez disso, mudou para vermelho e preto, que Remy achava quase horrendo, mas Jubileu sentia-se mais "madura".

– *Petite*, estou a mais de cento e quarenta por hora, e isso aqui é uma vicinal.

– Não interessa. Já vi velhinhas dirigindo mais rápido.

– Só se estiverem fugindo de você – Remy murmurou.

– Ai, que dor – Jubileu disse, pousando a mão no peito. – Você feriu meu coração e nunca mais vai sarar.

– Está bem – ele disse. – Estou te devendo isso pela noite passada.

– Por favorzinhoooo – Jubileu soltou um sorrisinho afetado, recostando-se no banco de couro do Porsche. – Eu salvei seu rabo.

– Salvou nada. Eu sabia exatamente o que estava fazendo.

– Cara, aquela garota estava com a mão tão alta na sua coxa...

– Nem termine – Remy falou. – O jeito que você fala já me causa pesadelos.

– Onde você acha que eu aprendi tudo isso?

Com Logan. Com os X-Men. Ah, eles eram exemplos terríveis. Ou isso, ou Jubileu estava conseguindo entrar em lugares onde uma garota de quinze anos não poderia estar legalmente.

Como na última noite, ajudando-o a sair de uma investigação. Muito simples, também. Apenas um favor para um velho amigo que desconfiava que sua namorada o traía. Tirar umas fotos, anotar uns endereços, e *voilà*! Ele não havia planejado levar ninguém consigo, mas Jubileu parecia ter faro para essas coisas e queria *muito* sair um pouco da Mansão. Sem Logan para entretê-la – e, *mon Dieu*, aquele homem merecia uma medalha por sua paciência –, Jubileu estava enlouquecendo e deixando todos ao seu redor malucos. Muito engraçado de assistir, até o momento em que ela mirava em você.

O que ela fez, e de um jeito que o fazia querer fugir como um rato de esgoto apavorado recém-saído de um *bayou*.

Mas a investigação, que supostamente deveria ser fácil, deu muito errado. Depois de ser seguida por quase a noite inteira pelos dois espiões intrépidos, a namorada chegou em casa às três da manhã *sozinha* (o que era bom, embora fosse enlouquecedor, pois significava que Remy havia perdido uma noite inteira), apenas para cercada por um grupo de homens que tinham mais em mente do que uma simples conversa.

Remy não gostava de estupradores. Nem Jubileu. Eles formavam um belo time.

E a namorada, depois que a levaram para o hospital e esperaram que ela fizesse o boletim de ocorrência na polícia, ficou *muito* agradecida. Não que Remy fosse alguém que reclame da gratidão de belas mulheres, mas em primeiro lugar, ela já era comprometida, e em segundo, ele tinha uma testemunha. Uma combinação nada boa.

– Não vamos mais falar disso – ele pediu para Jubileu. – Foi uma noite longa, e eu tô cansado.

– Aposto que sim – ela retrucou, correndo os dedos pelos cabelos curtos e pretos. – Foi difícil lutar com todas aquelas lindas garotas que se jogaram em você.

– É um dom, *ma petite*.

– Tá. Sabia que tem um bolão correndo entre os alunos? E que está ganhando quem apostou que seu poder mutante é ser irresistível com as mulheres?

Remy engasgou com a própria saliva. Jubileu riu e ligou o rádio. Os Foo Fighters martelaram forte no ar e continuaram a tocar a todo vapor até chegarem em casa e Remy desligar o motor. O silêncio foi quebrado apenas pelos estalos ocasionais do radiador do Porsche. Nenhum dos dois se moveu.

– O que vai falar quando eles perguntarem? – Remy estava bastante preocupado. Afinal, tinha mantido Jubileu fora da Mansão a noite toda, e alguém certamente ficaria aborrecido com aquilo.

Jubileu deu um risinho amarelo, e Remy sacudiu a cabeça. Para usar termos bem coloquiais, ele estava totalmente ferrado.

Sua sorte não melhorou quando entraram na Mansão. Ororo estava em pé, no corredor, braços cruzados sobre o peito. Ela não parecia feliz.

– Hum – ele disse, esquecendo a suavidade. Conteve o impulso de se proteger atrás de Jubileu e colocou a culpa que estava prestes a receber nos ombros pequenos da garota.

– Estou tentando falar com vocês há uma hora – Ororo falou.

– Meu telefone não tocou. – Ele procurou no bolso do sobretudo.

– Aqui. – Jubileu tirou o celular de seu casaco e jogou para ele. – Peguei na noite passada, quando estávamos no hospital. Proibido celulares, lembra?

A cara feia de Ororo piorou. Remy disse:

– Não é o que você está pensando. Ninguém se machucou.

– Nós não, pelo menos – Jubileu acrescentou. – E os outros caras vão ficar bem em um mês. Dessa vez, ninguém ficou em coma.

Remy fuzilou a garota com o olhar. Ela fingiu não perceber.

Ororo cobriu os olhos. Seus cabelos brancos estavam desgrenhados, suas roupas de seda esvoaçante levemente tortas. Remy achou aquilo estranho; geralmente, mesmo quando aborrecida, sua aparência era impecável.

– Ororo – ele disse.

– Scott e os outros logo estarão aqui – ela disse, o que fez Jubileu soltar um gritinho. Ororo não parecia contente. Fitou Remy direto nos olhos e ele viu, como às vezes fazia, a lembrança de como se conheceram: uma garotinha teimosa com cabelos brancos e um rosto mais velho que sua idade; um olhar sagaz que era sempre calmo, sempre forte. Ororo foi um dos motivos por ele ter ficado com os X-Men, e eram amigos havia muito tempo. Conhecia seu jeito. Sabia quando havia problemas em seu coração.

– O que há de errado? – ele perguntou, e o sorriso de Jubileu sumiu.

– Nada – Ororo disse, mas a voz era distante, pensativa. – Umas coisinhas que, quando somadas, ficam grandes.

– Coisinhas que têm a ver com Scott e aquela missão em Seattle?

– Wolvie está bem? – Jubileu quis saber.

– Sim, claro. – Ororo estendeu a mão e ajeitou os cabelos de Jubileu para trás. – Desculpe por deixá-los preocupados. Não é nada. Só tive um dia... estranho.

Remy não gostou de ouvir aquilo. Ororo nunca tinha dias "estranhos". Um estrondo abafado passou por sobre a Mansão.

– Eles chegaram – ela falou, erguendo os olhos e, em seguida, suavizou a voz. – Isso vai ser interessante.

Jubileu olhou feio para ela.

– Pode parar com as charadinhas agora.

– Está bem – ela disse. – Venham, vamos receber nossos amigos.

Remy olhou para Jubileu e a viu olhando para ele, confusa. Ele simpatizou totalmente com o sentimento. Algo havia acontecido enquanto estavam fora e, por algum motivo, Ororo hesitou em falar sobre isso.

Ele esperava que Vampira estivesse bem. O relacionamento entre os dois ainda o confundia, mas pelo que ele sabia – a única coisa que podia ter certeza – ela era uma amiga. Muito provável que fosse mais que uma amiga, e se algo acontecesse com ela, abriria um buraco no seu coração que ele não sabia ao certo se algum dia fecharia.

Melhor mantê-la em segurança. Remy não se importava se tivesse o coração partido.

Seguiu Ororo até o hangar, Jubileu ao seu lado, bem perto. Não se incomodou em dizer para ela ir embora, pois aquele assunto – fosse qual fosse a preocupação de Ororo – era apenas para adultos. Jubileu tinha quinze anos, mas parecia trinta, e Remy conhecia poucos adultos que tinham visto ou feito tanto quanto ela em sua curta vida. Além disso, ele sabia muito bem que ela preferia perder um braço a deixar de receber Wolverine.

Ele já estava fora do jato quando chegaram no hangar. Jubileu correu pelo chão de concreto e saltou nos braços dele para um abraço gigante.

– Ei! – ela disse, sem timidez. – Deu umas porradas por aí?

– Claro – Logan respondeu, sorrindo. Remy não estava bem certo se gostara daquele sorriso. Parecia... diferente, de algum jeito. Frágil. Jubileu pareceu não notar.

Scott e Jean saíram juntos do jato, assim como fizeram Kurt e Vampira. Remy chamou-a para cumprimentá-la, mas ela não reagiu. Pelo menos, não do jeito que em geral fazia. Ela apenas olhou para ele, rapidamente, e em seguida virou o rosto com um sorriso tímido e olhou para baixo. Kurt cutucou-a – uma, duas vezes – até ela erguer o queixo. Contudo, parecia um esforço tremendo, como se toda a grande confiança de Vampira tivesse sido roubada do seu ser.

– *Ma chérie* – ele falou, aproximando-se. – O que houve?

Vampira engoliu seco. Kurt falou:

– Ela tocou numa pessoa no manicômio. Isso... a afetou. Ela está assim desde então.

– Deviam ter ligado – Remy falou para ele. – No que estavam pensando?

– Ela não se machucou – Kurt respondeu. – Vai ficar bem.

Remy não gostou daquele tom. Era petulante demais, dada a seriedade da situação. Vampira tinha entrado em contato com o pior que a humanidade tinha a oferecer. Se algum paciente num hospital psiquiátrico pudesse feri-la desse jeito – fazê-la se retrair do mundo para dentro de sua mente –, ele não queria imaginar como sofrera naquele toque inicial de pele com pele.

– Por quê? – ele perguntou para Kurt. – Por que ela tocou alguém?

– Não sei – Kurt disse. – Nós nos separamos.

Era mentira. Remy conseguia sentir o gosto da inverdade, vê-la no piscar incerto do olhar dourado de Kurt. Ele pegou a mão enluvada de Vampira e ela não a puxou para longe, como de costume. Ela deixou que ele a puxasse para mais perto. Ela se empertigou nos braços dele, mas ele não esperava nada diferente e acariciou as costas dela. Os cabelos ruivos de Vampira brilhavam sob os refletores do hangar, com a mecha branca especialmente brilhante.

– Shhh – ele sussurrou. – Vai ficar tudo bem, *chère*. Vamos ajudá-la a se recuperar rapidinho.

Ajudá-la a se recuperar – e, nesse meio tempo, descobrir que diabos havia acontecido em Seattle. Ele ficou enjoado ao pensar nisso. Qualquer coisa que transformasse Kurt num mentiroso...

Remy flagrou-o encarando.

– Quê foi?

Kurt piscou, rompendo o contato visual. Sua cauda azul enrolou-se com firmeza ao redor da perna.

– Nada – ele respondeu, e Remy percebeu pela primeira vez que seu sotaque estava menos perceptível.

Um movimento chamou sua atenção; Scott balançando a cabeça, em reprovação. Jean estava ao seu lado. De alguma forma, ela parecia diferente. Mais rude. A Jean que ele conhecia, aquela que assava biscoitos nas noites de sábado ou aquecia leite para os alunos, não era a mesma mulher que ele via ali. Aquela Jean, com a boca fechada apertada e os olhos estreitados e embaçados, não parecia se importar com criança alguma.

– Por favor, Scott? – Ororo chamou.

– Não – Remy ouviu Scott dizer. – Jean e eu gostaríamos de descansar um pouco antes de lhe passarmos o relatório.

Ororo não parecia feliz.

– Estou preocupada – ela disse, mas Jean já havia começado a caminhar para a porta, e Scott a seguiu de perto.

– Mais tarde – ele falou. – Prometo.

– Não – Remy gritou. – O que aconteceu com a Vampira? Quem ela tocou que a deixou assim?

Ninguém respondeu. Vampira afastou-se do seu abraço. Com um sorriso tímido, ela o deixou parado ao lado do jato. Ele não correu atrás dela, mas em vez disso observou como ela e Kurt – cauda enrolada o bastante para fustigar o ar – seguiram Scott e Jean que saiam do hangar. Wolverine, depois de acariciar a cabeça de Jubileu, seguiu-os com um balançar lento e estranho nos quadris. Parecia que Wolverine, embora sempre fosse taciturno, estava particularmente silencioso.

– Wolvie acabou de dar tapinhas na minha cabeça... como faz com um cachorrinho? – Jubileu perguntou quando os cinco X-Men desapareceram e a porta fechou-se atrás deles.

– Tem alguma coisa errada – Remy falou, incapaz de se livrar da sensação de Vampira nos braços, aquele olhar em seu rosto: tão frágil, diferente da mulher que conhecia. Kurt também, com aqueles olhos inquietos.

Ororo não disse nada. Olhou para a porta, boca fechada numa linha rígida. Remy sentiu o soprar gentil de uma brisa impossível, sentiu o aroma de chuva dentro do confinamento de concreto e aço. Jubileu estremeceu e aproximou-se dele.

– Não se preocupem – Ororo disse baixinho. – Descobriremos a verdade. De um jeito ou de outro.

11

EMBARCARAM EM UM DOS ÔNIBUS GRATUITOS que os levaria até Elliot Bay, seguiram para o norte, passando a Spaghetti Factory, restaurantes fast-food e postos de gasolina. Vampira observou a cidade passar, prestando mais atenção ao mundo do que jamais havia prestado. Às pessoas, em especial. Pessoas a caminho do trabalho, saindo para fazer compras, correndo atrás do sustento. Perguntou-se se havia algum mutante entre elas e, pela primeira vez na vida, não conseguiu lembrar por que importaria se fossem. Ela era um ser humano agora, dos pés a cabeça; sem poderes, talvez, mas não fraca. Conhecia esse seu lado agora. Ser apartada de sua identidade física por apenas uma noite lhe dera uma noção mais clara de quem era, das muletas sobre as quais havia se escorado durante a vida.

Kurt sentou-se ao lado dela no ônibus. Suas mãos se tocaram, e ela se esforçou para não se afastar.

– Está melhorando – ele disse, olhando para suas peles: escura e clara, suave e áspera.

– Conforto é um estado da mente – Vampira disse. – Acho que finalmente entendi isso.

– Não fique confortável demais. – Logan inclinou-se sobre o encosto do banco. – Ainda temos problemas.

– Dinheiro – ela comentou.

Kurt sorriu.

– No circo tínhamos um ditado: a falta de dinheiro pode destruir o homem mais poderoso. Um lembrete sério do motivo pelo qual trabalhávamos ali, *além* do nosso amor pelo picadeiro.

Vampira franziu a testa, olhando para suas mãos.

– Desculpe, mas não vou pedir esmola. Passei anos vivendo na pobreza e nunca precisei pedir dinheiro para estranho. Não vou começar agora.

– Ninguém falou em mendigar – Logan retrucou. – Existem alguns abrigos para sem-teto na região para onde estamos indo. Talvez possamos pegar algumas coisas que precisamos desses lugares.

– Contanto que não fiquemos muito tempo lá – Scott disse. – Tivemos sorte esta manhã... em vários momentos. Não quero abusar.

Desembarcaram do ônibus no Píer 90 e atravessaram as estradas largas que levavam diretamente à entrada sul do Pátio Ferroviário Balmer, de Seattle. Os trens estavam alinhados como gigantes blocos de montar, vermelhos-ferrugem ou azul manchado, os logotipos cobrindo as laterais frisadas: PACIFIC RAIL, CARGO EXPRESS, EVERGREEN STEEL. O ar cheirava a escapamento, sal oceânico. Vampira sentiu um ronco no peito e ouviu o guincho agudo dos freios monstruosos. Sentiu-se muito pequena.

– O segredo é encontrar o vagão certo – Logan disse. Seus cabelos loiros e finos caíam sobre o rosto, e ele os afastava, fazendo cara feia. – Sorte nossa que é verão. Nós congelaríamos até a morte.

– Que bom – Vampira falou, e em seguida apontou o trilho mais adiante. – Estou vendo uma placa da Amtrak.

– Cheio demais, controlado demais. A segurança vai pegar a gente rápido, e não temos passagens. Precisamos de algo grande e vazio, como os de carga.

Um trem chegou lentamente, o som do motor formando uma sinfonia de aço contra aço, com gemidos, guinchos e estrondos abafados.

Logan, bastante astucioso, levou-os por uma ciclovia que continuava a norte, ao longo do Pátio Balmer. Espiaram os trens por uma cerca de alambrado.

– Hora de fazer um trabalho de campo – Logan anunciou. – Vampira, venha comigo.

– Pensei que eu não fosse inocente o bastante, querido.

– Aqui é o pátio dos trens. Violento e perigoso é mais sexy que bonitinha e delicada.

Jean sorriu.

– Desculpe te decepcionar, Logan, mas não me importa em que corpo você esteja. Pode até ser bonitinho, mas nunca será delicado.

– Não acabe com os sonhos de um homem, Jeannie.

Uma senhora, sentada num banco próximo, virou-se para olhá-los. Logan sorriu, e ela sacudiu a cabeça, enojada.

– Gosto não se discute – Jean murmurou, o suficiente para fazer Vampira rir.

Ela e Logan deixaram a equipe, seguindo a ciclovia até chegarem a uma via de acesso. De lá, passaram por uma oficina de locomotivas até o prédio onde ficava a administração do Pátio Balmer.

– Tentar entrar num dos trens à luz do dia vai ser difícil – ele falou quando se aproximaram da entrada.

– Temos escolha?

– Eu diria para a gente pegar carona, mas estamos em muitos.

– Que confusão – Vampira suspirou, confrontando finalmente a enorme dificuldade que era atravessar o país dependendo da gentileza de estranhos. Aquilo a deixou com medo.

Logan a surpreendeu ao passar um braço ao redor dos ombros dela e dar um beijo rápido na sua têmpora. Ela se encolheu, e ele a soltou, embora continuasse a sentir o peso do braço, dos lábios de Logan.

– Vai ficar tudo bem, gatinha. Já passamos por coisas piores.

– Dessa vez parece diferente.

– *Claro*. Você não está na sua pele.

– O que acha que nossos corpos estão fazendo agora?

Logan cerrou os dentes. Vampira deixou para lá, pois era uma pergunta incômoda; as possibilidades a deixavam enjoada.

Entraram no prédio de escritórios. O ar morno bateu em seu rosto junto com o cheiro forte de óleo e aço. Marcas escuras de botas cobriam o saguão, e as paredes, com sua tinta velha, estavam rachadas e amareladas. Logan levou-a até o primeiro escritório além do saguão. No balcão havia uma mulher alta com maçãs do rosto pontudas e uma boca infeliz.

Mas Logan, apesar de seu novo rosto e imagem, ainda tinha um charme rústico. Não era algo sexual, simplesmente um carisma que fez a mulher diante deles sorrir após alguns momentos em sua presença. A reação da secretária surpreendeu Vampira; ela sabia que a mulher achou Logan atraente, mas sempre pensara que a força de sua sedução estava em sua masculinidade inegável. No fim das contas, embora soubesse de sua capacidade de se tornar charmoso, ele não era, por hábito, um dos homens mais refinados.

– Somos universitárias – ele disse a ela, e Vampira ouviu, surpresa, quando o traço de uma patricinha da Costa Oeste entrou na voz do amigo. – Estamos fazendo uma pesquisa sobre o sistema ferroviário e como ele afeta o crescimento econômico no noroeste do país. É um assunto difícil para caramba.

– Mas fascinante, tenho certeza – disse a mulher. A plaquinha no balcão dizia que ela se chamava SHELLY.

– Totalmente – disse Logan, e dentro de alguns minutos estavam com os cronogramas e destinos de cada trem do Pátio Balmer impressos. Vampira sentiu vontade de aplaudir, pois foi uma atuação digna de Oscar.

Assim que saíram do escritório, ele parou e disse:

– Aliás, trouxemos um pouco de comida para passarmos o dia de hoje. Será que poderíamos usar a cozinha do escritório ou seu micro-ondas? Vocês têm um espaço assim aqui, não é? – Ele sacudiu a sacola plástica que ainda carregava.

– Temos sim – disse Shelly, e hesitou. – Bem, não vejo por que não poderiam, mas não mexam nas outras refeições, certo? O pessoal aqui é bem possessivo.

– Claro – Vampira garantiu, já imaginando o que Logan estava planejando.

Ela descobriu quando chegaram à cozinha – uma pequena alcova entulhada com um minirrefrigerador, um micro-ondas e uma prateleira com vários pertences. Do outro lado do espaço havia um armário cheio de casacos, cachecóis e guarda-chuvas pendurados. Os cubículos dos funcionários ficavam numa parte totalmente diferente do escritório, fora da vista da alcova.

Ninguém estava lá quando entraram. Logan não hesitou. Abriu o refrigerador e jogou todo o conteúdo na sacola plástica. Vampira vigiou o corredor, observando enquanto Logan chegava perto dos casacos, verificando os bolsos. Encontrou duas carteiras e roubou o dinheiro que havia nelas.

– Logan – ela chiou.

– Não estou pegando tudo – ele disse.

Talvez não, mas aquilo ainda a deixava chateada – chateada porque queria aquele dinheiro, sabia que todos precisavam daquele dinheiro, mas ficar tão desesperada a ponto de roubar...

– Isso não é melhor que mendigar – ela disse.– E o abrigo dos sem-teto?

– Não se pode deixar passar as oportunidades – ele respondeu.

Os casacos eram grandes demais para enfiar na bolsa já cheia sem que os notassem. Do contrário, Vampira pensou, ele os teria roubado também.

– Não me olhe desse jeito – ele disse e empurrou-a para fora da pequena cozinha. Vampira manteve o corpo entre Logan e Shelly quando saíram; a secretária acenou para se despedir, sem prestar atenção na sacola que Logan prendia ao lado do corpo.

Saíram rapidamente do prédio, e apenas quando haviam passado pelas portas e estavam de volta ao ar fresco, Vampira disse:

– Isso foi errado.

– Acha que não sei disso? – Logan lançou um olhar sério para ela. Seu rosto estava corado. – Você acha que *não* devíamos pegar essas coisas para poder voltar para casa? O que importa mais para você, Vampira? Moralidade ou sobrevivência?

– Seria bacana se não precisássemos sacrificar nenhum deles.

– Certo – ele disse. – Achei que você fosse mais esperta.

Ela mordeu a língua. Claro, ele estava certo, mas lhe causava uma raiva sem fim não conseguir pensar numa alternativa. Arranjar um emprego? Claro, se tivessem tempo, se a urgência de um perigo desconhecido não pesasse sobre os ombros deles. Estranhos estavam com seus corpos, e mesmo naquele momento, algum homem ou mulher dentro do seu poderia estar usando os poderes para ferir outras pessoas. Não suportava pensar naquilo.

E, além disso, você confia em Logan. Sabe que se pudesse, ele teria escolhido o jeito certo.

Porque Logan era um homem honrado. Um homem muito perigoso, quase sempre imprevisível, mas ao mesmo tempo decente. Se ele pensou que a situação exigia sacrificar um pouco do seu orgulho ferrenho para ajudá-la e aos outros, ela não podia culpá-lo.

Logan deu uma rápida olhada nos itinerários enquanto voltavam à ciclovia. Vampira carregava a sacola plástica para ele. Olhou lá dentro e viu sanduíches e refrigerantes; seu estômago roncou mais alto que o ruído de um trem que passava.

– Não precisei de poderes mutantes para ouvir isso – Logan murmurou, ainda lendo os papéis.

– Fica quieto – ela murmurou, envergonhada. O canto da boca de Logan se retorceu.

Uma caminhonete branca, espalhando cascalho pelos trilhos, estacionou ao lado deles. O vidro da janela desceu, um jovem espiou para fora. Vampira não pode deixar de notar o jeito que ele mediu Logan. Mal gastou um olhar de soslaio com ela, e isso a fez querer rir. Violento e perigoso era sexy, não é? Talvez na cartilha de Logan, mas não para esse garoto.

– Estão perdidas, meninas? – ele perguntou. Ela viu um distintivo de segurança no ombro.

– Estamos fazendo uma pesquisa escolar – Vampira disse. – Universidade de Washington.

Ele deu uma olhada para ela que revelava claramente o que estava pensando: era velha demais para estar na faculdade. E perguntou:

– Você é professora?

Logan fez um pequeno movimento com a mão, e Vampira – extremamente perplexa pelo fato do jovem tê-la confundido com uma professora – respondeu:

– Sim.

– Hum. – Ele olhou novamente para Logan e sorriu. Logan sorriu de volta, mas conhecia seu amigo o suficiente para perceber seu olhar durão e a inclinada de cabeça como se dissesse "Eu poderia arrancar seu couro agora mesmo". – Precisam de ajuda?

– Sabe quais os melhores trens para pegar carona para o leste? – Logan perguntou. O garoto riu, entendendo a pergunta como uma brincadeira.

– Pego um monte de velhos vagabundos no Cascade. Ele vai direto pelas montanhas até Spokane. Os desgraçados pensam que é divertido, sei lá. Uma coisa eu digo, estou só esperando um desses idiotas caírem nos trilhos embaixo de um trem. Seria bem feito para eles.

– Nossa, que amor – Vampira disse.

– Sim, é muito amor mesmo quando olho dentro de um contêiner e ele precisa ser lavado inteiro porque alguém decidiu se aliviar no cantinho. Quem vocês acham que precisa limpar tudo? Eu.

– Vida dura – Logan falou, com simpatia apenas moderada. – Temos que ir agora. Obrigada.

– Claro – ele disse, seu olhar percorrendo o corpo de Logan. – Sei que acabamos de nos conhecer, mas se você...

– Não – Logan falou. – Mesmo.

– Tuuuuudo bem – o rapaz disse e, sem mais nenhuma palavra, partiu.

– Deve ser o pior segurança do mundo – Vampira disse, observando-o desaparecer com a caminhonete atrás de um trem estacionado.

– Não é – Logan falou. – Mas está bem perto.

Encontraram a ciclovia, mas Scott, Jean e Kurt não estavam em lugar algum. Uma pontada de preocupação cutucou Vampira, piorando enquanto caminhavam, mas em seguida ouviu alguém chamar seu nome e Kurt apareceu atrás de uns arbustos.

– Encontramos um lugar com sombra e decidimos descansar.

Ele os levou por uma calçada até um pequeno terreno com algumas árvores. A grama estava amarelada, com um pouco de lixo, mas Vampira descobriu que, uma vez dentro daquela pequena área seca e suave, o restante do mundo parecia desaparecer lentamente.

Scott e Jean estavam sentados no chão com as pernas cruzadas. Vampira juntou-se a eles, soltando a sacola de comida. Viu a ponta de um sanduíche, a borda plástica de um pacote de molho de maçã. Seu estômago parecia querer escalar por sua garganta.

– Acham que podemos comer agora? – ela perguntou aos outros.

– Fiquem à vontade – Logan disse, ainda olhando para os horários dos trens. – Só guardem um pouco para mais tarde.

Scott vasculhou a sacola, tirando batatas fritas, refrigerantes, biscoitos – aquele único sanduíche e o purê de maçã – e vários objetos enrolados em papel alumínio, que se revelaram pedaços de pizza fria.

– Meu Deus – Vampira disse. – Nunca pareceu tão bom.

Não tinham nada para cortar a pizza, e tiveram de passar os pedaços para que cada pessoa pudesse dar várias mordidas. Era uma maneira grosseira de dividir comida, mas todos estavam famintos demais para se importar. Foi a melhor pizza que Vampira comera até então.

Dividiram uma lata de Coca-Cola que ajudou a pizza descer, e quando Vampira deu o último gole na perfeição doce e carbonatada, sentiu-se pronta para correr um quilômetro. Seu estômago ainda parecia vazio, mas aquele pouco de comida lhe subiu à cabeça como uma droga.

– Essa pizza ainda estava gelada – Scott falou para Logan. Ele se levantou, limpando as calças. – Você não pegou na casa do Maguire.

– Não – Logan puxou o dinheiro roubado do bolso e entregou para ele. Scott deu uma olhada cuidadosa em Logan e contou o dinheiro. Quarenta dólares. Vampira pensou que poderia ser tudo que tinham para chegar em casa.

– Você roubou isso – ele falou.

– Tenho certeza absoluta que não peguei emprestado.

A boca de Scott apertou-se numa linha fina. A expressão era tão familiar, tão... Scott... que Vampira se esqueceu por um momento que ele estava no corpo de uma mulher. Jean se levantou.

– Não – ela disse. – Precisamos desse dinheiro.

– Jean – ele começou a falar, mas ela balançou a cabeça.

– Você é um homem bom, Scott Summers, mas agora não é hora de ser virtuoso. Precisamos chegar em casa.

Scott a encarou.

– Virtuoso?

Ela sorriu.

– Não significa que eu não te ame.

Saíram do abrigo que os arbustos oferecia e seguiram até o centro do Pátio Balmer. Logan levou-os por um caminho tortuoso ao redor dos trens, mantendo-se perto dos trilhos para que pudessem se esconder atrás das locomotivas se algum veículo da segurança se aproximasse. Considerando o que Vampira havia visto da segurança naquele lugar, achou que não seria difícil evitá-los.

– Tem quase uma dúzia de trens programados para partir ao meio-dia – Logan disse, fazendo uma pausa na frente de um vagão fechado e apontando adiante para o dispositivo de ré próximo –, mas apenas dois seguem para o leste passando por Cascade. Este é um deles.

– Podemos embarcar? – Kurt olhou para dentro da porta aberta. – Parece bem limpo.

– Quais são os riscos? – Scott perguntou. – Esses vagões não sofrem inspeção de rotina antes de partir?

– É uma loteria – Logan admitiu, dando apoio a Kurt para que ele entrasse no vagão. Fez sinal para que Vampira o seguisse e ela o fez, pegando a mão de Kurt e escalando a superfície empoeirada. Ficou em pé ao lado da porta, piscando sob o sol enquanto observava o pátio de trens, procurando ver se estavam sendo observados. A distância, nas margens do Pátio Balmer, viu uma viatura de polícia estacionada ao lado de uma caminhonete branca. Não tinha certeza, mas o guarda na janela falando com o policial parecia bem familiar.

– Hum – ela disse. – Acho que teremos problemas.

– Muito grande? – Scott perguntou quando Jean o ergueu para dentro do vagão.

– Do tipo que tem algemas e que ficaria muito entusiasmado para nos prender.

– Ótimo – Logan murmurou. Jean curvou-se, fazendo uma escadinha para ele subir. Ele a encarou.

Ela sorriu.

– Pode subir, moça bonita.

Seu olhar raivoso piorou. Ignorando a ajuda dela, tentou se pendurar sozinho no vagão. Foi desajeitado, embaraçoso. Patty não era uma mulher atlética, e Logan – Deus o abençoe – tinha uma mente muito mais disposta que aquele corpo. Jean ficou olhando para o traseiro dele, e Vampira sabia que ela estava pensando em lhe dar um belo empurrão.

– Acho que encontrou alguém páreo para você – Scott comentou quando ele finalmente se contorceu pelos últimos centímetros para dentro da plataforma. – Derrotado pelo seu próprio corpo.

Logan, com os pés ainda balançando para fora da porta, fuzilou-o com o olhar.

– Os carros da polícia estão se movendo – Vampira anunciou quando a viatura se afastou da caminhonete branca da segurança e entrou no pátio principal. – Não está vindo na nossa direção, mas com certeza estão procurando alguém.

Scott puxou Jean para dentro do vagão.

– Todo mundo para os fundos. Logan, você disse que essa coisa parte ao meio-dia?

– Não eram nem dez horas quando saímos do prédio. Ainda temos algum tempo. Precisa de mim para servir de isca?

Scott balançou a cabeça.

– Não quero arriscar que você seja capturado.

– Um é melhor que todos. Vocês podem me buscar quando chegarem em casa.

– Quando se tornou um otimista? – Jean perguntou. – Está supondo demais.

– Estou supondo que poderemos precisar de um plano B para sair daqui, e se isso significar que um de nós não faça a viagem, eu sou voluntário para ficar e tirar os policiais do encalço de vocês. Já passei por situações piores.

– Vamos ficar juntos – Scott disse com mais firmeza desta vez. Vampira pensou por um instante se Mindy alguma vez já fora tão determinada, tão rígida, ou se a pessoa que estava lá dentro moldava o exterior. O rosto de Mindy estava quase começando a lembrar o verdadeiro Scott.

Pelas próximas duas horas, ficaram sentados no fundo do vagão fechado. Não falaram, mas espiaram pelas frestas das placas nas paredes, atentos a qualquer movimento fora do trem. Por duas vezes ouviram vozes – engenheiros, funcionários –, mas aqueles homens e mulheres não ficaram ali muito tempo. Vampira estava começando a pensar que estavam seguros quando ouviram um estalar alto nas pedras, o roncar do motor de um carro. Ela espiou através de uma abertura estreita na parede e viu uma caminhonete branca. Uma porta de carro bateu.

Logan moveu-se. Scott tentou agarrar seu braço, mas foi lento demais. Vampira, depois de um momento de hesitação, o seguiu.

Chegaram à entrada do vagão ao mesmo tempo que o guarda. Era o mesmo jovem.

– Olha só – ele disse, surpreso. – O que vocês duas estão fazendo aqui?

– Pesquisa – Logan disse. – Queríamos ver como era um desses por dentro.

Vampira chegou mais perto da ponta da plataforma, bloqueando a visão do rapaz para o interior escuro. Ele ergueu o olhar para ela por apenas um instante antes de se concentrar em Logan.

– Que bom que eu parei aqui – ele disse. – Esse trem deve sair em alguns minutos. Poderiam ter ficado presas aí.

– Que nada – Logan disse. – Estávamos saindo mesmo.

– Legal. – Ele estendeu a mão para Logan, que olhou para ela, fixo.

– Hum – o rapaz falou, corando. – Precisa de ajuda para descer?

Logan abriu a boca, mas Vampira o interrompeu.

– Sim. – Ela ignorou o olhar raivoso que ele lhe lançou. Depois de um momento, Logan fez uma careta e pegou a mão do rapaz.

Vampira saltou sozinha. O segurança ainda segurava a mão de Logan e estava tentando levá-lo até a caminhonete.

– Vamos – ele disse. – Deixo vocês no portão principal.

– Não precisa – Vampira falou. – Podemos ir andando.

– É uma boa caminhada – ele retrucou –, e agora tem um monte de trens partindo. Não é seguro, especialmente para vocês. Não conhecem as regras.

– Sabemos o bastante para ficar longe de um trem em movimento – Logan disse, soltando a mão dele. Vampira achou que ele ia limpar a mão no jeans e, claro, ele não a desapontou. Ela quase ficou com pena do rapaz, que observou o nojo aparente de Logan com o rosto vermelho de vergonha. Ele olhou para Vampira, e ela lhe deu um sorrisinho.

– Tá – ele disse suavemente. Começou a caminhar na direção de Vampira e ela recuou, surpresa.

– O que está fazendo? – ela perguntou.

Ele lhe lançou um olhar estranho.

– Preciso verificar o vagão.

– Acabamos de sair de lá – Vampira disse. – Está bem... limpo.

– Que bom. Ainda assim preciso inspecionar. É parte do meu trabalho.

E ela achando que ele era um segurança preguiçoso. Vampira bloqueou seu caminho.

– Antes de subir lá, poderia responder a algumas perguntas? Estamos com um pouco de pressa.

– Eu também estou – ele disse, num tom ríspido. Vampira pensou que era apenas o início do processo de revidar a rejeição de Logan. – Esse trem vai partir a qualquer momento.

Vampira ouviu o ranger alto e metálico do trilho, um chiado e um estalo, como o abrir de um cadeado gigante. O jovem xingou, empurrando-a de lado.

– Que ótimo. Agora só tenho, tipo, cinco segundos para ver tudo...

Vampira não conseguiu pará-lo a tempo. Ele subiu na beirada do vagão e olhou para dentro. Xingou em voz alta.

– Ei! – ele gritou. Olhou sobre o ombro para Vampira e Logan. – Que tipo de joguinho vocês estão fazendo? Tem gente lá dentro! Por que não me falaram?

O trem se moveu, sacudindo com força, e o jovem saltou da plataforma.

– Preciso avisar a central – ele disse, pegando o walkie-talkie preso à cintura. – Meu Deus, odeio esse emprego. E vocês duas, não se mexam. Não acredito que fizeram isso comigo.

– Foi fácil – Logan disse e deu um soco no rosto do rapaz. O fôlego do jovem escapou num jorro e ele caiu com tudo no chão. E não se moveu. Vampira, observando-o, sentiu o estômago retorcer dolorosamente. Lembrou-se de suas mãos ao redor da cabeça de um homem, batendo seu crânio no chão com toda a força porque era humana... e seres humanos não são fortes o bastante para matar...

Ela correu até o rapaz e ajoelhou sobre o cascalho. Verificou o pulso. Ainda batia, lenta e continuamente. E então, lembrou-se de respirar.

– Vamos – Logan murmurou. – Me ajude a levá-lo até a caminhonete.

– Não temos tempo de limpar a bagunça. – Vampira olhou para o trem, o vagão afastando-se cada vez mais. Scott, Jean e Kurt estavam parados à porta.

– A gente faz dar tempo. – Logan ergueu a parte de cima do jovem e Vampira ajudou-o a arrastá-lo até a caminhonete e jogá-lo para dentro, fora de vista, a menos que alguém ficasse ao lado do veículo. Logan bateu a porta... e em seguida eles correram.

O trem ganhava velocidade. Era difícil correr sobre o cascalho. Vampira avançava com força, agarrando o braço de Logan para puxá-lo com ela. Ele enfrentava mais dificuldades que ela, e aquilo era inaceitável, impossível, porque se Vampira chegasse naquele vagão, Logan iria com ela, ou do contrário ela pararia de correr. Ela se recusava a deixá-lo.

Eles chegaram à porta do vagão. Jean, ajoelhada, esticava o braço. Vampira agarrou Logan e jogou-o na sua frente. Ele protestou, mas Jean agarrou a parte de trás de sua camisa dele e o puxou, erguendo-o do chão. Seu pé atingiu Vampira no ombro, e ela caiu de joelho no cascalho. A dor subiu da perna até os quadris, o cascalho cortando a palma de sua mão.

Alguém gritou seu nome. Ela se esforçou para tentar se levantar. O vagão estava muito longe, mas ela começou a correr mesmo assim – rápido, rápido, ela esquecera o que era ser humana e lenta, e pensou no que daria para voltar a voar...

Por milagre, ela superou a distância entre ela e seus amigos. Não sentia mais o joelho, a dor na mão era distante, fraca, como os sons daquelas vozes chamando-a lá adiante, abafadas pelo estrondo do trem em movimento, aqueles trilhos, e então Vampira chegou perto o bastante para estender um braço e tocar os dedos de Jean, que gritou:

– Mais perto! Só um pouco mais perto!

Vampira lançou-se para frente, arfando, e a mão de Jean fechou-se ao redor dela e a puxou com tanta força que ela voou do chão e bateu com tudo na beirada da plataforma, suas pernas sacudindo-se perto das rodas em movimento, o raspar de aço contra aço, e em seguida alguém mais agarrou os fundilhos de sua calça, e ela voou de novo para aterrissar com tudo no chão vibrante que oscilava para lá e para cá com o sacudir dos trilhos. Ela ficou lá, deitada, agarrada ao assoalho, buscando fôlego. Partes do seu corpo queimavam de dentro para fora.

Vampira ouviu um murmurar baixo no ouvido. Ela virou de barriga para cima e olhou para o rosto preocupado de Kurt. Ele fez o sinal da cruz e disse:

– Amém.

– Isso aí – ela suspirou, fechando os olhos. – Estou com vocês nessa, meus amores.

12

O TREM MOVEU-SE PELA CIDADE como uma lagarta lenta, atravessando pontes que cortavam as cidades, arrastando-se na direção do Canal Fluvial do Lago Washington, onde Kurt teve uma bela vista da água e dos barcos. Mais tarde, passando por um agradável bairro de casinhas bem-cuidadas, ele observou o brilho de um parque verde às margens de Puget Sound e sorriu ao ver as pipas flutuando alto no céu azul, crianças gritavam e riam embaixo deles.

Kurt pensou que talvez fosse bom ir a um parque como aquele, olhá-lo como fazia agora, e apenas... ser. Ser um homem, anônimo, diferente de um mutante. Não que ele se importasse com o que era. Tudo era parte do grande plano de Deus, inclusive ele, e ressentir-se de suas circunstâncias, desejar ser diferente, seria ir contra aquilo que Deus destinara a ele, e apenas a ele. Cada pessoa era abençoada com a individualidade. Kurt era apenas mais individual que outros.

E ainda assim, aquela curiosidade melancólica. Não conseguia evitar, mesmo se fosse algo que não pudesse se permitir por muito tempo.

O trem aumentou a velocidade. Kurt parou de observar a vista – Puget Sound e penhascos argilosos, grandes garças azuis encarapitadas nas rochas – e concentrou-se em Vampira, que dormia ali perto. Tentou não imaginar o que teria acontecido com ela se não tivesse conseguido entrar no trem. Pensou que talvez ele tivesse saltado para ficar com ela. Sua irmã.

Não era um tema sobre o qual conversavam de verdade, embora o conhecimento estivesse ali – anos já haviam se passado desde a descoberta de que Mística dera à luz os dois. Às vezes, ele desejava que pudessem falar daquilo, mas suas poucas tentativas resultaram em nada. Vampira não estava pronta para falar sobre a mãe. Não levava aquilo para o lado pessoal. Apenas em momentos como aquele, em que imaginava se ela pensava nele da mesma forma, como sangue do mesmo sangue.

Jean sentou-se ao lado dele. Os longos *dreadlocks* pendiam por seus ombros largos, sua pele parecia muito seca e os lábios eram grossos. Mas seus olhos eram iluminados pela inteligência, e ele não conseguia evitar de sorrir quando olhava para aquele rosto emprestado.

– Essa é uma das coisas que gosto em você – Jean disse. – Sempre posso contar que você verá o lado bom de qualquer situação. Sempre posso encontrar um sorriso.

Kurt deu de ombros, analisando suas mãos humanas e escuras.

– Cresci num circo, Jean. Você aprende a sorrir, independentemente do que aconteça. Aprende como sorrir de verdade.

– Não achei que você fosse cínico.

– Um cínico é aquele que acredita no pior das pessoas. Eu acredito no melhor. Só que nem sempre estamos diante do melhor.

– Como agora?

– Ah – ele disse, e sentiu outro sorriso se aproximar. – Essa situação não é totalmente ruim.

Jean observou o rosto de Kurt. Depois de um momento, ela disse:

– Posso dizer que acredito nisso.

Havia um tom peculiar em sua voz, como se a importância daquela afirmação dependesse mais de sua capacidade de ler seu rosto do que de sua sinceridade. Ele entendia e não se ressentia. Jean perdera sua telepatia, ele não conseguia imaginar as dificuldades que ela estava enfrentando para se ajustar a esta nova – e, sem dúvida, isolada – vida.

Vampira se mexeu, murmurando. Kurt disse:

– Sou o mesmo homem que você sempre conheceu, Jean. Alguma vez deixei de acreditar no que digo?

Ela corou.

– Não foi o que quis dizer, Kurt. Eu só...

Ele tocou sua mão, e pela primeira vez na vida – porque ele não contava sua mãe – sua pele parecia a mesma que a da pessoa sentada ao seu lado. Não importava para ele, mas observou porque era algo novo e diferente, algo a se lembrar.

– Tudo bem – ele disse suavemente. – Só quero que se lembre, mesmo se não puder nos ouvir – e, dizendo isso, tocou a testa –, você não está sozinha. Nem nós mudamos. Acredite nisso, Jean. Além do mais, você não lia nossos pensamentos o tempo todo antes de perder os poderes.

– Claro que não – ela disse. – Mas *podia* sentir alguma coisa, querendo ou não. Energia, talvez. Acho... acho que, mesmo que eu nunca tenha agido assim, saber que podia era tranquilizador.

– Porque significava que ninguém podia se esconder de você – Kurt sorriu. – Tudo ficará bem, Jean. Olhe esse período como uma lição.

– De humildade? – Ela exibiu um sorriso amargo.

– Estava pensando em termos de aprender novas capacidades, mas acredito que seu pensamento seja mais profundo.

Ela balançou a cabeça.

– Meus poderes não surgiram até a puberdade. Até aquele ponto, eu era como todo mundo, e quando fui até Xavier pela primeira vez, disse a mim mesmo que isso nunca mudaria. Que eu nunca esqueceria o que eu deveria ser... normal. Mas... isso... todos nós... – Ela olhou para si, tocando o peito reto. – Esqueci, Kurt, fiquei tão envolvida em ser "outra" que esqueci o que era ser apenas... normal.

Kurt era educado demais para menosprezar seus sentimentos, mas disse:

– Creio que depende da sua definição de normal. Eu, no meu estado original, não pareço normal, mas sinto como se fosse.

– Então, você está me dizendo que preciso mudar meu ponto de vista.

Kurt ouviu um som à esquerda. Logan, virando-se. Seus olhos estavam abertos e ele encarava Jean.

– Não, minha querida. O que ele está tentando dizer é que você está de saco cheio.

– Ei – Scott disse, do seu lugar num dos cantos.

– É verdade – Logan falou –, e a pequena Jean sabe disso. Ser um mutante pode ter dado a ela uma vida de experiências diferentes, mas ela é a mesma pessoa que sempre foi, com ou sem eles. Tem um coração melhor do que noventa e nove por cento do mundo ao redor dela, e esse tipo de coisa não depende de ler mentes, erguer objetos ou disparar chamas cósmicas no rabo de alguém. Não sinta pena de si mesma, Jean. Seus poderes não fazem ou desfazem quem você é. Certo, Kurt?

– Acho que sim – ele respondeu, embora talvez tivesse escolhido um palavreado diferente. A abordagem de Logan, no entanto, era mais eficaz, e era algo que Jean precisava ouvir. Ter um forte senso de identidade, saber que a alma de alguém está separada de seus dons e poderes era essencial para manter a sanidade durante os tempos difíceis. De qualquer maneira, era melhor do que se entristecer.

Por outro lado, ele talvez estivesse pedindo demais. Kurt nascera diferente – crescera diferente –, mas o circo o criara como um igual, um amigo e um filho valioso, e nunca o tratou de outra forma, apesar de sua aparência e dos seus poderes. Jean, por outro lado – como a maioria dos mutantes –, tinha uma vida e, da noite para o dia, fora forçada a mudar. Sem transição suave, sem uma vida inteira aprendendo como ficar confortável na própria pele, *independentemente* da pele – apenas uma transição que parecia mais um violento rito de passagem para a vida adulta do que a bênção de alguma nova habilidade extraordinária.

Sob essas circunstâncias, Kurt não se surpreendeu com a dificuldade que ela teve em se ajustar. Fora condicionada a viver de um jeito, e agora esse condicionamento estava sendo estilhaçado, e ela não tinha nada onde se apoiar, apenas ideias, lembranças e noções do que era normal e humano.

Nada daquilo importava. Ao menos não para ele.

– Logan. – Scott levantou-se.

– Tudo bem – Jean disse. – Ele tem razão.

Vampira abriu um olho.

– Vocês estão brigando?

– Só um pouco – Kurt disse, acariciando o ombro dela. – Volte a dormir.

– Na verdade, não. – Scott agachou-se ao lado deles. – Precisamos de um plano.

– Que plano? Quanto tempo vamos ficar neste trem? O que faremos para conseguir comida e dinheiro? Como vamos entrar em contato com a Mansão novamente? Não sei se isso exige um plano além de encontrar oportunidades e agarrá-las. – Logan apoiou-se no cotovelo. Sua camisa subiu até as costelas, revelando um bom pedaço de pele e um vislumbre do seio. Kurt não achou que ele havia notado ou se importava. Ainda pensando como um homem. O que... provavelmente era bom.

Jean puxou sua camisa para baixo. Ele lançou para ela um olhar questionador, e ela disse.

– Não é nada.

....

Kurt participou da discussão dos planos, mas não por muito tempo. Tinha pouco a contribuir e como Logan, acreditava que os acontecimentos se desenrolariam naturalmente, e que o caminho para casa seria vencido ao aproveitar cada oportunidade que surgisse, vivendo com coragem.

Então, ele se sentou e observou o trem cruzar os limites de uma cidade cinza que cheirava a produtos químicos, a polpa e a papel, passando para dentro do verde vale do Rio Snohomish. Mais adiante, atravessou o Túnel Cascade, sob o Estreito Stevens, onde o vale agrícola brilhava sob o sol, lindo e tranquilo. Kurt sentiu como se estivesse sonhando de olhos abertos, tamanha a beleza.

Em seguida, fechou os olhos e sonhou de verdade, quando acordou viu as montanhas cobertas de neve, rios passando por vilarejos perdidos em florestas sempre-verdes e em seguida fechou os olhos de novo, embalado pelo balanço do trem, quando abriu os olhos de novo, algum tempo havia passado, porque as montanhas haviam desaparecido, ficado muito para trás, e o trem já estava chegando ao seu destino.

– Estamos em Wenobee – Logan disse. – Bem às margens do Rio Columbia.

A distância, Kurt viu uma grande ponte arqueada cruzando o rio largo e azul, ligando uma vista urbana à outra; subúrbios monótonos cercados por parques, e mais ao fundo, na direção do coração da cidade, tijolos, aço e vidro. O trem movia-se bem devagar.

– E agora? – ele perguntou a ninguém em particular.

– Não deveria ter dormido – Logan falou, agachando-se ao lado dele. – Assim, saberia.

Kurt sorriu.

– Então, deixe-me fazer algumas suposições. Primeiro, desembarcaremos deste trem e, segundo, procuraremos outro que siga mais para leste e embarcaremos nele.

– Está esquecendo da parte na qual pegamos alguma gororoba e tentamos fazer umas ligações.

– Há alguém que você possa contatar que nos ajudaria?

Logan balançou a cabeça.

– Eu tentaria a S.H.I.E.L.D., só que o número de acesso é protegido por reconhecimento de voz. Temos até que responder perguntas aleatórias automatizadas, para que ninguém ligue e use uma gravação. Se alguém ligar e não for reconhecido, eles mandam para a secretária eletrônica comum.

– É melhor que nada.

– Talvez, mas a S.H.I.E.L.D. tem que lidar com tanta burocracia e com tantos malucos ligando para lá de telefones hackeados via internet, duvido que prestem atenção numa mulher que diz ser o Wolverine... ou que tente alegar que o conhece.

Nesse momento Kurt viu outros trens, estacionados a distância como imensos blocos enferrujados. Observou quando o trem em que estava diminuiu a velocidade até praticamente se arrastar e fazer uma curva em torno de um espaço coberto de cascalho. Ele vislumbrou veículos afastados. Caminhonetes brancas. Muitas delas.

– Temos que sair desse trem – ele disse, inquieto. – Agora, na verdade.

Logan espiou sobre seu ombro.

– Merda. Devem ter encontrado o carinha que eu derrubei.

– Sabíamos que encontrariam. Provavelmente ele informou as autoridades que estávamos nesse trem.

– Merda – ele disse de novo, e olhou para os outros. – Temos que pular.

– O trem está em movimento – Vampira enfatizou.

– Sim, e se esperarmos até que ele pare, será tarde demais. Acho que temos no máximo um minuto antes de fazer essa curva e depois disso todos aqueles guardas vão nos ver pular. Tem que ser agora.

Logan agarrou Kurt e empurrou-o para a ponta da plataforma. O chão, movendo-se lentamente, o deixou um pouco tonto; o cascalho parecia afiado. Vampira mancou até ficar atrás dele. Seu joelho estava melhor, mas ele não tinha certeza do que o impacto causaria.

– Vamos – Logan disse, empurrando seus ombros. – Senta na ponta e pule. Já fizemos isso antes. Não preciso explicar como funciona.

– Da última vez foi com alienígenas – Kurt disse, evitando acrescentar que, em geral, ele se teletransportava para longe em situações como essa. Ele se sentou e balançou as pernas sobre o chão em movimento, respirou fundo e saltou.

Bateu com tudo no chão, seu joelho reclamou, e em seguida Vampira aterrissou ao lado dele, cambaleando, seu rosto pálido de dor. Kurt assistiu a Scott e Jean saltarem, seguidos de perto por Logan, que segurou a sacola plástica junto ao peito. Todos eles caíram errado no chão, as pernas e corpos formando ângulos estranhos, e ficou claro que saber a maneira certa de pular de um veículo em movimento importava menos do que ter um corpo condicionado a fazê-lo.

Saíram às pressas dos trilhos e agacharam-se entre os trens – evitando por pouco a segurança e outros funcionários daquele pátio –, até chegarem ao último dos vagões e olhar para as margens de um distrito industrial agradavelmente decorado com árvores e murais pintados.

– Talvez a gente esteja exagerando – Jean falou.

– Talvez não – Scott disse, olhando ao redor. Kurt vislumbrou as rodas de uma caminhonete deslizando rapidamente pelo caminho de cascalho do outro lado do trem mais próximo.

– Vamos embora. Por ora não é seguro ficarmos aqui.

– E quando é? – Logan murmurou, e eles correram da melhor forma que puderam, considerando as dores e incômodos, atravessando a rua. Chegaram à calçada, tomaram rapidamente à esquerda e desapareceram num beco amplo, limpo e ventilado, demarcado por portas traseiras coloridas de lojas e restaurantes. As mesas estavam postas, homens e mulheres bem-vestidos sorriam e gargalhavam diante de comidas e bebidas. O estômago de Kurt roncou. Ele se forçou a não olhar. Pensou, vendo de soslaio, que as pessoas o observavam. Sutilmente, mas observavam;

ninguém olhava diretamente, mas ele sentia de qualquer forma o discreto escrutínio, as conversas diminuindo conforme passavam.

Não conseguia imaginar que eram as roupas que chamavam a atenção; ainda pareciam relativamente limpas, embora Kurt soubesse que não por muito tempo. Ele se perguntou também, se seus rostos já estavam nos noticiários. Aquilo seria o bastante para fazer com que qualquer um desse uma segunda olhada.

Ou talvez não fosse nada. No entanto, Kurt sentia como se tivesse sua pele azul de volta. Como mutante, era raro que as pessoas o encarassem. Aqueles ao redor dele sempre o vigiavam sem olhar diretamente, fazendo um esforço consciente para ignorar sua aparência, como se a indiferença forçada não contasse como grosseria da mesma forma.

– Logan – ele perguntou em voz baixa –, as pessoas estão olhando para nós?

– Sim – ele disse. – Parecemos pobres. Nossa cor de pele também não está de acordo. Deve ser uma combinação ruim deste lado da cidade.

– Não pode estar falando sério.

– Você diz, como as pessoas ainda podem ser assim? Por que acha que os mutantes têm problemas?

– Mas somos seres humanos agora.

– Ser humano não tem nada a ver com isso. Somos diferentes, Kurt. Não estou dizendo que estão nos condenando, mas a diferença atrai seus olhares. Em algumas partes do país somos a coisa mais "diferente" num raio de quilômetros.

– Acho que sou ingênuo – Kurt disse, olhando para as mãos, aquelas mãos escuras, humanas. – Pensei que essas coisas haviam acabado. Quando penso no que dizem e fazem com os mutantes, tudo o mais parece... arcaico.

Logan deu tapinhas no ombro dele.

– Não deixe isso te chatear, Elfo. Se não fosse a raça, seriam os mutantes, se não fossem mutantes, seria a religião, se não fosse religião, seria outra coisa. As coisas são assim. E quem era aquele passando um sermão em Jean nesta manhã sobre se sentir bem consigo mesmo?

Kurt não disse nada. Conseguia entender o medo e a ignorância a respeito das mutações, pois a distância física, nesse caso, era muito grande. Levava um tempo para as pessoas se acostumarem ao radical. Mas ser humano e *ainda assim* ser olhado com estranheza...

Bem, aquilo era simplesmente errado.

Caminharam por um bom tempo, sem muito propósito além de continuar avançando. O joelho de Kurt doía. Também achava que Vampira não se sentia bem. Todos estavam cansados e famintos.

Scott parou no primeiro telefone público que encontrou e discou o número da Mansão. Esperou. E seu rosto – aquele rosto de uma estranha, que não estava se tornando mais tão estranho – empalideceu.

– Alô – ele disse, e embora a voz não vacilasse, sua expressão era tão perturbada que Jean aproximou-se para tocá-lo. – Sou amigo de Ororo. Ela está por perto? Não? Tem certeza? – Ele fez uma pausa e, em seguida, desligou rapidamente. Ficou olhando para o telefone.

Jean disse:

– Scott.

E ele olhou para ela, para todos ele, e Kurt soube o que ele estava prestes a dizer, sentindo enjoo de medo, consternação.

– Era eu – Scott disse. – Eu atendi o telefone.

– Meu Deus – Logan disse. – E ele não deixou você falar com a Tempestade?

– Ele reconheceu minha voz. A voz dele. Sei lá. Sabia que era eu. Disse meu nome. O nome de Mindy. – Ele fechou os olhos. – Devem estar peneirando as ligações que chegam.

– O que eles querem? – Vampira perguntou.

– Querem nos arruinar – Jean disse. – Ou mesmo que essa não seja a intenção, é isso que vai acontecer. Consegue imaginar? O governo e a opinião pública já desconfiam de nós. Se alguém sair por aí, usando nossos corpos, com intenção de...

– Poderíamos também dar um tiro na nossa cabeça. – Logan apertou as mãos, enterrando as unhas na palma das mãos. Kurt conseguia sentir a fúria do amigo crescer, se oprimir, e ele tocou o ombro de Logan.

– Acalme-se – ele disse, baixinho. – Não pode perder a calma agora. – Sequer tinha o fator de cura para segurar a barro caso ele tentasse atravessar a parede com um soco.

– Quem falou em perder a calma? – Logan grunhiu. – Só quero matar alguém.

– Mais tarde – Scott disse, e seu rosto trazia uma feição severa que se refletia em todos ao seu redor. Kurt ficou imaginando se também partilhava daquela intensidade, daquela determinação ferrenha; tudo que sabia ao certo era que ficava nauseado, envergonhado por atos cometidos que estavam fora do seu controle. Com seu rosto, seu corpo, seus poderes – ele teria de carregar a mancha também.

– Precisamos roubar um carro – Logan disse. – Alguma coisa, qualquer coisa que nos faça andar. Rápido.

– E se formos pegos?

– O que acha que é mais importante agora?

Chegar em casa. Kurt conseguia ver isso no rosto de Scott. Ele não gostava da ideia de roubar, na verdade odiava, mas sentia a mesma urgência poderosa infestando seus amigos.

– Então, vamos roubar um carro – Jean disse, respirando fundo. – Ótimo. Façam isso, garotos.

– Você é a nova líder de torcida dos pobres e criminosos? – Logan perguntou, afastando-se do telefone público.

– Deus que me perdoe, mas sou – ela respondeu.

Encontraram um mercadinho. Scott e Kurt entraram para comprar comida. Gastaram menos de sete dólares e voltaram com dois filões de pão do dia anterior – bem como rosquinhas pela metade do preço e com a mesma idade –, manteiga de amendoim, um garrafão de quatro litros de água, uma garrafinha de álcool em gel para as mãos e um pacote de papel higiênico.

– Odeio admitir – Scott disse –, mas faz tempo que não tinha que contar moedas desse jeito. Eu costumava ser bom nisso.

Kurt não disse nada, balançando o garrafão água para segurá-lo melhor. No circo, todo mundo era pobre, mas ninguém ligava porque sempre se tinha o mesmo que a pessoa ao seu lado. Ele sentia falta disso às vezes. A vida era muito mais simples.

Logan, Jean e Vampira estavam sentados em um banco lá fora, esperando por eles.

– Vamos agora? – Logan perguntou, e em seguida, numa voz mais baixa, disse – Não há câmeras de segurança no estacionamento.

Scott olhou para o céu.

– Vai escurecer em duas ou três horas. Eu ficaria mais confortável se esperássemos.

– Tem um posto de gasolina na estrada – Vampira disse. – Não sei sobre vocês, garotos, mas preciso usar o banheiro.

– Eu preciso de roupas de baixo limpas – Jean murmurou.

– Vira do avesso – Logan sugeriu. – Dura duas vezes mais desse jeito.

– Ai, obrigada – Jean falou, lançando-lhe uma cara feia.

O posto de gasolina era grande e bem-cuidado. Mas sem muita agitação. Outro posto, logo adiante na estrada, estava cheio de carros.

Quando Kurt viu a funcionária, entendeu por quê.

– Ei – disse a jovem quando entraram. Ela inclinou-se sob o balcão de plástico, com uma revista nas mãos piscantes.

– Olá – disse Kurt, tentando observar todos os seus olhos. O rosto era coberto deles, como o resto do corpo. Azuis, castanhos, verdes – olhos de diferentes cores e tamanhos, todos eles olhando em direções diversas.

– Podemos usar o seu banheiro? – Jean perguntou.

– Claro – respondeu a garota. Deu uma olhada em Kurt e franziu a testa. – Está me encarando?

– Sim – ele falou. – Desculpe. Você tem um rosto fascinante.

– Humpf – ela disse. – Quer comprar alguma coisa?

– Acho que não tenho dinheiro o bastante.

– Então, continue falando.

Kurt descansou os cotovelos no balcão; a garota não se moveu. Ela o encarou. Encarou de verdade.

Ele disse:

– Deve ser fácil se machucar. Afinal, olhos são tão sensíveis.

Ela examinou o rosto dele. Era difícil ler sua expressão, em parte porque olhos a cobriam inteira.

– Às vezes é complicado – ela disse, por fim. – Por isso tento manter esse lugar limpo. Você é mutante ou algo assim?

– Não – Scott respondeu por ele. – Mas temos muitos amigos que são.

– Ah – ela disse. – Não devem ser daqui, então. Não há muitos de nós na cidade.

– É um problema? – ele perguntou.

– As pessoas aqui não causam problemas. Ignoram, varrem para debaixo do tapete. Não, só não há muitos mutantes. Nem nascidos, nem que vieram para cá. Acho que se sentem mais seguros nas cidades maiores.

– E você?

– Vivi aqui toda a minha vida. Casei com meu namorado do colégio. Aqui é nosso lugar.

– As pessoas não te tratam diferente? – Scott quis saber.

Todos os olhos dela estreitaram-se.

– Por que tratariam?

Vampira e Jean saíram do banheiro. Scott disse:

– O que eu quis dizer...

– Sei bem o que quis dizer. E não, as pessoas não me tratam diferente. Se tratam, não são do tipo que quero conhecer, de qualquer forma.

– Você está causando problemas? – Jean perguntou ao marido. Ela olhou para a funcionaria. – Desculpe. Às vezes meu... minha mulher é um pouco intrometida demais.

– Claro, sem problemas. – A garota baixou o olhar para a revista. E não voltou a falar com eles.

– Que ótimo – Logan disse quando saíram do posto. – Suas habilidades como X-Man foram realmente brilhantes.

– Não vi você falando nada lá – Scott retrucou.

– Exato. Por que eu diria? Qualquer idiota conseguiria ver que a garota está ótima.

– Ela é mutante.

– Nem todo mundo se sente perseguido – Kurt murmurou, mas sabia que seria difícil para o amigo aceitar aquela verdade. As experiências de Scott lhe diziam outra coisa. Claro, por mais difícil que fosse ter sido perseguido, mesmo o caçado podia ser culpado pelo mesmo pecado, de outro jeito.

Scott balançou a cabeça.

– Ótimo. Vamos embora.

Caminharam até um parque próximo e sentaram-se na grama, onde abriram o pão, mergulhando-o no pote de manteiga de amendoim. Não conversaram, mas cochilaram à luz do sol que se punha, esperando a noite. Kurt observou as crianças brincando. Sem pipas, mas com *frisbees* e bolas de beisebol. Gostava de ouvir suas risadas, eram felizes, livres. Não tinham idade suficiente para saberem a respeito de limitações, da doença da timidez. Kurt vivenciou aquilo por pouco tempo na adolescência, e o circo não tinha paciência para timidez. Ao menos, não em público.

Quando escureceu, voltaram ao mercadinho e esconderam-se nos arbustos às margens do estacionamento, observando quem entrava e saía. Dez minutos depois, um pequeno Corolla judiado estacionou numa vaga próxima. O motorista, um jovem que parecia mal ter saído da escola, vestia o uniforme da loja. Nem percebeu quem o observava; estava com fones de ouvido e desfilou até entrar no trabalho.

– Bingo – Logan falou. – Esse aí não vai sair durante algumas horas.

Não demorou muito. O garoto havia esquecido de trancar a porta e todos embarcaram no carro.

Dez minutos depois, estavam na autoestrada, a caminho do leste.

13

O JEITO COMO LOGAN BEBEU SUA CERVEJA não foi a primeira indicação de que havia algo errado, mas foi a mais significativa, e Jubileu não conseguiu deixar de considerar aquilo um sinal obscuro do apocalipse quando se sentou ao lado dele e observou o dedinho levantado ao segurar a lata. Era muito trivial, quase imperceptível, mas era essa delicadeza sutil que fez seu alarme soar com força total. Observou-o dando um grande gole na cerveja com o mesmo interesse surpreso reservado para casos particularmente detestáveis de frieira, caras vestidos de Klingon ou velhos branquelos que pensavam ser legal correr por aí sem camiseta.

Ela perguntou:

– Ei, está se sentindo bem?

– Muito bem – ele disse. – Por que pergunta?

– Nada. Só parece um pouco... diferente... desde que voltou de Seattle.

– É só sua imaginação.

– Certo. – Ela se moveu um pouco mais para perto. – Então, lembra daquela conversa que tivemos antes de vocês irem?

Ele não olhava para ela, apenas tomava sua cerveja. O canal de esportes estava ligado, mas ele trocou para o noticiário.

– Wolvie?

– Eu ouvi. Mas não lembro.

– Ah – ela disse, decepcionada. – Você ia me levar ao Japão este ano. Quando fosse visitar Mariko.

Mariko, que já estava morta havia tempo. Jubileu ainda se lembrava de uma noite chuvosa, anos atrás, quando Logan agachou-se sobre seu túmulo, chorando enlouquecidamente como se pudesse trazê-la de volta com lágrimas ou dor. Todo ano ele a visitava, todo ano em um dia especial. Sempre ia sozinho. Sempre desaparecia sem avisar ninguém. Dessa vez, Jubileu queria ir também. Não como uma intrusa, mas para ser a amiga que ela achava que ele precisava.

E além disso, viajar com Logan – não importa o quanto fossem tristes as circunstâncias – era sempre uma aventura. Precisava de uma dessas bem agora. E muito.

– Mariko – ele disse, por fim. – Claro, menina. Vai ser legal vê-la novamente.

Jubileu piscou. Logan pegou o controle remoto e mudou de canal. Tiros encheram o ar e ele abriu um sorriso.

Ela se levantou e saiu da sala. Logan não disse tchau.

• • • •

Jubileu encontrou Remy na garagem, esticado no chão embaixo do carro. Ela agarrou seus tornozelos e os balançou com tudo. Ouviu um baque, depois o xingamento dele, e em seguida Remy saiu rolando de debaixo do carro, segurando a cabeça.

– Se me atrapalhou por bobagem vou fazer sua jaqueta nova em pedacinhos.

– Você é malvado – ela disse –, mas não tão malvado quanto Wolverine. Cara, ele *não* é o mesmo.

Remy sentou-se.

– Conte tudo.

Jubileu resistiu ao impulso de abraçá-lo. Coisas como esta eram o motivo pelo qual Gambit só perdia em sua preferência para Wolvie. Ele a levava a sério. Sempre ouvia. Ela se aproximou e disse, baixinho:

– Primeiro de tudo, ele está segurando a cerveja como uma garota. Tipo, não uma garota de verdade, porque ele não está todo delicado e tudo mais, mas tem algo com seu dedinho, está levantando o mindinho de um jeito que não é dele, juro, e então ele precisou que eu o lembrasse de uma conversa que tivemos, o que nunca acontece porque Wolvie sempre se lembra de tudo... sem exagero... e essa foi a maior, Remy, a maior mesmo, porque eu pedi pra ele me levar pro Japão este ano, sabe, quando ele visita o túmulo da Mariko, e quando eu disse isso... quando eu disse isso, sabe o que ele me disse? Ele disse "Vai ser legal vê-la novamente". E eu fiquei, tipo, que merda. *Legal vê-la de novo*?

Remy franziu a testa.

– Quem sabe ele quis dizer isso de um jeito diferente. Talvez tenha se expressado mal.

– Mas ele caprichou demais, Remy. Wolvie não comete esse tipo de erro. Ele diz o que pensa.

– Tudo bem, então. – Remy fechou os olhos por um instante. – Tudo bem. Tem algo diferente. Ele não é o mesmo homem. Você não quer dizer isso literalmente, quer, *ma petite*?

– Não me pergunte isso! – ela disse. – Caramba, quem é o adulto aqui?

Remy lançou um olhar sério para ela.

– Precisamos falar com a Ororo.

– Sem brincadeira. Percebeu alguma coisa estranha? Tipo, com a Vampira?

– Não a tenho visto muito – Remy confessou. – Ela está ficando o tempo todo no quarto.

– Acho isso muito suspeito.

– Isso não diz muita coisa. No humor que você está, perseguiria um gatinho.

– Vamos lá, cara. Acabar com eles todos. – Ela se levantou, gesticulando para Remy fazer o mesmo. – Vai logo! Estamos no meio do filme *Os Invasores de Corpos* aqui. Sem tempo para relaxar.

Remy grunhiu algo nada lisonjeiro. E saíram para encontrar Ororo.

O telefone tocou quando entraram no corredor principal. Havia vários telefones instalados na Mansão; fácil acesso para qualquer um que precisasse fazer ou atender uma ligação. Jubileu estava a apenas três passos do gancho quando Scott veio correndo de um dos escritórios. Ele bloqueou o telefone com o corpo e atendeu.

– Ei – Jubileu disse, batendo no ombro dele. Ele a ignorou. Ela *odiava* aquilo.

Ouviu-o dizer o nome "Mindy" e em seguida, tudo mais ficou uma bagunça estranha, e ele desligou o telefone.

– Quem é Mindy?

– Número errado – Scott disse, virando-se para encará-los.

– É difícil ligarem errado para cá – Remy falou. – Tem certeza?

– Acha que eu não teria? – Havia um enfrentamento na sua voz que não soava como ele de jeito nenhum, e aquilo deixou Jubileu inquieta. Ela agarrou a mão de Remy e puxou-o para longe dali.

– Tá bom, Ciclope – ele disse. – Acreditamos em você.

– Assim é melhor – ele disse, num tom arrogante que, por um momento, carregava o vestígio sutil de um sotaque estranho. Dando uma última encarada feia neles, voltou ao escritório e fechou a porta.

– Você estava dizendo algo sobre Invasores de Corpos? – Remy perguntou.

– Hum-hum – ela disse, assustada.

Nenhum dos dois havia combinado, mas enquanto caminhavam pela Mansão, tomaram o cuidado de evitar o restante da equipe, aqueles que tinham ido até Seattle. Jubileu não estava muito certa sobre como esconder sua desconfiança de uma telepata como Jean. Era até mesmo possível que ela já estivesse ciente de que Jubileu estava entrando em parafuso. Se fosse o caso, então estava tudo acabado. No entanto, até ela ter certeza, sua estratégia era simples: evitar, evitar, evitar.

E em seguida, se conseguisse, dar umas porradas. É isso aí, baby.

Encontraram Ororo no escritório de Xavier, sentada atrás da mesa como se fosse dela. Por um momento, Jubileu sentiu uma pontada de ansiedade, e então Ororo tirou os olhos dos papéis diante dela e sorriu. Um sorriso real, genuíno e extremamente familiar. Jubileu suspirou.

– Está com vontade de sair para jantar? – Remy perguntou, fechando a porta atrás de si. – Conheço um lugar ótimo na cidade que você ainda não conhece.

– Acho que não – Ororo respondeu, olhando para ele com curiosidade. – Um de nós precisa ficar aqui e supervisionar os alunos.

– Ah – ele disse e olhou para Jubileu com um sorriso corrompido pela amargura. – Você já me disse tudo que preciso saber, Ororo.

– Perdão?

– Você também não confia neles. No Scott e nos outros.

Ororo prendeu a respiração. Jubileu disse:

– Você nem sequer pensou nisso, pensou? Você sacou os caras totalmente.

– Não – Ororo falou, mas Jubileu sacudiu a cabeça.

– Sacou, sim. Como nós. Sentiu aquela *vibe* bizarra.

– Mais que uma *vibe* – Remy acrescentou. – Algo aconteceu naquela missão de Seattle. Os outros voltaram... diferentes.

– O silêncio de Vampira pode ter sido causado por um trauma – Ororo começou, mas Remy ergueu a mão.

– Não é só a Vampira. Kurt também. Scott e Jean. Wolverine? Eles estão diferentes, Tempestade. Não consigo dizer como, mas é verdade. Não percebeu?

– Talvez – Ororo confessou, lentamente. – Tenho que admitir que liguei os isoladores psíquicos quando entrei neste escritório. Diria, com toda certeza, que este é o único local seguro na Mansão para conversarmos.

Os olhos de Jubileu arregalaram-se.

– Você chega a esse ponto e ainda contesta a gente?

Remy franziu o cenho.

– Você acha que Jean foi comprometida?

– Comprometida? Não sei se algum deles foi "comprometido". Mas vocês têm razão. Algo *está* diferente com eles. Algo... não está certo.

– Dã – Jubileu disse. – Acho que pode deixar os eufemismos para depois, Tempestade. Agora é hora de pensar em atos grandes, alarmantes.

– Como invasão de corpos – Remy acrescentou.

Ororo ergueu as sobrancelhas.

– Não acredito.

– Eu acredito *totalmente* – Jubileu retrucou. – Prestou atenção no jeito que estão agindo? Wolverine está sem noção. Nas coisas pequenas, mas sem noção. Scott também. Não tenho visto Kurt ultimamente, mas se ele estiver um pouquinho como os outros, vou começar a dormir com uma faca embaixo do travesseiro.

– Isso é ridículo – Ororo disse. – Remy?

– Estou começando a concordar com ela, Ororo. Considerando todas as pessoas malucas e poderosas que encontramos nos últimos anos, posso realmente desconsiderar a possibilidade?

– Aqueles cinco, os mutantes mais poderosos do mundo, estão sendo possuídos por alguma entidade desconhecida? Não quero considerar essa possiblidade. Me dá dor de estômago. – Ororo fechou os olhos, pinçando com os dedos o alto do nariz. – Vamos dizer que estejam certo. Que motivo alguém teria para fazer isso?

– Poder, dinheiro, nos arruinar... isso importa? A pergunta é: se isso foi feito e, se foi, como podemos reverter? – Remy enfiou a mão no casaco e puxou um maço de cartas. Começou a embaralhar, o que era um puro sinal de ansiedade, segundo Jubileu.

– E o Professor X? – Jubileu perguntou. – Ele conseguiria descobrir isso num piscar de olhos.

– Estou tentando falar com ele – Ororo falou. – Recebo sinal de ocupado o tempo todo.

– Tem certeza que é ocupado? – Remy perguntou. – Talvez exista um motivo pelo qual você não consiga entrar em contato com ele. Um motivo que começa aqui.

Ororo apertou os dentes.

– Desde que voltaram estou tentando me convencer de que as diferenças sentidas são culpa de algum trauma que nenhum deles quis discutir. Eu respeitaria e esperaria. Agora... agora vocês estão me assustando.

– Ótimo – disse Jubileu. – Porque estou quase mijando nas calças.

– Sim, está bem. – Ororo levantou-se, alisando o vestido. – Acho que é hora de uma excursão. Todos os alunos aqui da Mansão precisam participar, não acham?

– *Absolument* – Remy falou. – Uma pernoite? Talvez na cidade?

– Tenho uma grande amiga em Nova York que estaria disposta a ajudar a acompanhá-las. Tem um casarão que acomodaria todas as crianças que estão aqui nessas férias. Jubileu, também contaria com você para ajudá-la.

Jubileu refreou uma risada.

– Você deve estar brincando. De jeito nenhum, Tempestade. Vou ficar aqui.

– Não.

– Sim. Precisa de toda a ajuda que puder conseguir.

– Você tem apenas quinze anos.

– E quem me ensinou tudo que sei? Com que idade eu estava quando entrei para os X-Men? Você nunca me tratou como criança na época.

– Não tenho tempo para isso – Ororo disse, mas Remy balançou a cabeça.

– Deixe que ela fique, Ororo. Ela está certa. Precisamos de ajuda.

– Talvez você queira manter todos os alunos aqui – ela murmurou, mas em seguida balançou a cabeça e disse: – Está bem. Pode ficar.

– Oba! – Jubileu ofereceu um sorriso agradecido para Remy.

– Preciso fazer umas ligações – ela disse. – Por que não começam a investigar os registros do jato. Descubram exatamente o que aconteceu em Seattle. Talvez descubram até onde o contato de Logan conseguiu as informações.

– Combinado – Jubileu bateu continência.

– Tenham cuidado, por favor – ela disse aos dois. – Se as coisas forem tão ruins quanto parecem, não temos como prever o comportamento dos nossos amigos. Poderiam ser capazes de quase tudo.

O que foi um pensamento preocupante. Jubileu disse:

– Se todo mundo teve o corpo invadido, então para onde eles foram? Wolvie ainda está lá dentro, lutando para sair?

– Espero que sim – Remy disse. – Não quero pensar numa alternativa.

– Nem eu – Jubileu disse, mas teve a sensação de que não era tão sortuda assim.

14

ELES DIRIGIRAM A NOITE TODA, revezando-se e parando apenas uma vez em Spokane, para abastecer e trocar de carro. Por volta das quatro da manhã, estavam no meio de Montana.

– Sem limite de velocidade. Amo esse Estado. – Logan estava sentado no banco de passageiro enquanto Vampira dirigia. Olhou sobre o ombro: os outros estavam cochilando. Extremamente desconfortáveis, mas cansados demais para se importar onde e como fechariam os olhos, contanto que o fizessem. Logan conseguia entender. O corpo dele simplesmente não estava acostumado a longos percursos.

– Como você está? – ele perguntou a Vampira.

– Me perguntou isso dez minutos atrás, benzinho. Talvez você devesse descansar um pouco.

– Eu estava pensando nisso mesmo. Só que não consigo dormir.

– Achei que você era do tipo que começa a babar rapidinho.

– Eu sou, mas talvez seja uma coisa específica do meu corpo.

– Talvez. Como é ser uma mulher? Algum pensamento profundo?

– Gatinha, se você está esperando pensamentos profundos, está falando com o homem errado.

Vampira riu, mas havia uma tensão em seus olhos que fizera Logan apertar os olhos contra as sombras. Aquela visão não ser tão boa para ver no escuro o deixava irritado até não poder mais.

– Que foi? – ele perguntou suavemente. – O que está te perturbando, querida?

– Nada – ela disse. – Por que pergunta?

– Instinto – ele respondeu. – E conheço você muito bem. Vamos lá, Vampira. É uma jornada longa e, com as belas adormecidas lá atrás, somos apenas você e eu. Desembucha.

Ela hesitou. Ele tinha alguma ideia do que ela queria dizer e não errou muito feio.

– É aquele homem que eu matei – ela lhe disse. – Não consigo parar de pensar nele.

– É mesmo? – ele quis saber. – Nada de errado nisso.

– Tudo está errado – ela contestou. – Ele está morto.

– Já discutimos isso, gatinha. Você só estava tentando impedir que ele matasse alguém. Foi autodefesa.

– É mais que isso. Foi arrogância, Logan. Minha arrogância. Pensei que este corpo – e ela parou, apontando para si como se fosse algo nojento – não seria forte o bastante para matar. Eu não me contive.

Logan suspirou. Vampira era uma das melhores mulheres que conhecia, mas conseguia prender-se à culpa como se fosse um segundo superpoder. Não fazia sentido sentir-se mal com aquilo que não poderia mudar. Melhor aprender com os erros e seguir em frente. Claro, ele era de uma espécie diferente da de Vampira. Ela era mais civilizada que ele.

– Deixe isso para lá – ele disse, tentando fazê-la entender. Os lábios dela apertaram-se numa linha fina, e ele sacudiu a cabeça, exasperado. – Esqueça, então. Desisto, Vampira. Não sei o que fazer. Como consegue ser a mulher mais velha que eu já conheci vivendo nesse corpo jovem?

– Pode parar com isso.

– Tudo bem. – Ele se recostou, afastando-se dela, e olhou para a janela, observando as sombras passarem pela rodovia. Um momento depois, sentiu um toque morno, dedos curvando-se ao redor dos dele.

– Obrigada – ela disse, baixinho. – Obrigada pelo esforço.

Logan apertou a mão dela.

– Disponha, gatinha. Sempre que quiser falar. Sempre estarei aqui para você.

Vampira encostou na parada de descanso seguinte, e todos saíram para esticar as pernas e usar o banheiro. O estacionamento estava cheio de caminhões, luzes laterais vermelhas e amarelas piscando como se fosse Natal. Ainda era cedo o bastante para o céu estar escuro, embora o canto dos pássaros houvesse mudado.

O lugar em si estava quase vazio. Logan pensou ter visto uma figura alta num canto, olhando mapas. Eram quase quatro da manhã, a maioria das pessoas, especialmente os caminhoneiros, estava enfiada em suas cabines e veículos, aconchegados, quase dormindo. Logan começou a seguir Kurt até o banheiro masculino e foi salvo por um braço que segurou seus ombros. Vampira, levando-o para o banheiro feminino. Pessoalmente, ele não entendia por que realmente importava aonde ele ia.

– Lembre-se do seu lugar – ela sussurrou, seu hálito fazendo a orelha dele coçar. Ela lançou um olhar para Scott, que acabava de emergir do banheiro. Ele fora o primeiro a pular do carro, seguindo às pressas para a parada de descanso como se houvesse um Sentinela lá dentro precisando tomar uma surra na lataria. Scott não disse nada, mas Logan pensou que ele parecia infinitamente mais confortável.

O banheiro fedia, e as privadas já haviam tido dias melhores – e visto também mais frascos de água sanitária. Ele sentia *muita* falta de ficar em pé.

– Tudo bem aí? – Vampira perguntou da cabine ao lado, sua voz monstruosamente alta. – Não estou ouvindo o ping-ping.

– Não é da sua conta o que eu tô fazendo aqui – ele falou, ainda em pé. Já tinha feito aquilo várias vezes, mas nunca era fácil. Parecia tão bizarro.

– Claro, claro – Vampira respondeu, obviamente orgulhosa de sua própria capacidade maravilhosa de aliviar-se. Ela deu descarga e, em seguida, saiu para lavar as mãos. Ele ouviu a água que ela jogou no rosto.

– Tudo bem se eu voltar para o carro? Logan?

– Claro – ele falou, cerrando os dentes quando finalmente conseguiu se soltar. – Vá embora logo. Estou me concentrando.

Ela soltou uma risadinha, e ele ouviu a porta abrir. Menos de um minuto depois outra pessoa entrou. Imaginou que fosse Vampira, mas manteve a boca fechada. A última coisa que queria era falar com alguma estranha.

Ele terminou, deu descarga, saiu da cabine. E parou.

Um homem estava em pé diante dele. Alto, com rosto estreito e bochechas cavadas. Vestia uma camiseta apertada e calça jeans. Logan achou que ele parecia familiar, e lembrou-se da pessoa lendo os mapas.

– Você não deveria estar aqui – Logan disse, já planejando seus movimentos, os clássicos: garganta, nariz, saco. Ajeitou-se, soltou as mãos ao lado do corpo. Ótimo. Não importava sua aparência; ele sempre atraía malucos. O homem sorriu. Seus dentes eram muito pontudos. Pontudos demais.

Logan pensou, *Ai, que merda*, e em seguida se apressou para desviar, pois o mutante atacou. Logan golpeou com o punho a parte macia de sua garganta, em seguida lhe desferiu um soco no nariz. O impacto combinado não retardou em nada seu agressor. Os dedos dele se estenderam, arranhando os ombros de Logan, tentando agarrá-lo. Logan afastou aquelas mãos. Conseguiu acertar outro soco e depois mais um, então viu o homem sorrir, tão louco, confiante e presunçoso, e percebeu que aqueles golpes não significavam nada para ele, não estavam nem fazendo cócegas em sua pele. O imbecil era um mutante e precisava de outro mutante para brigar com ele. Isso ou Logan precisaria de algo mais forte do que seus pequenos punhos furiosos.

Ele não era rápido o bastante, não naquele corpo. Dedos incrivelmente longos envolveram seus tornozelos e ele caiu com força no chão, batendo com tudo a cabeça no azulejo. Assustado, zonzo, ele ainda tentou chutar, empurrá-lo para trás. O homem caiu por cima dele, os dedos soltando os tornozelos e contorcendo-se para cima, enrolando-se firme como uma corda ao redor dos braços macios de Logan. Logan rosnou, tentando soltar-se dele. Nada funcionava. Força mutante aumentada. Por um momento Logan entendeu por que os seres humanos odiavam sua espécie.

– Saia de cima de mim – Logan grunhiu. A porta do banheiro estalou. Logan ouviu a voz de Vampira, perguntando se ele estava bem. Ele gritou por ela e tomou uma cabeçada pela teimosia.

– Silêncio – chiou o homem, falando pela primeira vez. – Fique quieta.

– Idiota – Logan disse, se esforçando. – Deve ser o pior estuprador do mundo.

O homem sorriu. Sua boca estava próxima, quente e úmida. Suavemente, ele sussurrou:

– Quem falou em estupro?

Logan observou seus lábios retraírem-se, aqueles dentes brilhando brancos e afiados. Achou ter visto pedaços de carne presos nas fendas entre eles.

A porta crepitou de novo. Logan gritou quando aquela boca áspera tocou sua bochecha.

Em seguida, uma explosão sacudiu o ar, um estouro intimidante que arrancou alguma coisa da porta, Jean e Scott entraram com tudo no banheiro. Jean segurava uma arma – aquela arma que tomara do cafetão – e mirou o mutante que segurava Logan, dizendo:

– Saia de cima dele agora ou eu estouro sua cara.

Ele hesitou. Jean ordenou:

– Agora.

Logo depois, outra figura entrou, um homem...

... e uma arma foi disparada. A cabeça do mutante explodiu, Logan ficou com a boca cheia de sangue, o que o obrigou a cuspir. Ouviu Scott dizer "Não", e Jean acrescentar "Não fui eu".

Logan estava cego pelo sangue sobre os olhos e não conseguia mover os braços para limpá-lo. Porém, seus ouvidos estavam bem, e ele escutou uma voz baixa, a voz de um estranho, e o homem disse:

– Espero que não se importe, senhor, mas eu sempre quis matar um mutante.

E Logan concordou com aquilo. De verdade.

••••

O nome dele era Duke ou, ao menos, era assim que chamava a si próprio. Logan não imaginava que sua mãe lhe dera esse nome. Duke dirigia um caminhão de uma empresa de móveis. Sempre carregava uma arma e não gostava da maioria dos mutantes. Alguns eram ok, mas o restante poderia ser simplesmente enforcado, porque eram perigosos demais para viver, e se ele não podia confiar que o xerife não era corrupto, ou sua mulher era fiel, ou os políticos locais manteriam as coisas da melhor forma, bem, ele não botava muita fé na capacidade de mutantes com superpoderes não abusarem daqueles que não tinham. Era apenas um fato da vida, segundo Duke. O poder corrompia as pessoas. Ora, veja aquele tal Magneto, ou a Irmandade de Sei-lá-o-quê. Era provável que mesmo os X-Men tivessem alguns negócios suspeitos nas mangas.

– É provável – Logan disse, apertando sua mão. – Agradeço, Duke. Tem certeza que vai ficar bem?

– Claro – ele disse. – Como eu disse, o xerife nessas redondezas não gosta muito de mutantes também, e eu tive uma dúzia de testemunhas aqui para dizer que você foi atacada. Ou que, pelo menos, ele estava em cima de você quando atirei nele. Vou dizer apenas que você ficou assustada e fugiu. Nada vai acontecer comigo, moça. Nem vai chegar aos jornais.

O que era perturbador e, sob quaisquer outras circunstâncias, digno de uma investigação profunda. Exceto que Duke e os homens que o apoiavam – todos eles caminhoneiros que ouviram a confusão e o entra e sai – estavam tentando ser boas pessoas. E eram. Tinham apenas uma perspectiva diferente das coisas, e Logan realmente não podia culpá-los. Caramba, mutantes canibais psicopatas como aquele cadáver no banheiro feminino não serviam muito para dar uma boa impressão.

Felizmente, Scott manteve a boca fechada. Logan sabia que ele estava se coçando para dizer alguma coisa, defender a bondade de toda a raça mutante, mas não era hora, tampouco lugar.

Duke disse:

– Cuide-se, Patty. Espero que você e seus amigos cheguem em casa a salvo, sem os homens da lei no seu encalço.

Porque nenhum dos X-Men queria arriscar um encontro com a polícia, e Duke parecia o tipo de homem que entendia por que nem sempre era bom para algumas pessoas ter de estar frente a frente com ela.

Entraram no carro e partiram, rapidamente. Scott estava na direção, Jean no banco da frente ao lado dele. Apertado no banco de trás com os outros, Logan sentia-se como uma criancinha prestes a tomar um sermão da mamãe e do papai.

– O que aconteceu lá dentro? – Scott perguntou quando já estavam em disparada pela rodovia, a cento e quarenta por hora.

– Alguém me olhou, me achou com cara de vítima, ou talvez um McLanche Feliz, e decidiu partir pra cima. Talvez tivesse tirado um pedaço ou dois se Vampira não tivesse voltado para ver como eu estava.

– Não imagino ninguém, nem mesmo você, demorando daquele jeito – ela disse, se espremendo contra ele. Logan ficou feliz com o bom senso sulista dela. Olhou para Jean, observando as linhas do seu rosto pensativo.

A arma estava no porta-luvas. Logan se perguntou se ela realmente teria atirado naquele mutante, e concluiu que sim, se a situação piorasse.

– Mas ele nem teve chance – Scott disse. – Aquele homem, Duke, nem perguntou, nem nada. Simplesmente atirou naquele mutante e ficou feliz com isso.

Logan encarou a parte de trás da cabeça dele.

– Você esqueceu da parte na qual eu ia ser comido vivo?

– Tudo bem, a situação merecia algumas medidas defensivas. Na minha opinião – naquele momento, Logan mal pode ouvi-lo por contas gargalhadas levemente chocadas que irromperam no carro –, tudo podia ter sido totalmente diferente. Aquele mutante... e, sim, eu sei que não era o caso, mas vamos pensar na hipótese... poderia estar apenas tentando ajudar você. Talvez a situação apenas tenha parecido ruim. Não pode justificar uma política de atire antes, pergunte depois apenas porque envolve mutantes. E o jeito que foi jogado para debaixo do tapete...

Era hora do discurso, e Logan não estava com vontade de ouvir Scott resmungar sobre injustiça.

– Scott – ele interrompeu. – Se faz você se sentir melhor, eu teria matado o cara com as próprias mãos se tivesse oportunidade. A sangue frio. Não se deixa psicopatas como aquele correrem soltos por aí. Tudo que podem causar é dor.

– Essa é sua opinião profissional? – Scott perguntou com a voz fria. – Acha que já não disseram o mesmo sobre você?

Kurt fez um suave som de protesto. Logan disse:

– Sei que sim. E não me importo, porque em parte estão certos. Sou um homem perigoso. E um dia, se alguém acabar comigo por ser perigoso, vou saber que provavelmente teve um bom motivo. O fato, Zarolho, é que existe gente que é perigosa porque é, e o tipo que é perigoso porque enlouquece. Com esses você deveria se preocupar. Desses você não devia sentir pena. Esse é o tipo de cara que me prensou no chão daquele banheiro, e que ia arrancar um pedaço da minha cara. Pode apostar que não sou o único com quem ele limpou os dentes. Então, não se atreva a me pedir para ser complacente, nem me faça pedir desculpas por estar vivo.

– Não somos justiceiros – Scott disse. – Não podemos fazer justiça com as próprias mãos. Ninguém devia poder fazer isso.

Logan ficou calado. Ele e Scott nunca se entendiam em certas questões, e essa era uma delas. Logan era o tipo de homem que fazia o que devia ser feito, sem perguntas. Scott também, exceto que ele fazia as perguntas. Quando pensava sobre isso, concluía que esse talvez fosse o motivo de ele ser o líder da equipe e de Logan respeitá-lo. Scott podia ser um saco, mas em geral sabia do que estava falando.

Exceto naquele caso.

– Você está pensando muito preto no branco – Logan disse. – Aqueles caras são boas pessoas.

– Se você não for um mutante.

– Talvez, mas imagine o tipo de experiência que tiveram com mutantes. Hoje à noite talvez tenha sido o mais próximo que qualquer um deles chegou de um mutante, e o que eles viram? Um assassino, um canibal. O que você espera que façam, deem as mãos e cantem louvores de perdão? Não acho que fariam isso, garoto.

– Então, tudo bem? Eles conseguiram carta branca para discriminar e matar qualquer um que eles *pensem* ser uma ameaça?

– Não distorça minhas palavras, Zarolho. Sabe que eu não disse isso.

Scott permaneceu em silêncio, remoendo. Era bom naquilo. Logan perguntou-se se ele tentaria fazer Jean engolir aquela palhaçada e concluiu que não ousaria. Naquele momento, ela o olhava com seriedade, e se Logan não tivesse certeza que ela não era mais uma telepata, quase poderia jurar que provavelmente estava lhe dando uma bronca mental.

Provavelmente está. Só que ele não está ouvindo.

– Então – Vampira disse, quebrando o silêncio com um sorriso irônico para Logan. – Quanto tempo falta para chegarmos?

– Você só pode fazer essa pergunta uma vez por dia – Logan respondeu. – Estamos a cerca de quatro mil quilômetros de casa. Ou seja, quase trinta e cinco horas de estrada. Se não pararmos muito, estaremos em casa depois de amanhã.

– Provavelmente ficaremos sem dinheiro antes disso – Scott disse. Parecia mais calmo, mais controlado. Logan deu todo o crédito às vibrações não telepáticas de Jean.

– Que pena que não podermos vender este carro – Vampira murmurou.

– E depois roubar outro? – Logan lançou um olhar divertido para ela. – Eu criei um monstro?

– O monstro sempre esteve lá – Vampira disse, com um leve traço de preocupação atrás do humor, o bastante para fazê-lo parar. Mas ele não continuaria a provocação. Logan não era um grande fã de desencavar assuntos. Se as pessoas quisessem falar, que falassem. Simples assim.

O sol nasceu, iluminando rochas e árvores, as montanhas brilharam. Logan abriu a janela, inalando o aroma. A saudade de casa aumentava no coração – não de Nova York, mas daquela solidão tão, tão preciosa –, e se a situação não estivesse tão complicada, se ele estivesse inteiro e saudável dentro do seu corpo, teria forçado Scott a parar o carro e deixá-lo sair. Deixá-lo ir embora para a natureza selvagem e desaparecer por um dia ou um ano.

Estacionaram numa parada de caminhoneiros, numa pequena cidade fora nas proximidades de Bozeman. Era meio da manhã e o tanque já estava quase vazio. Tinham apenas dez dólares, e todo ele foi gasto em gasolina.

– Como está nossa comida? – Scott perguntou, encostando-se no carro. Seus cabelos pretos pareciam um pouco oleosos, mas a pele estava limpa e os olhos escuros amendoados tinham aquele brilho que era puro Líder Destemido.

Kurt olhou a sacola plástica.

– Ainda temos um pouco de pão e manteiga de amendoim, mas as rosquinhas acabaram e estamos quase sem água.

– Sempre podemos encher a garrafa numa torneira de banheiro – Logan disse. – Comida é outra história. Talvez devêssemos passar fome até em casa.

Jean puxou os *dreadlocks* para trás, girando-os e amarrando num coque.

– Há uns telefones públicos ali. Vou ligar para a Mansão.

– Tudo bem, mas se um de nós atender, desligue. Quanto menos falarmos com eles, melhor. Não precisamos dar aos nosso pares uma desculpa para começarem a nos procurar ou rastrear nossa localização.

– Vou até o bar – Logan disse. Todos olharam para ele.

– Bar? – Vampira perguntou. – Tem um bar?

– Claro – Logan falou, surpreso por eles não terem percebido. – Olha lá, ao lado do posto de gasolina.

Vampira apertou os olhos.

– Aquilo é uma cabana, meu bem. Já vi quartos de ferramentas melhores.

– Sim, mas aquele ali tem cerveja. Tem um anúncio numa bela placa de neon.

– São dez da manhã.

– E tem carros estacionados lá fora.

– E você está liso.

– Quem disse que vou comprar? – Logan ergueu a garrafa d'água. – Já volto.

Scott franziu a testa.

– É melhor eu ir com você.

– Ai, meu Deus. – Vampira olhou para o céu, enquanto Kurt se benzia. – Salve a gente agora.

– Podem rir – Logan disse e se afastou na direção do barzinho, que parecia um barracão de ferramentas rústico, mas sem dúvida trazia em si os aromas de cigarro, de bebida e de mulheres baratas: *parfum d'Logan*.

Havia todas aquelas coisas quando ele entrou, menos as mulheres baratas. Apenas um bando de homens sentados num balcãozinho que mal tinha espaço para uma garrafa de vodca, quanto mais para os copos e cotovelos. O restante do espaço do bar era tomado por um tesouro esmeralda, iluminado por um trilho de luzes colocado perfeitamente que parecia iluminar aquela superfície brilhante de dentro para fora.

– É uma mesa de bilhar – Scott disse, olhando por sobre o ombro de Logan.

– Claro que é – ele respondeu. Os homens estavam em pé ao redor, segurando seus tacos como lanças, armas de guerra. Olharam para Logan e Scott com olhos de homens desacostumados a ter seu santuário invadido por forasteiros, e Logan de repente teve uma ideia brilhante. Ele olhou para Scott e sorriu.

– Ah, não – ele disse. – Logan...

– Olá, garotos – Logan falou. – Que belos tacos vocês têm aí.

....

Tiveram de sair do bar por vários minutos para dizer aos outros onde estacionar. Logan também usou a oportunidade para dar a Scott algumas instruções.

– Desabotoe a camisa – ele disse.

– Como?

– Você não tem muito peito, mas se desabotoar a camisa um pouco mais não vai mudar nada. Viu? Olhe para mim.

– Não acredito que estou fazendo isso.

– Pense em si mesmo como um chefe de família. Como algum boxeador dos anos 1930, jogando-se no ringue para trazer dinheiro para casa para sua esposa e filhos famintos.

– Isso aqui é um pouco diferente – Scott disse. – Você quer vender o meu corpo.

– Não quero vender seu corpo. Quero vender uma imagem. Quando eles comprarem essa imagem, a gente acaba com eles.

– O que está fazendo com o meu marido? – Jean perguntou, encontrando-os enquanto caminhavam até o carro.

– Está tentando me deixar sexy – Scott disse. – Está funcionando?

Jean fechou os olhos.

– Não quero saber. De verdade, não quero.

– Conseguiu falar com a Mansão? – Logan perguntou.

– Ocupado. Devo ter ligado vinte vezes, usando diferentes ramais, e sempre ocupado. Acho que eles cortaram a comunicação da escola.

– Faz sentido, ficaram preocupados que um de nós conseguisse falar com alguém. Merda. Espero que os outros estejam bem.

– Quem está lá agora? Ororo?

– Gambit – Jean disse. – Jubileu.

– Jubileu – Logan repetiu, cerrando os punhos. – Ela vai perceber.

– Por que isso importa?

– A menina vai passar um minuto com meu *alter ego* e descobrir que tem algo errado. E em seguida vai começar a fazer barulho.

– Se tivermos sorte, todos eles vão perceber e começar a agir.

– E as linhas ocupadas? Não é o tipo ação que eu estava esperando, Ciclope.

Vampira e Kurt esperavam do lado de fora do carro. Logan procurava policiais. Não viu nenhum, mas aquilo o deixava nervoso, o carro parado a céu aberto durante qualquer período de tempo. Dirigir era diferente, mas aquilo os tornava um alvo fácil.

– Estamos prontinhos para ir – Vampira disse. – Scott, querido, sua camisa está desabotoada.

– Sim – ele falou. – Você precisa estacionar o carro ao lado do bar. Logan e eu temos... negócios a tratar lá dentro. Pode levar um tempo.

– Negócios – Jean disse, erguendo a sobrancelha.

– Ah, não. – Vampira cobriu a boca. – Não estamos *tão* desesperados assim.

Scott balançou a cabeça.

– Só... leve o carro para lá.

– Quero saber o que vocês vão fazer – Jean disse.

– Ganhar algum dinheiro fácil – Logan respondeu. – Eles têm uma mesa de bilhar.

– Ah – ela disse, e em seguida – *Ah*.

– Exatamente.

Jean olhou para o marido e ajeitou um pouco mais os cabelos dele. Ajustou a camisa, puxando-a do jeans e fazendo um nó ao redor da cintura magra.

– Vá e pegue eles de jeito – Jean disse para o marido com um sorriso malicioso.

Os homens do bar certamente apreciaram o novo visual. Assobios acompanharam a entrada de Scott e Logan. Jean esperava do lado de fora com Kurt e Vampira. Ter amigos homens com eles na mesa de bilhar arruinaria a ilusão de que eram doces e inocentes garotas querendo apenas passar o tempo, testando a mão. Não tinham dinheiro para apostar, mas não importava. Ninguém esperava que ganhassem. Tomar o dinheiro das moças numa aposta não teria sido... cavalheiresco.

Mas isso não significava que Scott e Logan não cobrariam.

Logan participou de apenas dois jogos, perdendo os dois. Scott entrou no próximo e Logan deixou que o barman pagasse uma cerveja para ele enquanto recostava-se e assistia o show.

Um dos fatos menos conhecidos sobre Scott Summers era que o homem jogava bilhar como um deus. Nem mesmo Logan arriscava competir com ele. Tinha algo a ver com seus poderes, sua capacidade de saber exatamente como os objetos se moviam, rebatiam, defletiam. Talvez fosse um efeito colateral; Logan o vira acertar alvos de missão que estavam fora da visão simplesmente ao calcular o melhor ângulo no qual liberar seus raios energéticos. *Bing*, *bang*, *bong*.

Algumas bolas e um taco eram brincadeira de criança.

Seguindo o exemplo de Logan, Scott perdera os primeiros dois jogos, errando miseravelmente enquanto seus oponentes sorriam, desfrutando o espetáculo de ter uma linda garota na mesa, esforçando-se para ser tão boa quanto eles. Ah, que gracinha. Ah, não se preocupe, vai melhorar. Ah, Harry, dê uma folga para a garota.

E então, as apostas chegaram a cem dólares – não era muito dinheiro, mas o bastante para chegarem em casa –, e Scott parou de perder.

Jogou com sutileza, sem gestos grandiosos que berrassem "vigarista". Apenas uma bola aqui, uma bola ali. Mais tarde, Logan imaginou se aquilo havia sido um erro crasso, a única coisa que fizeram de errado. Não pularam e comemoraram toda vez que uma bola era encaçapada. Não gritaram pedindo apoio. Fizeram tudo em silêncio, pois era de sua natureza, e nenhum deles, com toda a arrogância de parecer sexy, conseguiu mudar aquele único aspecto de suas personalidade. Logan conhecia muitas mulheres que eram daquele jeito, mas eram profissionais, não jovens que supostamente não sabiam muita coisa sobre bilhar. Tudo girava em torno de percepções e expectativas.

O jogo teve uma finalização fácil. Scott, fazendo um trabalho decente em fingir surpresa, sorriu hesitante para os homens e pegou o dinheiro.

– Acho que temos de jogar de novo – disse o oponente, Fred, aproximando-se a ponto de bloquear sua mão. – O dobro ou nada.

– Eu adoraria – Scott disse –, mas precisamos voltar para a estrada. Além disso, foi uma finalização de sorte. Não acho que poderia ganhar de novo.

– É mesmo? – disse outro homem, um lenhador local chamado Daniel. Ele alisou seu taco de bilhar, pensativo. – Não sei se acredito em sorte.

– Ei, ei – disse o barman, quando Logan desceu do banquinho. – Não sejam maus perdedores.

– Qual é exatamente o problema aqui? – Logan perguntou.

– O problema é que eu acho que vocês trapacearam.

– Trapaceamos? – Logan olhou ao redor da sala. – Você está me dizendo que tem como trapacear no bilhar?

– Tem se vocês já jogaram antes e agora estão mentindo sobre isso.

– E o que faz você pensar que estamos mentindo?

A porta do bar se abriu; a luz inundou o recinto, cegando a todos. Logan piscou, reconheceu o contorno de um corpo que estava em pé na entrada, a silhueta dos *dredlocks* que lembravam os antigos mitos gregos sobre a Medusa.

Scott, novamente, esticou o braço para pegar o dinheiro. Fred tentou agarrá-lo primeiro, mas Scott foi mais rápido. Pegou o dinheiro e em seguida, ele e Logan começaram a caminhar até a porta, ignorando os protestos que se ergueram atrás deles. Logan havia previsto essa parte, embora em geral isso não acontecesse, exceto quando as apostas eram maiores. Um dos homens que estava sentado ao seu lado no balcão levantou-se e tentou bloquear a porta. Logan disse:

– É melhor sair daí – e quando o homem apenas sorriu e esticou os braços, Logan não perdeu tempo e lhe deu um soco no queixo, lançando o bêbado para trás, fazendo-o tombar e bater na parede.

Sua mão doeu, mas ele não ousou esfregá-la. Girou um pouco, encontrando olhares sérios que piscavam e em seguida, se afastavam. Era como arriscar num desafio com os punhos. Após blefar de início, ninguém quis arriscar, especialmente se tivessem que bater numa mulher. Ótimo para ele.

Lá fora, Scott disse:

– Você sempre faz as coisas parecerem tão fáceis. E depois as pessoas começam a bater na gente.

– Já devia estar acostumado. – Logan virou-se para Jean. – Você podia ter ajudado. Eles nos acusaram de trapacear.

– Que surpresa! Agora vamos. Eu já estava indo pegar vocês. Temos que sair daqui.

– Polícia?

– Pior – ela falou. – Cérebro.

15

A PARTE MAIS DIFÍCIL de se lidar com invasores de corpos era a necessidade de fingir que eram seus amigos na hora do jantar. O que significava que Jubileu parou de ir jantar. Francamente, ela não acreditava que alguém estivesse mantendo os horários regulares de refeição; desde o retorno deles de Seattle, ela encontrara Scott apenas uma vez na cozinha. Jubileu ficava o tempo suficiente para pegar uma caixa de bolinhos e em seguida voltava às pressas para o quarto, olhando sempre para trás a fim de conferir se Scott a seguia. Não seguiu, mas ela ainda desconfiava. Não havia como dizer o que queriam.

Ela chegou até mesmo a ficar um tempo longe de Wolverine. O que não durou muito, mas quando ela ia até ele, permanecia apenas próxima, ocasionalmente falando algo, mas na maior parte do tempo apenas observando. Wolverine – ou quem quer que fosse – não parecia se importar. Quanto mais ela ficava perto dele, mais parecia que ele a tratava como um bichinho de estimação, um cachorrinho solitário que era bonitinho ter por perto, mas apenas enquanto não o perturbasse. Mesmo com a possibilidade de que seu Wolvie fosse um homem totalmente diferente, Jubileu não questionava sua capacidade de lidar com ele. Não. Wolvie era fácil.

O problema de verdade era Jean. Jubileu já havia tomado algumas precauções – do tipo que envolvia uma chave inglesa e uma chave de fenda, e a aplicação nada saudável desse tipo de ferramentas a algumas peças altamente respeitáveis de tecnologia –, mas aquilo não ajudaria ninguém a viver na Mansão.

– Cara – Jubileu disse para Remy, menos de um dia depois da primeira reunião com Ororo. – Ela vai ler nossa mente e descobrir que não confiamos nela. Talvez seja bom desistirmos agora.

– Tal... vez – ele disse, com uma inexpressividade curiosa. Podia ser exaustão; ele havia ficado até tarde ajudando Tempestade a levar as crianças para a "excursão" na cidade.

– Tal... vez? – ela imitou. – O que é isso?

Remy levou Jubileu para o seu quarto. Certamente não era a primeira vez que ia à ala dos professores, mas nunca havia estado no quarto de Remy antes. Esperava luxo, mobiliário assinado, o bom gosto de Nova Orleans.

A realidade era bem diferente.

– Uau – Jubileu falou quando Remy abriu a porta e acendeu a luz. – Sinto que fui enganada.

– Como?

– Nada – ela disse, examinando de perto as linhas limpas e finas do assoalho polido, a curva simples de duas poltronas de couro preto. A cama era simples, os lençóis brancos de algodão. Era tudo muito austero. Nada do que ela pensara.

Remy fechou a porta e atravessou o quarto até o armário. Jubileu vislumbrou camisas e calças jeans, vários casacos longos e um conjunto de armaduras, e então ele puxou uma caixa da prateleira de cima e fechou a porta com o pé. Sentou-se no chão e Jubileu fez o mesmo. Ela observou a caixa na mão dele.

– Estava guardando esses aqui para algo importante – Remy disse e abriu a tampa. Jubileu espiou lá dentro e viu três pequenos discos pretos do tamanho da unha de seu dedão, protegidos por almofadinhas de espuma cinza.

– O que são? – ela perguntou, alisando a espuma com o dedo. Remy tirou o disco da espuma e deixou-o na palma da mão de Jubileu.

– Protetores psíquicos – ele disse. – eu os adquiri no mês passado.

– Legal – Jubileu falou. – Se eu usar isso, nem o Professor X poderá ler meus pensamentos?

– Foi o que me prometeram. – Havia uma nota estranha na voz de Remy que chamou a atenção dela. Jubileu tirou os olhos do disquinho e fitou os dele.

– Por que está com eles? – ela perguntou, sem saber se queria ouvir a resposta.

– Quer mesmo saber? – Seu sorriso parecia levemente amargo. – Porque, *ma petite*, os melhores amigos podem se transformar nos piores tipos de inimigos.

Jubileu recostou-se, encarando-o.

– Achou que isso ia acontecer. Previu essa situação. Pensou que eles... os psíquicos deste lugar... poderiam ir pro lado do mal.

– Qualquer um pode ir para o lado do mal. O ritmo é mais lento para alguns, só isso.

Jubileu deu um suspiro. Não sabia o que pensar sobre essa revelação, como reagir à ideia de que Remy talvez não confiasse nem mesmo nela, mas engoliu seco e estendeu a mão com o disco fosco e preto refletindo a luz.

– Pode me ajudar a ligar isso aqui?

Ele o fez, trabalhando em silêncio enquanto colocava o disco atrás da orelha dela. Jubileu sentiu o disco vibrar uma vez e parar.

– Está funcionando? – ela sussurrou.

– *Oui*. – Ele pegou um segundo disco e encaixou atrás da própria orelha.

– Tempestade – ela disse.

– Claro – ele respondeu, e saíram a procura dela novamente.

• • • •

Remy não gostava de expor seus segredos; o fato de Jubileu agora saber que tinha planos de contingência no caso de seus amigos algum dia se virarem contra ele era um fato profundamente pessoal que doía compartilhar. Parte da revelação resultou da própria percepção de Jubileu, mas a outra foi totalmente sua culpa. Disse mais do que devia. Estranhamente, não sentia desejo de desmentir.

Ele e Jubileu não se demoraram muito no escritório de Ororo após entregarem o protetor. Remy não queria permitir que a amiga tivesse oportunidade de questionar sua paranoia, sua integridade. Era o bastante que seus pensamentos estivessem seguros quando saísse do escritório de Xavier.

– Então, e agora? – Jubileu perguntou.

– O Blackbird – ele disse. – Quero verificar os registros.

As luzes estavam desligadas dentro do hangar; eles as deixaram assim enquanto caminhavam até o jato, espreitando para saber se havia mais alguém lá. Jubileu, depois de um tempo, assobiou o tema de *Além da imaginação*.

– Quer parar com isso? – Remy disse. – É sério.

– Tá – ela respondeu, e ele percebeu que Jubileu estava tentando disfarçar sua própria inquietude. Quando a Mansão estava cheia, geralmente havia vários alunos no hangar: aprendendo algo novo sobre as máquinas, fazendo manutenção ou tendo aulas de voo no simulador que ficava num canto. Aquele silêncio parecia estranho. Ele não gostava daquilo.

O interior do Blackbird estava do jeito que ele se lembrava. Nada parecia fora do lugar; ele não viu sinais de luta. Ágil, inquieto por demorar-se demais, fez uma pesquisa nos registros e encontrou vários que Scott fez quando da chegada em Seattle. Ele os executou.

– Que tédio – Jubileu falou, sentando-se no banco do piloto. Olhou os controles e piscou com força. – Hei, Remy, você precisa ver isso aqui.

Ele se inclinou por sobre o ombro dela, fitando o lugar onde o dedo dela apontava. Era o medidor de combustível, e o mostrador estava quase em zero. Ninguém abastecera o jato.

– Olha só – Jubileu murmurou. – Alguém vai levar a culpa por isso.

Remy balançou a cabeça.

– Reabastecer o jato assim que retornar é um procedimento fundamental de segurança. Até *você* sabe disso.

Pois sempre surgiam emergências que exigiam a partida imediata dos X-Men da Mansão. Ficar sem combustível em pleno ar a caminho de um salvamento não era uma situação agradável de se enfrentar. Naquele momento, não havia combustível suficiente para voar até a cidade.

Jubileu coçou o queixo.

– Então, finalmente tem gente na equipe ainda mais irresponsável que eu. Ficaria feliz com isso, se não fosse outro sinal do fim dos tempos.

– Fim dos tempos? – disse uma nova voz. – Isso é um pouco melodramático, não acha?

Remy virou-se e se colocou na frente de Jubileu. Scott estava em pé no fundo do jato, seu corpo nas sombras. Havia um leve retorcer na boca, um quase sorriso que era frio e implacável. Por um instante, Remy não o reconheceu; a pessoa dentro daquele corpo era tão diferente que a semelhança física perdeu todo o sentido.

– O que vocês dois estão fazendo aqui?

– Verificação de manutenção – Remy mentiu com facilidade. – É minha vez.

Scott emitiu um som de zumbido.

– Você faz todas as verificações de manutenção na companhia de adolescentes?

– Hei. – Jubileu apertou os olhos. – Não gostei desse comentário.

Nem Remy havia gostado.

– Ela é minha aluna, Scott.

– Como foi a pequena Lolita, muito tempo atrás.

Jubileu ergueu as mãos; Remy viu a luz na palma das mão dela e agarrou os pulsos da garota.

– *Non* – ele murmurou. – Agora não.

Scott aproximou-se; seu sorriso mudou para algo malicioso.

– Então. Conseguiram trocar o óleo? – Ele olhou para Jubileu. – Ou cheguei cedo demais?

– Remy – Jubileu disse. A mão dele apertou-se mais no pulso da garota.

– Scott, saia daqui – Remy ordenou. – Agora.

– E perder toda a diversão? – A boca de Scott alargou-se, branca e cruel. – Por onde podemos começar?

Remy soltou Jubileu e socou Scott no rosto. Um golpe que ele devia ter sido capaz de bloquear – Remy estava nervoso demais, o movimento fora violento –, mas bateu no rosto de Scott antes que o líder da equipe tivesse a chance de erguer as mãos, e o homem despencou com tudo no chão. Remy se colocou sobre o corpo dele. O coração palpitava, e ele segurou as cartas entre dedos quentes.

– *Nunca* fale desse jeito com Jubileu ou comigo – ele disse na sua voz mais suave. – Nem mesmo pense nisso.

– Ou o quê? – Scott perguntou, tocando o sangue na boca. – Vai me matar?

Remy sentiu seu coração afundando para um lugar obscuro. Aquele homem na sua frente não era Scott Summers, mas o corpo era dele, e ele não podia saber se o próprio ainda estava lá dentro, perdido embaixo da luz cruel dos olhos com os quais a pessoa deitada no chão o encarava.

Mas havia algumas coisas que Remy não tolerava, não importava o que houvesse, e ele disse:

– Sim, eu te mato, Scott.

Scott rastejou para trás até conseguir erguer-se com alguma distância entre ele e Remy, que observou-o com cuidado, esperando que ele retaliasse. O que Scott não fez.

– Mais tarde – ele disse, recuando lentamente. – Mais tarde vamos resolver isso, você e eu.

Remy não disse nada. Observou Scott sair do jato e não relaxou até o X-Man sair do hangar. Remy deu um tapa no painel da rampa de acesso e ergueu a porta. Quando a cabine pressurizada foi selada, estavam protegidos pelo aço, então ele recostou-se contra a parede e sentiu um suspiro longo e trêmulo escapar da garganta. Ouviu passos. Olhou de soslaio para Jubileu. Seus olhos estavam arregalados.

Ele esticou o braço e puxou Jubileu para mais perto.

– Tá tudo bem – ele sussurrou.

– Não – ela disse, sua voz abafada contra o peito de Remy. – Não está.

16

EMBORA JEAN NÃO TIVESSE MAIS SEUS PODERES, ela se lembrava de como era ter sua mente sondada. A sensação sempre mudava, dependendo do telepata. Emma Frost, por exemplo, parecia um membro faminto por sangue, todo pinicante e dolorido, enquanto o toque psíquico de Charles produzia um conforto incalculável, um cobertor de bebê para a mente. Jean, até aquele momento, não tinha ideia de como era seu toque para os outros, sabia apenas que deixava uma marca.

E assim foi, sendo ela astuta o bastante para percebê-lo.

– Acho que meu par, ou seja lá quem esteja com o meu corpo, está procurando pela gente – Jean disse. – Sinto um comichão no meu cérebro.

– Como sabe que é você? – Kurt perguntou. – Pode haver outro telepata nesta área. Talvez os dois estejam confusos, não?

– Não, sou eu. Não consigo explicar. É como... um cheiro familiar ou a voz de alguém que você pensava ter esquecido. É como estar em casa.

– Acho que estou com inveja – Vampira disse.

– Ela deve estar usando o Cérebro para expandir seu alcance – Jean virou-se no banco do carro para que pudesse olhar para os outros. Todos estavam pálidos, cansados, com olheiras e bochechas encovadas, que provavelmente eram causadas pela mesma fome que devorava seu estômago. – Mas acho que está fazendo tudo errado. Claro, é difícil dizer, mas parece que esteve em mim por apenas um segundo ou dois.

– Talvez seja o bastante, não é? Se ela souber o que está buscando. – Os nós dos dedos de Scott estavam brancos, apertando o volante.

– Mas por que faria isso? Se minha contraparte não tinha grandes capacidades mentais antes da transferência, como ela reconheceria minha mente?

– E se for Jonas Maguire que a estiver usando? Com certeza ele conhece sua mente.

– Se foi ele quem fez a transferência.

– Digamos apenas que ele transferiu até podermos provar o contrário – Logan respondeu. – Então a outra Jean está usando o Cérebro e tocou sua mente. Não acho que deveríamos descartar um acidente, ou que ela tinha algum outro objetivo para usar o Cérebro *que não fosse* nos encontrar. Pense sobre o poder que ela conseguiu. Poderia ir atrás de qualquer um com aquela coisa. Talvez esteja apenas treinando para usá-lo.

A velocidade do carro aumentou. Jean olhou pela janela e viu um pasto dourado banhado pela luz do sol, colinas que escondiam mistérios, sempre ali do outro lado. Podia haver centenas de pessoas a poucos metros da estrada, e ninguém saberia. Um bom campo de tocaia. Não que ela achasse que alguma coisa aconteceria com eles. Não ali, pelo menos, e não com as pessoas saltando de trás de colinas ou árvores. Um bloqueio policial, uma arma no seu rosto? Talvez seus próprios poderes usados contra ela mesma? Sim, tudo isso eram possibilidades singulares.

– Não há jeito de nos protegermos do Cérebro, não é? – Vampira estava sentada entre Kurt e Logan. Parecia desconfortável. Jean conseguia apenas imaginar como era de repente ser capaz de tocar para, em seguida, ser forçada a essa forma de contato próximo e contínuo. Jean ainda tinha problemas em lidar com sua cegueira mental. Dormir era horrível, pois com os olhos fechados o mundo realmente desaparecia, e ela se lembrava daqueles primeiros momentos no hospital psiquiátrico, quando o mundo parecia tão frio e vazio.

Pare com isso. Pare de sentir pena de si mesma. Os outros tinham razão. Suas capacidades desapareceram. Se esse é o seu tipo de reação, é porque confiava demais nelas. Aceite esse período como uma lição para se fortalecer.

– Não – Jean respondeu para Vampira. – Não há como se esconder, a menos que tivéssemos algum escudo natural. Kurt, quando se teletransporta, é sempre difícil de encontrar. Gambit também. Seu cérebro... mistura as coisas. Duvido que tenhamos essa sorte.

– Então, se a polícia não nos parar, corremos o risco de ter a mente destruída. – Kurt suspirou. – Que agradável.

– Não temos opção – Scott disse. – Temos de ir para casa.

E que lástima estar sob circunstâncias tão aterrorizantes. Jean conhecia o exato processo de destruir a mente de um indivíduo. Era algo que ela considerava com bastante frequência – não porque desejava prejudicar, mas porque desejava saber exatamente o que fazer para evitar algum uso acidental, e bastante devastador, de sua telepatia.

Destruir uma mente, arrancar dela a essência da personalidade, era a tortura – e o crime – definitivo. Jean não queria pensar naquilo como um possível fim para si ou para seus amigos. Preferia encarar a morte, que não era melhor do que ser um zumbi; um corpo, uma casca, sem nada por dentro além dos instintos mais rudimentares.

No fim daquela tarde, passaram pela Dakota do Norte, e foi lá, presos dentro de um mar dividido em pastos dourados e quentes, a menos de trinta quilômetros da cidade mais próxima, que o pneu do carro estourou. E não havia um estepe no porta-malas.

– Peguem as coisas – Scott falou. – Vamos caminhando.

– Melhor encontrarmos um jeito de sair da estrada antes que algum policial chegue até o carro. Assim que pesquisarem a placa, vão sacar que tem alguma coisa suspeita. E se apenas nós estivermos na estrada... – Logan parou de falar.

Era apenas mais um golpe contra eles. Jean pensou que deveria enumerar os bons acontecimentos até o momento, mas foi difícil pensar positivo quando o sol começou a se pôr e alguns carros na estrada passaram às pressas com motoristas e passageiros que olhavam para eles como se fossem o bicho-papão, ou os principais suspeitos de algum horrível assassinato a machadadas na rodovia. Jean queria gritar "Buuu!" a cada vez que via suas expressões.

– Não pode culpar as pessoas – Vampira disse, limpando o suor do rosto. – Digo, tem muita gente louca no mundo.

– O medo não deveria impedir a compaixão – Kurt falou.

– Para nós é fácil falar – Logan contestou.

– Somos profissionais treinados. Lutamos com alienígenas de mãos vazias, pelo amor de Deus.

– Então, a compaixão significa menos quando você é um super-herói? – Kurt perguntou-se, mas em voz alta. – Sem esse risco inerente, sem a escolha do dano possível, um ato gentil de um de nós vale mais que a gentileza de um ser humano normal?

– Kurt – Scott interrompeu. – Isso importa?

– *Ja* – Kurt virou-se, andando de costas a fim de olhar para todos. – Somos pessoas poderosas. Ou, ao menos, éramos. Mas quantas vezes usamos esse poder para ajudar quem não tem poder? Nosso foco está sempre nos mutantes, e isso é correto, bom, porque também há mutantes que não têm nada. Mas, o que mais? O que mais fizemos?

– Salvamos o mundo – Logan disse, com ironia.

– Vários mundos, na verdade – Scott acrescentou. – Talvez o universo?

– Agora você está exagerando.

Kurt ergueu as mãos.

– Estão vendo? Salvamos o mundo, mas fizemos alguma coisa de verdade para transformá-lo num lugar melhor? Abrigamos mutantes na escola, mas ensinamos a eles como interagir com humanos? Encorajamos que façam amigos com tipos diferentes de crianças? Se os isolarmos, ensinaremos a eles compaixão ou superioridade?

– Kurt – Vampira protestou. – Estamos tentando criar um mundo onde mutantes e humanos possam viver juntos.

– Talvez, mas não estou mais tão convencido de que estejamos indo no caminho certo.

Logan grunhiu.

– Fazemos o que podemos, Kurt. Fazemos o melhor que podemos, com o que temos.

Kurt começou a responder, mas em vez disso estreitou os olhos, encarando a estrada.

– Acho que tem um carro vindo. – Não havia entusiasmo em sua voz. Apenas um prenúncio embotado de mais um veículo que passaria às pressas e os deixaria à mercê da noite vindoura. Jean imaginou como ficaria frio ali.

Contudo, para a surpresa deles, o caminhão que se aproximava parou no meio da estrada. Um homem olhou para eles. Tinha cabelos grisalhos, olhos azuis e uma boca bonita. Um cachorro estava sentado no banco do passageiro. Tinham a mesma cor.

– Era o carro de vocês que vi quebrado lá atrás?

– Sim – Scott disse. – O senhor poderia nos dar uma carona até a cidade?

– Poderia – ele disse, lentamente. – Que tipo de gente vocês são?

– Desculpe? – Scott retrucou. – Não entendi.

– Vocês são do bem?

Era uma pergunta surreal. Não foram muitas as pessoas que já haviam perguntado a Jean se ela era “do bem”, embora ela achasse bastante reconfortante que o senhor esperasse uma resposta direta.

– Normalmente, sim – Logan respondeu, olhando-o nos olhos. – Depende de quanto o outro lado é bom.

– O bastante – disse o homem, parecendo satisfeito com a resposta, ou com a reação a ela. – Podem sentar na traseira do caminhão.

– Obrigado – Jean falou. – Muito obrigado.

O homem deu de ombros. O cão os observava com cuidado.

– Viram? – Kurt falou quando estavam em movimento e o vento soprava forte contra seus corpos. – Compaixão. Um homem normal ajudando cinco estranhos numa rodovia vazia.

– Não vamos começar com isso de novo – Logan disse. – Se isso te fizer feliz, mandamos uma medalha para ele quando chegarmos em casa.

– Preferiria que, em vez disso, emulássemos a gentileza dele.

– Pensei que você tinha dito que isso não significava muito porque somos mutantes – Vampira enfatizou.

– Ainda significa alguma coisa – Kurt disse. Jean sentiu pena dele, mas permaneceu em silêncio. Diferenças filosóficas eram sempre impossíveis de discutir e, naquele momento, ela ficou contente por apenas observar o mundo passar, desfrutandoo calor do marido, macio e pequeno ao seu lado.

E então, inesperadamente, ela sentiu uma comichão estranha no cérebro. Como dedos raspando a superfície de sua mente, buscando aberturas. Assustador, para dizer o mínimo. O prelúdio de uma invasão, talvez. Por algum motivo, ela não teve medo.

– Temos companhia de novo – ela disse e deu um tapinha na testa. O formigamento parou. Todos, até mesmo Logan, a olharam preocupados.

– Estamos sendo rastreados? – Scott perguntou.

– Gostaria de saber. É impossível dizer. Parecia que alguém estava passando de raspão no meu cérebro. Não acho que algo mais foi feito.

– Espero que não – Scott disse. – Estamos lidando com muitas situações desconhecidas, não sendo a menor delas o fato de não sabermos se chegaremos em casa.

– Estamos seguindo na direção correta, não estamos? – Logan questionou. – O que mais você quer? Vamos dar um passo de cada vez.

Um passo. Fácil. Jean sabia como ser teimosa. Parecia ser um poder mutante próprio, um compartilhado por todos os X-Men. Era um feito Charles conseguir que eles ouvissem qualquer coisa, e provavelmente isso explicava a atual atmosfera de novela na Mansão.

Seguiram em silêncio até chegarem à cidade. Ou melhor, até um posto de gasolina solitário encarapitado às margens da rodovia. O pôr do sol já se fora, mas o céu escurecido, sarapintado com as primeiras estrelas da noite, ainda tingia os prados de púrpura com um laivo de dourado.

O motorista saiu da estrada e entrou no posto de gasolina. Estacionou ao lado de uma das bombas e desceu. E eles também.

– Não há muita coisa por aqui – disse o homem, abrindo a tampa do tanque de gasolina.

– Vamos dar um jeito – Scott disse. – Muito obrigado por nos trazer. Podemos ajudar a pagar a gasolina.

– Que nada – ele disse, baixinho. – Não saímos da minha rota. – Ele fez uma pausa por um momento e acrescentou em seguida: – Estão procurando trabalho?

A pergunta surpreendeu Jean. Ela não sabia como responder e, por um momento, o restante dos X-Men compartilharam de sua confusão. Eles se olharam.

– Não é uma pergunta difícil – o homem continuou. – E claro, vocês não precisam dizer que sim.

– Estamos tentando chegar em casa – Scott falou. – Nova York. É uma emergência.

– Todos vocês com a mesma emergência?

– Somos uma família – Jean disse, irritada pelo ceticismo sutil dele.

– Muito bem. – Ele começou a abastecer o caminhão. – Mesmo que vocês não queiram o trabalho, são bem-vindos para ficar na minha casa hoje à noite. Apenas eu e meu cachorro.

Scott disse.

– Acho que seria abuso da nossa parte.

– E eu acho que vocês vão passar uma noite fria nos pastos se não aceitarem meu convite. Mas a escolha é de vocês. Podem conseguir carona, mas eu duvido.

– É por isso que o senhor está tão disposto a nos levar para casa? – Logan perguntou.

– Cada homem tem um motivo para fazer as coisas que faz – ele disse.

Scott olhou para eles e Jean viu seus próprios sentimentos espelhados naquele rosto. Sim, precisavam de um lugar para ficar – melhor ainda seria continuar a viagem –, mas aquilo era tão… estranho. Mesmo Kurt, com toda aquela conversa sobre compaixão, parecia ter reservas.

Vocês estão calejados. Talvez, mas por um bom motivo.

– Obrigado por sua oferta – Scott disse. – De verdade. Mas precisamos mesmo é de um transporte.

A bomba de gasolina estalou. O homem tirou a mangueira e rosqueou a tampa de volta. Seus movimentos eram cuidadosos, deliberados.

– Eu poderia ajudá-los com isso também. Quer dizer, se me ajudarem com algo. Não deve levar muito tempo. Apenas algumas horas.

– Não é nada ilegal, é? – Vampira perguntou.

Ele sorriu.

– Não. Só uma coisinha que precisa de mais mãos do que as que tenho.

– Foi por isso que parou para nos ajudar? – Logan perguntou.

– Talvez. O que me dizem?

Scott hesitou e então lentamente estendeu a mão. O homem olhou para ela por um instante, sorriu de novo, e apertou-a.

– Tudo bem – ele disse. – Vamos para casa.

• • • •

Ele disse que seu nome era James e chamava seu cachorro de Cão, e que estavam sozinhos havia uma semana. A mulher morrera de ataque cardíaco porque não havia um hospital próximo para ajudá-los. Naquela parte do país, ele disse, vivia-se sozinho e morria-se sozinho, e era assim, o preço da solidão e por cuidar da própria vida.

A casa era muito pequena, velha e branca, com as laterais de madeira de verdade que já haviam passado por dias melhores e alguns vasos com gerânios vermelhos que precisavam desesperadamente de água. A casa e o celeiro próximo eram os únicos prédios num raio de muitos quilômetros, e sendo assim eles ficaram alertas, mesmo sob a luz da lua.

O quintal era poeirento. Jean espirrou duas vezes e esfregou os olhos. Seu corpo doeu quando ela se ergueu do assento duro da cabine do caminhão.

– Vamos entrar – disse James. Entrou direto na casa destrancada, e Jean foi a primeira a segui-lo. O interior era escuro, mas agradavelmente decorado de modo econômico e elegante por alguém que acreditava na qualidade da madeira maciça antiga, paredes brancas e ocasionais toques de cor. Jean pensou que houvesse apenas quatro cômodos: a cozinha, a sala de estar, uma porta fechada que provavelmente era um quarto, e além dela outra porta cerrada. Um banheiro, talvez. Esperava que fosse um. Precisava de um.

– Estão com fome? – James perguntou. – Não há muita coisa aqui, mas fiquem à vontade.

– Está tudo bem – Scott falou. – Talvez o senhor pudesse nos falar sobre o trabalho que precisa ser feito.

James assentiu.

– Acho que é um bom momento. Eu estava... evitando. Fazer sozinho, sabe? Difícil demais, mesmo que não devesse ser. Vocês todos são jovem. Mais jovens que eu. Eu gosto disso.

Ele caminhou até a primeira porta à esquerda de Jean e abriu-a. Lá dentro, na cama, ela viu um corpo. Jean não sabia o que mais a chocava: que aquilo era um cadáver ou que não humano.

– Uau – Logan suspirou.

James entrou e sentou-se na ponta da cama. Tocou um membro retorcido, um dos muitos dobrados como fitas grossas no peito estreito e imóvel.

– Esta é Milly – ele disse em meio ao silêncio suspenso. – Minha mulher.

Jean caminhou até a ponta da cama, e sentiu que os amigos a seguiam. Exceto pelo susto de Logan, todos permaneceram quietos, em respeitosa reverência pelo rosto do velho.

– Não era linda? – ele perguntou, e pousou a mão no Cão, que se aninhou entre as pernas dele.

Milly tinha um rosto bonito; Jean imaginou que devia ter sido bonita de verdade na juventude. O restante do corpo, no entanto, não passava de uma série de tentáculos conectados a um torso magro que não tinham braços ou pernas discerníveis.

– Ela devia ser muito engenhosa – Jean falou, gentil, sem saber exatamente o que dizer, o que seria adequado nessas circunstâncias tão incomuns.

– Ah, sim. Precisava ser. – James sorriu. – Estávamos juntos há quarenta anos. Meu amor.

Ele finalmente olhou para eles e seus olhos estavam brilhantes e úmidos.

– Não quero levar Milly para o cemitério local. De qualquer forma, nunca a entenderam. Era apenas um espetáculo a parte. Então eu quero ela aqui, onde era feliz. Onde possamos ficar juntos. Esse é o trabalho que tenho para vocês. Preciso de ajuda para abrir uma cova.

– Claro – Jean disse, olhando para aquele rosto rígido, para o corpo deformado. – O que precisar.

– Tenho algumas pás no celeiro. Vou mostrar para vocês. O chão é bem duro, por isso também tive de esperar.

Ele os levou até o celeiro. Lá fora estava escuro e frio, o céu cheio de estrelas. Não havia refletores, nada para se ver, mas James os levou com um senso certeiro de direção, e o celeiro, felizmente, tinha luz. Era óbvio que houvera um gado ali no passado, mas naquele momento o chão e os estábulos estavam limpos e secos, e mantinham apenas um leve cheiro de animal.

As pás estavam ao lado da porta. Três pás, mais duas enxadas.

– Exatamente o número de pessoas – James falou. – Tive sorte.

– Não havia ninguém mais para quem pudesse pedir ajuda? – Logan levou uma enxada ao ombro.

– Ninguém para quem eu quisesse pedir – James disse. – Milly e eu ficávamos muito sozinhos aqui. Ela não tinha família, e a minha me deserdou quando me casei. Nunca tivemos filhos. Milly não tinha como tê-los. Mas seria bom.

Ele os levou para uma pequena árvore que crescia atrás da casa. Jean mal conseguia vê-la na escuridão. Tocou as folhas e achou-as macias e frias.

– Lilases – James falou. – Seu aroma favorito. Esperava todos os anos que florescessem.

E, em seguida, apontou para o solo, e eles começaram a cavar.

Ele estava certo: o chão era duro. Eles se revezaram; Jean e Kurt trabalhavam com as enxadas primeiro, rompendo o chão, e em seguida os outros vinham com as pás, furando e escavando, o aço por vezes atingia uma pedra. James sentou-se ao lado e observou. Algumas vezes ele saía para buscar água, e quando um deles precisava descansar ele preenchia a vaga e trabalhava até que o cansado pudesse recomeçar.

– O que vocês faziam antes de pegar a estrada? – James perguntou.

Scott parou de cavoucar a terra.

– Acho que podemos dizer que ajudamos as pessoas.

– Ou não – Logan acrescentou, com um sorriso. – As pessoas precisam ser ajudadas de... formas diferentes.

James sorriu.

– Milly e eu conhecíamos gente assim, mas eles nos deixaram depois de um tempo. Ficaram cansados, eu acho. Ou talvez cresceram.

– Alguns nunca crescem – Jean falou.

– Também acho. Havia outros como ela que também nos trataram com indelicadeza. Levei-a para a cidade, para lugares onde haviam todas as espécies. Pensei que seria melhor para nós lá. Menos solitário para ela, de qualquer modo. Mas Milly era única demais, mesmo para eles. Acho que doía para ela mais do que qualquer coisa, então voltamos para cá e nunca mais saímos.

– Isso é errado – Vampira falou.

– É do jeito que é. Aqueles outros, como Milly, pareciam diferentes e tinham habilidades diversas, mas eram humanos, pelo visto. São seres humanos de todas as maneiras que nos tornam maldosos e impiedosos, adoráveis e gentis. Por que mais vocês acham que este mundo tem tantos conflitos? É porque quando olhamos para pessoas como Milly, ou sei lá, para todos aqueles heróis na TV, sabemos que estamos olhando para nós mesmos e sabemos de todas as coisas sujas que faríamos se tivéssemos esse tipo de poder. Agora, Milly, ela era apenas diferente. Também podia fazer milagres com batata doce, mas acho que era outro dom, totalmente dela.

Jean riu, e James falou:

– Que bom. Fico feliz que alguém consiga sorrir quando falo dela. Era uma mulher doce. Merece sorrisos.

À meia-noite eles acabaram de abrir a cova. James entrou na casa e passou um bom tempo lá. Jean e os outros deitaram na grama para olhar as estrelas enquanto esperavam por ele.

Depois de um tempo, ouviram um assobio. James estava na porta dos fundos. Estava de terno e com um chapéu bonito.

– Ela está pronta – ele disse. – Poderiam me ajudar a carregá-la?

James envolvera Milly num lençol branco. Ela parecia menor, bem amarrada, e Jean pegou-a antes que qualquer um pudesse oferecer ajuda. Milly era mais pesada do que parecia, mas Jean refreou as reclamações e carregou-a da casa até a cova. Lá, foi necessário algum esforço para baixá-la. Todos deitaram de bruços e agarraram um canto do lençol. Com cuidado, devagar, deixaram-na lá embaixo, na terra.

Em seguida, levantaram-se e ouviram James dizer as últimas palavras para sua amada mulher.

....

Não discutiram o transporte prometido. Pareceu inadequado. James pediu para entrarem na casa e pegar algo para comer, tomar banho se quisessem, pois havia muitas toalhas limpas e sabonetes. James não voltou à casa com eles. Sentou-se no chão, aos pés do túmulo de Milly, olhando para o monte de terra recém-revirado. Cão ficou com ele.

– Pobre homem – Vampira disse, debruçada na mesa da cozinha, com uma toalha úmida nos ombros. Ela bebericava uma xícara de café.

Jean estava sentada ao lado dela e também bebia café. Havia tomado banho antes, e foi bom se limpar – embora tivesse se assustado ao ver-se nua. Logan, o último deles a tomar uma ducha, ainda estava no banheiro.

Jean pensou em James, sentado sozinho no escuro ao lado do túmulo da mulher. Pensou nele e em Milly, vivendo no isolamento porque o único lugar onde conseguiam encontrar aceitação verdadeira era ali, um com o outro. Talvez fosse o bastante para eles. James certamente não parecia ter muito a reclamar. Jean, por outro lado, tentou imaginar-se na pele deles e não conseguiu. As pessoas consumiam sua vida e tudo bem, porque, apesar de seu dom, ela não gostava de estar sozinha.

– Vou ver como James está – ela disse. – Talvez queira algo para comer.

O ar noturno estava mais frio do que ela se lembrava, embora abrir covas na terra escura pudesse distorcer a percepção de temperatura. Ela seguiu aos tropeços na escuridão e sabia que estava chegando perto quando ouviu o ganir de Cão.

Ela tropeçou e, mesmo quando caiu no chão, lembrou-se da sensação do seu pé atingindo algo suave e, não, aquilo não podia ser verdade, bateu no chão com tudo e não parou de se mover, apenas rolou e se apoiou nos joelhos e nas mãos, rastejando até o monte suave do qual ela havia desviado tentando ver na escuridão, e ela chamou o nome dele, mas ele estava em silêncio, e ela sentiu seu pulso no pescoço e, por um momento, não havia nada, mas em seguida moveu os dedos e sentiu o pulso, leve, e chamou seu nome de novo. James finalmente virou-se, sussurrando:

– Eu estava tentando morrer. Agora seria uma boa hora, pois tem gente para me enterrar.

Jean caiu de bruços, sem fôlego.

– Você quer morrer?

– Não – ele respondeu. – Sinto como se devesse, eu a amava demais. Mas não quero morrer.

– Então, nem tente – Jean disse, e viu que ele segurava um objeto. – Está escuro demais, James. O que é isso?

Ele entregou para ela o objeto. Era uma seringa.

– Bolhas de ar matam bem rápido. Vão direto para o coração.

– A morte é o pior jeito de consertar algo que está ruim – Jean disse, seu coração agora acelerado.

– Eu sei. – Ele respirou fundo, ainda olhando para as estrelas. – Eu vi o jeito que você olha para aquela garota. Mindy é o nome dela? Você a ama?

– Somos casados – Jean disse. – Nós... crescemos juntos.

James sorriu, lenta e amargamente.

– Milly e eu também. Ela nunca se pareceu muito com os outros, mas foi apenas na adolescência que se transformou totalmente. Foi muito difícil para ela. Difícil para mim também, eu acho.

– Mas vocês conseguiram – Jean sussurrou.

– Com certeza. Ela não queria isso. Que eu pensasse em morrer. Mas não posso evitar. Estou sozinho aqui, e as pessoas da cidade... mesmo se um deles me encontrasse, não me enterrariam aqui ao lado dela. Me levariam para o cemitério. Droga, nem sei o que fazer com o Cão. – Ele olhou para Jean de um jeito tão sério que ela quis chorar. – Cuidado filho, quando você ficar velho. Cuide das pessoas que ama. Encontre bons amigos. Do tipo que vão cuidar de você depois que se for. Não queira terminar como eu.

– Sua vida foi ruim? – ela perguntou num sussurro, tentando imaginar James e Milly, os dois vivos e cheios de amor naquela casa pequena de quatro cômodos.

– Não – ele suspirou. – Não a trocaria por nada.

17

NA MANHÃ SEGUINTE, BEM CEDO, James levou-os até Bismark, uma cidade de tamanho razoável no meio da Dakota do Norte. Comprou café da manhã para eles numa parada de caminhões. Tentou pagar para eles pelo trabalho da noite, mas Scott recusou-se a receber. Não parecia correto aceitar qualquer coisa por enterrar a esposa de um homem.

– Eu ia dar meu carro para vocês – James comentou. – Não acho que precisarei tanto dele depois que vocês cuidaram de Milly.

Porque eu ia fazer vocês me enterrarem também.

James não precisou dizê-lo, pois todos sabiam a verdade; ele dera permissão a Jean para contar.

Scott pediu um papel e caneta para a garçonete.

– Aqui está nosso endereço em Nova York, e este é o nosso telefone. Bem, não está funcionando agora, mas deve estar em algumas semanas. Se precisar de qualquer coisa... *qualquer coisa*... ligue para a gente e te ajudaremos. Pode até vir morar conosco, se quiser. Talvez você goste de lá.

James examinou o endereço, lendo a lista de nomes que não eram aqueles que Scott e os X-Men lhes dera, e então disse:

– Escola Xavier para Jovens Superdotados? Por algum motivo me parece familiar.

– É uma boa escola – Jean falou. – Damos aula lá.

James os observou.

– Pensei que vocês eram sem-teto.

– É complicado – Scott falou. Pensou que James o pressionaria para saber mais, mas depois de um momento de observação silenciosa, ele sorriu.

– Entendo – ele falou, e pediu a conta.

Eles voltaram ao caminhão. Cão enfiou a cabeça para fora da janela do passageiro, e Scott acariciou seu pescoço.

– Desculpe não poder fazer mais por vocês, pessoal – James falou. – Ainda mais depois do que fizeram por mim. Eu só... eu só não consigo ficar muito tempo longe de Milly. Tempo o bastante para levar vocês até em casa.

– Entendemos – Jean falou. – Se cuide.

James subiu no caminhão. Parecia cansado. Cão recostou-se nele.

– Com certeza vai ser estranho – ele disse suavemente, e Scott podia apenas imaginar que ele se referia à casa, àquela casinha solitária que ainda continha o toque de sua mulher. James deu partida no caminhão, pôs o veículo em movimento e acenou um adeus enquanto se afastava. Scott observou-o partir, e não conseguia esconder uma sombra de decepção ou frustração com outra pedra sendo lançada em seu caminho.

– Então, e agora? – Logan perguntou. – Vamos andar?

– Vamos olhar por aí – Scott falou. – Talvez alguém nos dê uma carona.

– Estou vendo um bar do outro lado da rua.

– *Não*.

Logan abriu um sorriso.

– Sem jogatina, prometo. É o melhor lugar para conseguir uma carona. Me dê um pouco de dinheiro, eu sento lá e veremos o que posso conseguir.

– Não será muito, do jeito que você está – Vampira falou.

– Por que não vem comigo, gatinha? Pode conquistar os homens com suas carnes experientes.

– Puxa-saco.

Mas ela foi com ele e, enquanto Scott usava o telefone público para tentar contatar a Mansão, Jean e Kurt sentaram-se num banco do lado de fora do restaurante da parada de caminhões para esperar uma oportunidade, da forma que ela viesse. Scott não estava muito otimista.

Ficou ainda menos quando tudo que conseguiu foi um sinal de ocupado.

Ele fechou a cara e bateu o fone no gancho. Aquilo o aterrorizava, a ideia de que cinco X-Men estavam sendo imitados. Caminhando e falando, usando seus corpos, seus poderes. Estava com medo de ver as notícias, mas comprou um jornal e voltou ao banco.

Para sua surpresa, não havia menção de nenhuma atividade criminosa ou catástrofe relacionada a mutantes. Apenas uma notinha sobre a conferência em Genebra, bem como um pequeno texto sobre a marcha pelos direitos dos mutantes planejada para o dia seguinte, na cidade de

Nova York. Scott sabia tudo sobre isso. Os X-Men compareceriam – não como participantes, mas como seguranças.

– O que é? – Jean perguntou.

– O que é o quê? – ele respondeu, distraído.

– Parece que acabou de ter um pensamento ruim. – Ela tocou a testa dele. – Você está com a testa toda franzida.

Ele pegou a mão dela e beijou os dedos dela.

– A marcha dos direitos dos mutantes é mencionada aqui. Lembra?

– Como poderia esquecer? As crianças estão muito ansiosas para participar.

– Devíamos estar lá – Scott falou, olhando para ela e para Kurt. – E se estivermos?

– Por que, *mein freund*, não acho que você esteja se referindo à presente companhia?

– Porque não estou – Scott balançou a cabeça. – Não sei por que ainda estou pensando nisso. Pois, de verdade, não faria sentido. Por que alguém roubaria nossos corpos para esse evento?

– Tem razão – Jean falou. – Não faz sentido. Talvez nossos pares nem estejam planejando ir.

– Então, o que estão fazendo? – Kurt inclinou-se para frente, apertando as mãos. – Rezei muito por isso, mas até agora Deus não me apresentou nenhuma ideia.

Jean apontou.

– Estão voltando.

Não apenas voltando, mas correndo. A expressão de Vampira, uma combinação de embaraço e raiva de rosto vermelho, o alarmou.

– O que aconteceu? – Scott perguntou.

– Não temos tempo – Logan falou. – Tem um cara que está saindo em dois minutos. Ele trabalha para uma empresa de casas pré-fabricadas e está transportando parte de uma casa para Minneapolis.

– Uma casa de verdade? – Kurt perguntou. – Parece muito melhor que roubar um carro.

– Sim, acho que isso nos classifica como arrombadores. Estão prontos para ir?

Eles seguiram Logan para dentro do grande estacionamento, que parecia mais uma estação para um exército de caminhões. Na direção do centro, cercados de ambos os lados por dois caminhões com o sinal TAMANHO EXTRA, encontraram uma metade da casa pré-fabricada. O outro lado dela contava com vários espaços amplos à esquerda.

– Importa qual delas pegarmos? – Scott perguntou.

– Acho que não. – Logan puxou um canivete da calça jeans, um presente de James, que também lhes dera roupas limpas, um pouco de comida para levar e uma mochila para os pertences. Scott não pôde aceitar o dinheiro, mas as outras coisas pareciam menos... ofensivas que o dinheiro frio.

Você é técnico demais... e é um hipócrita.

Era bem verdade. Também era um controlador obsessivo, mas ninguém podia ser perfeito.

Um plástico cobria a parte interna da casa; Logan fez uma pequena fenda na parte mais distante, um espaço suficiente apenas para eles passarem, e o manteve aberto enquanto eles se espremiam para entrar na casa. Não foi tão fácil. O assoalho de verdade estava ao menos a um metro do piso, exigindo um pouco de manobra, que era dificultada pelo plástico duro tão rente às costas. Scott sentiu falta de ser alto.

Apesar de algumas dificuldades, menos de um minuto depois estavam todos sentados no quarto ao fundo, a parte mais distante da barreira de plástico branco que os separava da estrada. Às vezes, Logan espiava pelas janelas.

– Achei que o cara estava de saída – Vampira murmurou, quando após vários minutos o caminhão não se moveu.

– O que aconteceu lá dentro? – Scott perguntou, espreitando o rosto vermelho dela.

– Nada – ela falou. Ele olhou para Logan, que deu de ombros e coçou a cabeça.

– Um pouco de, hum, linguagem depreciativa foi usada para conseguirmos sair daqui. Ele viu vocês três sentados naquele banco e pensou que era engraçado.

Vampira suspirou fundo.

– Ele me deixou tão fula que eu quis bater nele.

– Quase bateu também. Essa é parte do motivo pelo qual corremos de lá tão rápido.

Em algum lugar distante eles ouviram vozes; a porta da cabine fechou e, em seguida, um motor roncou. E a casa vibrou.

– Perfeito – Logan falou. – É lento, mas chegaremos a Minneapolis à noite.

– Você tem razão, é lento. – Scott bateu o jornal na coxa. – Sinto como se tivéssemos um prazo. O fato é que não sei quando é.

– E se estivermos atrasados? – Logan perguntou.

Scott sentiu que todos olhavam para ele, mas não disse uma palavra. Sentia-se tão perdido quanto eles.

• • •

Percorrer a rodovia numa casa pré-fabricada não era, Scott concluiu, uma maneira ruim de viajar. Exceto pelo fato de que era agonizante de tão lento. Tão lento que ele tinha vontade de arrancar os cabelos – um feito que podia realmente realizar pela primeira vez na vida, pois seu cabelo estava num comprimento adequado para ser agarrado.

– Não aguento mais isso – ele disse para Jean. – Não saber o que acontece em casa está me deixando louco.

– A mim também – ela disse, esticada de bruços. O carpete estava com plástico sobre ele, que se enrugava a cada vez que se moviam. – Mas não há muito o que podemos fazer.

Então, pelo restante do dia, ele tentou descansar, montar uma estratégia como reação para uma série imaginária de eventos que provavelmente nunca aconteceria, mas se ocorresse, atualmente estava fora do seu controle. Como tentativas de assassinato ao presidente dos Estados Unidos ou a algum outro líder mundial; declarações de agressão contra todos os seres humanos; a união da Irmandade de Mutantes, que, agora que pensou sobre o assunto, poderia muito bem ter orquestrado essa pequena troca de corpos. O único problema com essa hipótese era que a Irmandade em geral era muito mais exibida – e gostavam de alardear muito mais. Scott não conseguia imaginar um deles aprontando uma dessas sem ir até o hospital psiquiátrico esfregar aquilo na cara deles.

E se fosse a Irmandade, os X-Men provavelmente já estariam nos jornais.

A menos que houvesse outra coisa da qual eles estivessem atrás. Tecnologia, talvez. Arquivos secretos aos quais Scott e Jean certamente deviam ter acesso. As possibilidades eram infinitamente preocupantes. Precisava de uma aspirina.

Tirou uma soneca e sonhou com James descansando dentro de uma cova, cheio de tentáculos retorcidos, sorrindo e chorando, com Cão empoleirado na beirada, uivando para a lua. Ele acordou, engasgando, e sentiu Jean fazer o mesmo. Ela estava com as mãos na cabeça.

– Que foi? – ele perguntou, tocando-a. Estava ficando mais fácil olhar para a cara do estranho e sentir desejo. Também ajudava que estivessem sozinhos; os outros haviam se retirado para a sala de estar para jogar cartas, outro dos presentes de James. O quarto era todo deles.

– A sensação na minha cabeça. Foi mais forte desta vez. Havia um foco definido.

– Acha que ela... seja quem for... conseguiu alguma coisa de você?

– Não acho, mas tem me preocupado. No início podia dizer que era um acidente, mas agora está parecendo deliberado. – Ela hesitou, olhando para as mãos. – Acho que poderia ser algo mais.

– O quê?

– Bem, me ocorreu que, se nossos pares herdaram nossas capacidades físicas, como minha telepatia, por exemplo, também deveríamos ter herdado algo deles. Como sua doença mental. Patty, por exemplo, devia ser uma esquizofrênica paranoica, enquanto você aparentemente sofre de alguma doença socialmente debilitadora, que é vaga o bastante para ser totalmente inútil. O prontuário de Vampira, segundo Kurt, traz o diagnóstico de uma síndrome bipolar aguda. E eu sou apenas maldosa e delirante.

Scott esperou mais. Jean suspirou.

– Meu ponto é que, mesmo se nossas consciências tiverem sido transferidas, ainda deveríamos estar sofrendo das mesmas anormalidades psíquicas que as pessoas que estamos ocupando. Apenas porque as mentes que pensam são diferentes, não significa que os cérebros sejam.

– Então, você está dizendo que deveríamos estar loucos.

– Sim. No mínimo exibindo *alguns* sintomas de doença mental.

– E se algum de nós sempre foi um pouco maluco?

– Logan não conta, Scott. – Jean tentou não sorrir. Ele a cutucou com seu cotovelo, forçando-a a abrir espaço na sua lateral muito maior. Era estranho ser a pessoa menor na relação. Ele estava se acostumando com aquilo, embora gostasse mais do contrário.

– Então – ele sussurrou, aproximando a boca da orelha de Jean, orelha dele, orelha de um homem, e, fechando os olhos –, entendo o que você está dizendo, mas a menos que comecemos a espumar pela boca e falar em línguas estranhas, não vejo o quanto isso importa. A ciência não vai nos levar para casa. O homem que fez isso, por outro lado...

– Vamos descobrir – Jean sussurrou. – Agora, descanse um pouco, Scott. Durma.

Embalado por sua voz, por seu toque, ele dormiu.

18

POR VÁRIOS DIAS, Tempestade passou a maior parte do tempo no escritório do Professor Xavier. Os protetores psíquicos lhe davam uma sensação de segurança que não podia encontrar em outro lugar da Mansão, e embora os protetores portáteis de Remy fossem outro conforto, a sala ampla e arejada continuava a ser o único lugar onde se sentia segura. Atribuía isso à presença constante do professor, aquela sensação de que com ele por perto tudo ficava bem, a resposta a todas as dificuldades da vida estava sempre próxima, era parte de cada pessoa.

Ela dizia para si as mesmas coisas sempre que Scott, Jean ou os outros três X-Men vinham vê-la e questionavam sobre certas coisas que aconteciam na escola. Como o porquê Tempestade não ter esclarecido sobre a excursão antes de permitir que as crianças fossem a contragosto até a cidade, e por que ficava naquela sala o tempo todo – deve ser sufocante, venha para fora, venha ficar conosco.

Ororo não estava com vontade de fazer aquele jogo, e havia algo no jeito que Jean quando ela lhe pedia para sair que dava uma sensação inquietante, como se quisesse um tipo de jogo bem diferente. Um que seria inadequado, um que seu marido não gostaria nada.

E suas rosas continuavam a morrer.

Claro, também lhe ocorrera que estava exagerando e que todas as diferenças que sentia – sutis, inexplicáveis – eram simples invenções de sua imaginação. Invenções, também, das mentes de Gambit e Jubileu. No fim das contas, os três tinham históricos semelhantes, cresceram nas ruas, vítimas de diversas humilhações e problemas associados a essa vida difícil. Talvez partilhassem de algum tipo de psicose, alguma ilusão paranoica resultante dessa experiência.

Ou talvez seus amigos realmente não fossem as mesmas pessoas.

– Não são as mesmas pessoas – Jubileu disse durante uma de suas breves reuniões no escritório de Xavier. A garota estava pintando as unhas e mascando chiclete, embora houvesse uma escuridão em seus olhos que incomodava Ororo – um peso no espírito que ela nunca pensaria ver em Jubileu.

– Ainda está pensando que... seus corpos foram invadidos?

Jubileu desviou o olhar das unhas para ela. Um olhar duro.

– Sim, Ororo. Estou. – E em seguida ela relaxou, a escuridão dissolvendo-se, e Ororo não sabia mais se era uma máscara ou a garota real que falava. – Cara. Eu sei que você ainda está pensando naquele negócio de trauma, mas já perguntou a Jean ou Kurt se algo ruim aconteceu?

– Sim. Eles... não me deram nenhum detalhe.

– Então não teve trauma nenhum. Aqueles dois não conseguem manter a boca fechada para você. É tipo, você aparece e eles começam a falar igual duas matracas. Blá-blá-blá.

Ororo estreitou os olhos.

– Devo lembrar a você, Jubileu, que está falando com um mais velho? Devia ser um pouco mais educada.

De novo, Jubileu parou de pintar as unhas e lhe lançou um olhar que era muito, muito antigo. Remy disse:

– Se alguém está agindo como se estivesse traumatizada, esse alguém é Vampira. Ela não abriu a boca desde que voltaram.

– Corpo invadido – Jubileu lembrou. – Ela tem um objetivo nefasto.

– Acho que ela é genuína. Os outros? – Ele agitou a mão. – *Je ne sais pas*.

– Então, eles podem ter se mudado de forma? – Ororo pensou em voz alta. – Nossos amigos estão sendo mantidos prisioneiros em algum lugar?

– Se eles são metamorfos, são realmente ruins nessa coisa toda de imitação – Jubileu comentou. – Sabe o que eu vi esta manhã? Wolvie na academia, em pé, na frente do espelho, admirando o próprio corpo. Tem ideia de como isso foi perturbador?

– *Non* – Remy disse, seco. – Por que não nos conta, *ma petite*?

– Mas antes que conte – Ororo falou, interrompendo-a –, quero saber se vocês dois descobriram algo a respeito de Seattle.

– *Nada*. Scott... – Jubileu parou, engolindo seco. – Scott fez um registro pequenininho um dia ou dois antes de voltarem. Algo sobre como ainda não haviam descoberto o que estavam procurando, mas iriam ao hospital naquela noite dar uma olhada.

– Que hospital?

– Belmont, Belvue...

– Belldonne – Remy disse. – Nós ligamos. Disseram que ninguém com a descrição que demos foi fazer perguntas ou foi visto lá. Mas eles não me falaram muito. Parece que perderam alguns pacientes recentemente. A polícia está procurando por eles.

– Nenhuma relação com nosso pessoal?

– Não vejo nenhuma.

– A menos que Wolvie e os outros tenham sido transferidos para o corpo deles e conseguiram escapar.

Ororo olhou para ela.

– Scott e os outros estão agindo como se fossem mentalmente perturbados?

Jubileu deu uma longa olhada para Remy.

– Mentalmente perturbados? – ela disse. – Que tal Scott acusar Remy de fazer sexo comigo apenas porque nos viu juntos?

– Conversando – Remy esclareceu. – Juntos e conversando. E ele não nos acusou exatamente de fazer sexo.

Jubileu lançou um olhar para ele.

– Ele foi um pervertido completo, Remy.

Ororo cobriu a boca.

– Como ele pôde? Scott não é desses.

– Exatamente – Jubileu disse.

Ororo recostou-se, assustada. Remy disse:

– Outra coisa, Ororo. Nenhum dos que voltaram reabasteceu o jato.

– Quê?

– Não se preocupe – ele disse. – Eu reabasteci. Mas verifiquei os níveis e bati com aqueles numerinhos que Scott gosta de manter sobre quanto combustível queimamos, dependendo da distância. Não havia combustível suficiente no tanque, *chérie*. Nem de longe.

– O que você está tentando dizer, Remy? Eles foram para outro lugar primeiro?

Ele deu de ombros.

– Para mim, sim. A menos que alguém naquele avião tenha roubado um pouco de combustível ou esteja começando a gostar de bebê-lo.

– De qual distância do desvio de voo estamos falando?

– Pelo menos uns cento e sessenta quilômetros. Não é uma grande distância para o Blackbird, mas ainda assim queima combustível.

Ororo despencou para trás na poltrona. Aquilo estava cheirando muito mal.

– Olha só – Jubileu disse. – Ainda temos outro problema. Bobby e os outros não estão atendendo os celulares. Estou tentando falar com eles e tudo que consigo é sinal de ocupado. Bem, Bobby é um tagarela, mas mesmo assim. Vocês estão com o mesmo problema com o Professor, certo?

– Eu estive na sala de controle, mas não consegui encontrar nada errado.

– Também procurei pelo problema – Remy disse. – Fui a fundo também. Não tem nada de errado com o sistema, o que significa que uma fonte externa está causando o problema. Acho que estão usando um dos nossos misturadores de frequência.

"Misturador de frequência" era uma ferramenta útil que Hank McCoy inventou para essas missões em que a equipe queria ter certeza de que ninguém poderia ligar de um local específico. Supostamente embaralhava todos os dispositivos de comunicação, embora Ororo nunca tenha visto o aparelho sendo usado.

– Chequei o laboratório – Remy disse. – Não sei exatamente quantos misturadores Hank mantém por lá, mas havia um lugar vazio na prateleira. Pior ainda, devem ter encontrado uma maneira de se conectar com nossa rede particular de celulares, porque tentei fazer chamadas da cidade, de um telefone público, e não consegui nada além de sinal de ocupado.

Era um problema, pois todos os X-Men espalhados ainda em serviço confiavam totalmente naqueles celulares para mantê-los em contato com a escola. Não que alguém estivesse tentando, ou mesmo tivesse percebido que algo estava errado. Um sinal ocupado, se não fosse um caso de emergência, era apenas uma chateação.

– Cara – Jubileu murmurou, pela primeira vez parecendo preocupada. – Eles devem estar pensando que somos totalmente estúpidos para não notar que algo está errado. Isso, ou pensam que podem nos pegar.

– Não sei – Ororo disse, profundamente perturbada. – Estão mantendo distância de nós, exceto naquelas raras ocasiões quando Scott pensa que fiz algo fora do normal e vem verificar.

– Acho que Scott fez isso comigo e com Remy – Jubileu concluiu.

Ororo levantou-se e começou a andar de um lado para o outro. Ficar sentada era claustrofóbico, como se a escrivaninha diante dela prendesse suas pernas e as paredes, aquelas paredes de sua vida, fechando-se sobre seus ombros, sufocando-a.

– Tá certo – ela disse. – Então há algo errado com nossos colegas de equipe. Talvez eles tenham, ou não, sido... dominados. Quem quer que seja essa entidade, fez um belo trabalho para garantir que soubessem o suficiente para entrar aqui, pelo menos superficialmente.

– Talvez saibam mais que isso – Remy disse, solene. – Se conseguiram voar no Blackbird *e* encontrar... e mexer... num dos misturadores de Hank, então estamos com problemas de segurança: arquivos, contatos... o Cérebro.

– O Cérebro está legal – Jubileu disse, rosqueando a tampa do esmalte. Os adultos olharam para ela, esperando. Ela soprou as unhas.

Remy tossiu.

– *Ma petite*?

– Oi? Ah, bem, eu cuidei dele. Foi a primeira coisa que fiz. Porque, sabe, invasores de corpos e ampliadores psíquicos de longo alcance não são uma boa combinação.

Ororo teve dificuldade para falar.

– Você... cuidou dele?

– Sim. Vocês pensam que nunca aprendi nada enquanto acompanhava o Hank? Da última vez que ajustou o Cérebro, ele tagarelou por, tipo, *uma hora* sobre todos os diversos pontos fracos na fiação e na cápsula e como levaria no mínimo um mês para consertá-los. – Ela deu uma risadinha. – Rá! Vai levar mais tempo agora.

Remy estalou um beijo no alto da cabeça de Jubileu, que o empurrou. Ororo cobriu a boca com as mãos.

– Muito bom – ela disse. – Se bem que espero, de verdade, que possamos arrumar a bagunça que você deixou para trás.

– Parece igual por fora, e por dentro estão faltando apenas umas peças. Se esses curingas não sabem o suficiente para imitar direito o Wolvie, também não serão capazes de consertar o Cérebro.

– Se desejassem usá-lo. O objetivo deles pode ser bem diferente.

– Sim, sei lá. Só quis evitar problemas de verdade.

– Talvez eles já estejam lá, e simplesmente não consigam agir. Podem ouvir, mas só. Totalmente contidos.

Que era a possibilidade preferida, pois qualquer coisa a mais significaria que seus poderes estariam perdidos para sempre. As mentes, no fim das contas, não podiam ficar à deriva no vento e permanecer inteiras. Ao menos ela achava que não. Os X-Men, de vez em quando, desafiavam a lógica em sua capacidade de sobreviver a circunstâncias extraordinárias.

– E então? Vamos tentar derrubá-los?

– *Non* – Remy disse, com firmeza. – *Petite*, quero que fique longe de Wolverine por um tempo. Ao menos até entendermos isso tudo.

– Remy...

– Estou falando sério. – Ele olhou para Ororo. – Não há algum evento que supostamente deveríamos participar amanhã?

– Uma marcha pelos direitos dos mutantes em Nova York. Não acho que iremos.

– E Scott e os outros?

– Não sei ao certo, mas não saíram da Mansão desde que voltaram. Suponho que não sairão amanhã.

– Isso significa que, seja lá o que quiserem, está aqui.

– Então, vamos acabar com eles? – Jubileu perguntou.

Ororo hesitou.

– Eu gostaria de ter mais informações antes de fazer qualquer movimento para controlá-los. É possível que não haja necessidade de violência, que seja algo que possamos resolver através de negociação. Seja lá o que esse "algo" for. Ainda estou muito confusa com a situação.

– Não há muito para ficar confusa – Remy disse. – Temos um problema. Talvez não possamos defini-lo, mas ele existe, e ele se parece exatamente com os cinco mutantes mais poderosos do planeta.

– Acha que somos os próximos? – Jubileu perguntou. – Digo, não que eles venham atrás de mim, porque sou apenas uma criança. Mas... não quero me perder.

Ororo não conseguiu responder àquela pergunta. Remy, muito suavemente, disse:

– Acho que eles teriam feito isso se pudessem, *ma petite*. E sei que eu ainda sou eu. Tenho total confiança em vocês também.

Por ora, Ororo pensou.

Não havia mais nada a discutir. Remy e Jubileu saíram do escritório, possivelmente para continuar a investigação às escondidas. Ela ficou triste ao vê-los sair, preocupava-se com a segurança deles. Com a dela também. Era enlouquecedor não ser capaz de definir nada de concreto, uma ação específica que pudesse revelar que estava errada. Sim, o Blackbird não fora reabastecido, sim, os telefones estavam desligados – *todos* os telefones – e sim, o comportamento dos amigos estava... estranho. Ororo não podia mais se enganar. No fim das contas, estava usando um protetor psíquico e aplaudiu em silêncio a precaução de Jubileu ao quebrar o Cérebro. Ela evitava Scott e os outros da mesma forma que eles pareciam evitá-la. Todos eles, pisando em ovos, esperando que o outro lado não percebesse o quanto realmente sabiam.

O que, quando Ororo pensou sobre todos os homens e mulheres insanos com os quais já haviam lidado no passado, não parecia muito profissional,. A possessão era uma arte sutil, mas uma vez empregada, ou continuava sutil, incólume, ou seguia para o outro extremo: comportamento extremamente radical que gritava "está errado". Nenhuma das pontas estava presente nessa situação. Se os X-Men tivessem sido possuídos ou substituídos, estavam lidando com um amador, um que sabia apenas o suficiente para ser perigoso, mas de forma alguma era perfeito.

Por um momento ela pensou em seus alunos, se algum deles poderia estar abusando de seus poderes. As crianças estavam seguras em Nova York, numa excursão para encerrar a temporada de excursões, mas ainda estavam presentes quando os cinco membros da equipe partiram para Seattle – com a suspeita de que, seja lá o que aconteceu para alterá-los, tenha ocorrido durante aquela viagem.

Ororo apertou os olhos. Sua cabeça doía. Ar, ar fresco era o que ela precisava. Talvez uma caminhada a faria se sentir melhor, clarearia sua cabeça, traria inspiração.

Ela acionou o protetor psíquico, um dispositivo pequeno e grudento que Remy colou atrás de sua orelha. Conversaria com ele um dia desses sobre onde encontrara essas coisas. O protetor – juntamente com o resto de seus brinquedos – era avançado demais para estar em qualquer outro lugar que não com os militares ou em algum laboratório de pesquisa altamente especializado... e sem dúvida, mutantes de verdade tinham sido usados para testar o aparelhinho. Não que ela fosse deixar de usá-lo como protesto.

Sem as crianças por perto, a Mansão parecia assustadoramente quieta. Fora assim no passado, nos anos em que a escola admitia apenas poucos selecionados, quando era menos uma escola, e mais uma fachada para atividades clandestinas. Às vezes, Ororo sentia falta desses dias, mas não podia negar o prazer que tinha em criar a próxima geração para ser forte, educada e não ter medo de usar suas capacidades. Todos tinham potencial para a grandeza. Era simplesmente seu trabalho garantir que os jovens aos seus cuidados tirassem proveito dele, das melhores maneiras possíveis.

Ela percorreu os corredores vazios, incapaz de se livrar da sensação de ser observada, e saiu da casa para o sol brilhante, a grama verde, o zumbido de abelhas e o pairar dos beija-flores, zunindo através do jardim. Passou primeiro pelas hortas – um projeto da escola para ensinar às crianças o valor do alimento que comiam. Ororo, que crescera faminta num país onde a fome era comum, pensava ser importante que ninguém desse por garantido a fartura na qual viviam.

Claro que ela nunca fora obrigada a plantar seu jantar. O que precisava, roubava. O que era mais fácil e muito mais divertido. Mas não muito ético, e ela tentava dar um bom exemplo.

Passando a horta, ela entrou num labirinto imenso de caminhos de pedra e flores malcuidadas, explodindo com florescência fragrantes. Aqui e ali, Ororo parava para puxar a umidade do ar, gerando chuva localizada e brumas para ajudar aquelas plantas cujas folhas caíam, ou se curvavam, quebradiças pela sede. Estava bem concentrada nesse trabalho – além do prazer que sentia em se distrair –, quando percebeu um movimento com o canto dos olhos.

Cabelos ruivos reluzindo à luz do sol. Ororo acenou e a nuvem de chuva que pairava sobre as petúnias desapareceu. Ela seguiu Jean.

Não foi muito longe. Parou nos limites do jardim e observou quando Jean sentou-se num banco de pedra. As rosas de Ororo cresciam ali perto; suas rosas *Geminis* e *Red Rubies*, as *Blue Teas*, *Moonlight Maidens*, as *Bonny Bonnets* e as *Isle Stars*; antes adoráveis, agora decadentes, pétalas derrubadas na grama, pedúnculos flácidos como fios.

Suspeito, suspeito – todo seu problema começara com as rosas. Ororo estava quase convencida de que, se não tivessem começado a morrer, nada daquilo, seus problemas com os outros membros da equipe, teria acontecido. Os alunos ainda estariam ali, Jubileu estaria se metendo em encrencas totalmente diferentes, e a casa pareceria segura e normal.

Jean parecia não ter notado a presença de Ororo. Tinha um livro nas mãos, mas estava sentada longe demais para que o título fosse visto. Parecia, no mais, estar aproveitando o sol, a solidão tranquila. Ororo perguntou-se novamente se estaria exagerando na reação. Certamente, não era a atitude de alguém possuído ou tramando algo ruim.

E então, tão lentamente que mal se dera conta, percebeu as rosas agonizantes murchando ainda mais. Todas as suas rosas, aquela fileira enfraquecida e murcha, movendo-se como uma cortina de teatro, os botões e galhos baixando cada vez mais, as folhas enrugando-se com uma fragilidade apenas menor que a dos lábios carcomidos de uma múmia.

E lá, no centro daquela morte silenciosa, Jean estava sentada com seu livro e um pequeno sorriso no rosto.

• • • •

Muito tempo atrás, quando estavam vivos, os pais de Jubileu lhe disseram que cada pessoa no mundo tinha três coisas nas quais era boa. Três coisas totalmente suas, por menores que fossem, que ninguém podia fazer melhor. A mãe de Jubileu, por exemplo, fazia bolinhos insuperáveis, jogava majongue como uma rainha da jogatina e dava bronca no pai como ninguém. Jubileu sentia falta da mãe.

Jubileu, por outro lado, tinha uma lista rotativa de suas três melhores coisas – rotativa pois, caramba, tinha apenas quinze anos e aprendia novas coisas todos os dias. E além disso, três era um número muito limitante.

Naquele momento, a número um era roubo. Podia roubar como a Mulher Invisível – ainda bem que aquela garota tinha desaparecido. A número dois na sua lista era uma teimosia simplesmente louca. Quando queria algo, não havia força na Terra que podia fazê-la mudar de ideia – exceto, talvez, Wolvie –, o que a levava até a número três: era a única pessoa no mundo que conseguia se aproximar daquele homem quando ele começava a rosnar como louco e agia como um animal. Ira insana? Sem problema. Quarto Cavaleiro do Apocalipse? Bico.

Isso significava que Remy, por mais que gostasse dele, não sabia nada sobre ela e Wolverine, e não havia maneira, nem como, ela ficar longe dele se houvesse qualquer possibilidade de Wolvie ainda estar lá dentro, lutando para se libertar.

Ela conseguiria fazê-lo. Poderia alcançá-lo. Tentou não pensar em Scott. Sua força de convencimento, por mais que fosse forte e extraordinária, era limitada apenas a Wolvie, e até ela conseguir trazê-lo de volta, não podia arriscar que seu invasor – ou controlador – soubesse que ela o estava buscando. Tudo que podia fazer era estar presente, um ponto focal, e deixar seu amigo fazer o resto.

Contanto que ele estivesse lá, claro. Jubileu preferia a ideia de que estava. Não queria pensar na alternativa. A alternativa... doía demais.

Ela o encontrou na academia, que parecia ser seu novo lugar preferido.

– Oi – Jubileu disse, observando-o se admirar enquanto fazia uma série de exercícios de bíceps na frente do espelho.

– Ei – ele disse, sem nem mesmo olhá-la. Ela caminhou até o suporte de pesos e pegou um haltere de nove quilos. Sentou-se ao lado de Wolvie e começou a se exercitar. Ficou cansada após três levantamentos, e precisou erguer o peso com as duas mãos. Aquilo atraiu a atenção dele.

– Você é miudinha – ele disse, e sua voz parecia mais leve que o habitual. Sem grunhidos roucos, sem rugidos do fundo da garganta.

E chamou Jubileu de miudinha? Ela?

Corpo invadido, ela se lembrou, dando um suspiro profundo.

Ela sorriu e disse:

– Acho que preciso treinar mais. Bem, sou mais do tipo ginasta mesmo.

Ele olhou para ela.

– Sim, dá para ver. Você é bem magrinha, ideal para isso, eu acho. Mas eu achava que esse tipo de garota era dura como aço. Nove quilos não deviam ser problema.

– Usamos um tipo diferente de força – ela disse, destravando a mandíbula para que não quebrasse os dentes.

– Tanto faz – ele disse. – Quer me mostrar alguns movimentos?

Qualquer coisa para mantê-lo interessado. Ela tirou a jaqueta e foi até o tatame. Respirou fundo e executou uma série de saltos e mortais que fizeram o mundo girar, seu corpo parecia poder voar.

– Interessante – ele disse, aproximando-se. – Você parece rápida.

Toda aquela conversa estava errada. Se Jubileu já não estivesse convencida de que algo estava estranho com Logan, os últimos minutos teriam finalmente cimentado essa ideia na cabeça dela. Mesmo durante aqueles primeiros dias de contato, escondendo-se dos Carniceiros naquela base do deserto australiano, ele nunca a havia tratado com superioridade. Não daquele jeito.

Por um breve momento ela teve medo, mas afastou-o, sem querer cogitar a possibilidade de que mesmo o corpo daquele homem poderia ser usado para feri-la. Se Wolvie – o Wolvie dela – estivesse realmente ali, ele impediria. Impediria seu possessor, seu invasor, de machucá-la. Porque aquele era o tipo de homem que ele era. Logan movia céus e terras para ajudar seus amigos quando precisavam dele.

E, talvez, apenas talvez, era daquilo que ele precisava. Alguma motivação.

– Sou rápida mesmo – Jubileu disse. – Mais rápida que você.

– É mesmo? – Logan deu um risinho afetado. – Duvido.

– É? – Jubileu equilibrou-se na ponta dos pés. – Quer apostar? Digo, se lutarmos agora, eu acabo com você. Em grande estilo.

O sorrisinho sumiu.

– Acho que não, menina.

– Tá com medinho? Medinho de perder para alguém tão... miudinha?

A expressão dele mudou, e de repente, Jubileu teve certeza de que aquilo havia sido uma má ideia. Uma ideia do tipo "agora vou morrer". Mas ela não recuaria. Não quando Wolvie precisava dela.

E se ele não estivesse lá dentro?

Era exatamente o risco que ela teria que correr. Se fosse ao contrário, sabia que ele faria o mesmo por ela.

Não houve alerta, exceto naquele olhar de Logan, e foi bom que ela estivesse prestando atenção, pois quando ele saltou sobre ela com as garras a postos, precisou de toda a velocidade e agilidade do seu corpo para não ser apunhalada. Surpreendente, aquele golpe matador. Uma parte dela nunca esperou tal coisa.

Jubileu atingiu-o no rosto com uma série de explosões de plasma, mas ele desprezou os fogos de artifício e continuou avançando. Não havia nada de coordenado em seus movimentos – Logan, quando treinava, sempre jogava sujo para ensiná-la as melhores defesas –, mas aquele ali era pior, pois era conduzido apenas por algum ódio maluco, e ela não conseguia prever seus movimentos. Mesmo quando Logan ficava irado, sempre havia um padrão na maneira como ele lutava, uma graça brutal indefinível. Agora era um homem das cavernas raivoso, com espadas saindo dos nós dos dedos.

– Wolvie! – ela gritou, desviando por baixo do braço que se agitava violentamente. Ela lançou fogos de artifício no rosto dele, estouros de plasmas que explodiram e queimaram sua pele, mas não foi nada, nada mesmo, e gritou para ela e sua voz era diferente, mais aguda, um tom de mulher – o que era estranho, muito estranho – e ele foi para cima dela novamente, rápido, e ela tropeçou, distraída, porque ainda estava pensando naquela voz, ele a arranhou com suas garras, atravessando sua camisa, e ela sentiu o sangue depois da dor e, em seguida, ele estava sobre ela novamente, ela rolou, mas a pegou, virou-a para cima e sentou-se sobre ela.

Ela lançou uma explosão no rosto dele, mas não com todo a potência que tinha, porque ainda era o Wolvie e, embora estivesse realmente aterrorizada, não podia arriscar queimar a cara dele, não importava o quanto estivesse merecendo. Ele ignorou a explosão, partes dele vazando sangue e outros fluidos, e embainhou as garras para agarrar seus pulsos, prendendo-a ao chão.

– Tem algumas coisas que eu estou querendo testar com este corpo – ele sussurrou, espetando o rosto de Jubileu com sua baba. – Talvez eu comece com você.

– Wolvie? – ela murmurou, encarando aqueles olhos cheios de ódio, buscando algum sinal do homem que era como um pai para ela, a única pessoa no mundo para quem ela confiaria sua vida. Ela olhou, olhou, e pela primeira vez permitiu-se acreditar que ele não poderia estar lá.

E ele deu um soco no rosto da garota.

19

VAMPIRA, CLARO, ESTAVA EM SEU QUARTO. Remy não sabia por que continuava a procurá-la – provavelmente, ele pensou, pelo mesmo motivo que Jubileu permanecia fixada em Logan e seu dedinho sacrílego. Ele conhecia Vampira, importava-se com ela, e aquele comportamento – não importava se era trauma ou a personalidade de outra pessoa – o incomodava, pois era errado. Era errado de um jeito tão profundo que doía nele pensar naquilo, na sua Vampira, sua amiga, sua garota, desaparecida ou enterrada. E sim, com toda essa conversa de invasão de corpos, troca, substituição e perigo, parte dele queria acreditar que a mulher que abrira a porta para ele era a mesma, que eram apenas os outros que precisavam ser temidos, e que uma palavra gentil, algum tempo juntos, seriam suficientes para trazê-la de volta. Ele não conseguia evitar. Era um romântico.

Estava em pé, na soleira, olhando para o topo da cabeça de Vampira, e estendeu o braço para tocá-la. Ela se moveu, mas não olhou para ele.

– Como você está hoje, *chère*? Quer dar uma volta comigo? O céu está lindo, azulzinho, e vai ficar mais bonito ainda quando você estiver lá fora. As janelas não fazem justiça a ele.

Ela apenas ficou lá, de cabeça baixa, olhando para os próprios pés. Ou para os pés dele. Era difícil dizer. Ele olhou para suas botas, e elas estavam sujas, desgastadas pela idade e pela lama.

Ele sentiu um movimento no fim do corredor. Kurt, parando para se recostar à parede. Os braços cruzados sobre o peito. Algo em sua postura não estava muito correto, mas aquele era seu novo normal. Nada estava muito correto desde Seattle.

– Parece que você não consegue ficar longe – Kurt disse.

– Quando um homem precisa ficar longe da mulher que ama?

As palavras para ganhar uma mulher. Vampira finalmente olhou para ele – de forma momentânea, adorável – e um calor profundo espalhou-se pelo coração de Remy, doce como os olhos verdes e tímidos dela.

Kurt aproximou-se mais. Seus olhos amarelos brilhavam com uma luz fria e Remy, embora sorrisse, sentiu a adaga no coração, sua prontidão fria para lutar e vencer caso Kurt, aquele estranho no corpo do amigo, o provocasse.

Mas ele não o fez. Tudo que disse foi:

– Vampira, quer dar uma volta? – e Vampira hesitou. Kurt esticou a mão e, após um momento, ela a pegou e deixou-se ser levada do quarto, passando por Remy até o corredor. Kurt sorriu, como se dissesse: *"Ela ouve a mim, e não a você. E aí, o que vai fazer?*

Acho que vou passear.

– Essa é uma ideia adorável, *mon frère*. – Remy aproximou-se do outro braço de Vampira e o envolveu. Ele a sentiu tremer, mas ela não se afastou. Kurt parecia decepcionado, e Remy perguntou-se se alguém esquecera de informar ao teletransportador azul que Vampira era sua irmã e, portanto, alguns comportamentos para com ela pudessem ser muito inadequados.

Os três caminharam pelo corredor em silêncio, descendo as escadas até o saguão principal. Remy disse:

– Não tenho sentido muito cheiro de enxofre ultimamente. Está evitando?

Por um momento, Kurt pareceu confuso, e em seguida respondeu:

– Estou apenas mais afim de usar as pernas, é isso. – Seu sotaque era quase indiscernível e a voz era rouca, um contraste acentuado à costumeira fala suave. Remy quis rir. Kurt, querendo usar as pernas? Mesmo quando não se teletransportava, dava mortais no ar, atravessava corredores numa série de cambalhotas, o cara voava através da casa como se ela fosse uma tenda de circo, e ele a atração principal. Kurt podia parecer modesto, mas era mais atuação do que atitude.

Passaram o saguão e seguiram por outro corredor. Remy teria guiado Vampira para o ar livre, mas era claro que Kurt tinha outro destino em mente, e ele ficou contente em seguir e observar. Qualquer coisa que soubesse poderia ser útil – e logo. Não podia ver aquela situação continuando por muito tempo.

Quando chegaram perto da academia, uma estranha sensação o tomou. Premonição, talvez. Sentiu-se nauseado. O suor escorreu por suas costas e uma faixa fria e rígida envolveu seu coração.

Em seguida, ele ouviu algo. Um baque seco, como punhos batendo em carne.

Remy soltou o braço de Vampira e correu pelo corredor. Pegou as cartas nos bolsos, seu bastão retrátil, todas as coisas com os quais lutava, pois aquela sensação horrível era forte agora, entalada na garganta, e quando chegou à porta para entrar na academia foi pior do que podia imaginar, porque era algo que nunca tinha pensado ver, algo que não conseguia se fazer acreditar.

Wolverine estava espancando Jubileu até a morte. Ela tentava lutar, ainda se debatendo, mas os punhos dele eram fortes, rápidos e...

Remy não parou de correr. As cartas cortaram seus dedos, e ele as agitou, brilhantes e quentes, quentes e dispostas e furiosas, e quando Wolverine ergueu a cabeça com aqueles olhos malucos e o sangue manchando seu queixo, Remy voou para cima dele e enfiou aquelas cartas em sua boca.

Ele se lançou para trás, ainda em movimento, ainda voando, e agarrou Jubileu sem parar, segurando-a firme contra o corpo. Ela suspirou, "Wolvie", e em seguida as cartas explodiram. Remy caiu de joelhos quando a onda da explosão jogou-o para baixo. Ele olhou por cima do ombro. Não conseguia ver o rosto de Wolverine, mas suas mãos ainda se moviam.

Remy fez o mesmo. Ele se levantou. Kurt e Vampira bloqueavam a entrada da academia. A expressão de Vampira era de horror, mas ele não sabia se era por Wolverine ou por Jubileu. Kurt não mostrava qualquer sentimento.

Erguendo Jubileu nos braços, Remy pegou mais cartas no bolso. Ergueu-as para Kurt e Vampira vê-las e, na sua mente, disse: *Se tentarem me impedir eu mato vocês, explodo sua cabeça e ateio fogo, e vai ser tão bom,* e ele sentiu aqueles pensamentos penetrarem seu olhar, seu caminhar, a linha que formava sua boca.

Pensou que eles os deixariam passar, mas Kurt agarrou seu braço, e Remy girou com as cartas queimando entre os dedos e as jogou em Kurt – através de Kurt, pois ele se teletransportou numa nuvem de fumaça –, e a academia sacudiu de novo com a explosão que fez Vampira se agachar no chão com as mãos cobrindo a cabeça, tremendo. Remy partiu para o corredor, apertando Jubileu bem forte contra o seu corpo. Ouviu um estalo no ar, um movimento de algo frio contra o seu pescoço, e virou a tempo de ver Kurt ricochetear na parede acima dele.

Remy desviou, mal conseguindo evitar um conjunto de unhas que rasgaram o ar perto de sua bochecha. Kurt disse:

– Vamos lá, vamos brincar agora – e sua voz era diferente, mais alta, sem qualquer traço do sotaque alemão. Jubileu virou-se nos braços de Remy e, um momento depois, Kurt gritou. Remy olhou sobre o ombro, ainda correndo, e viu uma nuvem reluzente de plasma atravessando as roupas de Kurt, queimando sua pele.

Remy chegou à enfermaria e bateu no interfone, gritando para Ororo encontrá-lo no laboratório.

Ele deixou Jubileu numa maca, e os olhos vermelhos dela estavam abertos, conscientes, extremamente horrorizados. Escoriações desfiguravam seu rosto inchado, enquanto seus lábios pareciam um grande corte. Ele achou que seu nariz talvez estivesse quebrado.

– Ele não está lá – Jubileu suspirou, e o reflexo do coração partido em seus olhos o fez querer voltar e matar o desgraçado. – Remy, ele não está lá dentro.

– *Ma petite* – ele começou a falar, mas ela sacudiu a cabeça.

– Não. Ele teria parado se estivesse lá dentro. Wolvie teria parado. Nunca me machucaria. *Nunca.* – Lágrimas rolavam de seus olhos e Remy as limpou com um toque leve.

– *Jamais* – ele tranquilizou. – Você tem razão. Wolverine nunca te machucaria, *ma petite*. Nunca.

– Tem certeza disso? – disse uma nova voz. Scott. Remy rosnou, girando nos calcanhares, afastando-se de Jubileu o mais rápido possível pois Scott estava com as mãos no visor, e um facho de luz vermelha saiu de seus olhos, abrindo um buraco na parede atrás de onde Remy estava apenas segundos antes.

Cartas faiscavam quentes entre seus dedos e ele as lançou com tudo para cima de Scott, que desviou saindo para o corredor enquanto explosões sacudiam as paredes e o chão. Remy cambaleou, tentando se equilibrar, em seguida correu até a porta, agarrando um lençol da ponta de uma e amarrando-o bem forte no peito, enterrando as mãos no algodão e sentindo-a queimar com o poder. Ele lutou para segurá-la, reter a energia contida e sentiu o gosto do sangue na boca, pois havia mordido o lábio.

Entrou no corredor e viu Scott estendido no chão, tentando levantar-se. Remy sorriu e correu para cima de Scott, jogando o lençol sobre o corpo dele enquanto passava, e sabia o momento em que ele deveria explodir, sabia como conhecia as batidas de seu coração, mas quando ouviu o rugido final, o trovão, o som foi abafado e o ar não estremeceu. Ele se virou e viu Jean na ponta do corredor, as mãos estendidas, o rosto retorcido pela concentração. Scott ainda era um só pedaço – inconsciente, talvez – mas pedaços tostados de cinza, os restos do lençol, flutuavam sobre ele como neve escura.

– *Merde* – Remy disse, e o rosto de Jean relaxou num sorriso. Sentiu-se agarrado por uma mão – a mão dela, se flexionando – e ele bateu com força na parede. Várias e várias vezes, e ouviu a voz fraca de Jubileu chamar seu nome. Jean riu, e ele olhou para ela através de uma névoa de dor, olhou e viu seus cabelos começarem a levantar. Remy sentiu a eletricidade juntar-se no ar.

Obrigado, ele pensou no exato momento em que um raio queimou o chão perto dos pés de Jean. Remy caiu no chão. E Jean também, despencando de joelhos. Ele viu Ororo aparecer atrás dela. Segurava um pedaço do assoalho arrancado, e bateu com tudo sobre a cabeça de Jean.

– *Timing* perfeito – Remy lhe disse, caminhando até o corpo imóvel de Scott.

– Também achei – ela falou, e correu para dentro da enfermaria.

• • • •

Ororo encontrou uma zona de guerra, mas nada foi pior do que o primeiro momento em que viu Jubileu.

– Pela deusa – ela murmurou, olhando para o rosto arruinado da garota. – Remy, quem fez isso?

– Wolverine – ele disse, amargo.

– Não – Jubileu sussurrou.

– Seu impostor – Remy corrigiu-se. – O impostor fez isso.

– Vou ficar bem – Jubileu disse, fraca. – Sério. Isso só... parece feio. – Ela hesitou. – Está feio?

– Distintivos de guerra – Remy disse gentilmente.

– Ai – ela suspirou. – Isso é ruim.

– Estou surpresa que ainda esteja consciente – Ororo disse, lutando para se controlar. O trovão sacudiu a sala, acompanhado por um vento frio que a fez estremecer em antecipação. O poder exalava de sua pele; ela sabia como seus olhos estariam se tivesse um espelho. Estava pronta – mais que pronta – e queria lutar. Viu os olhos de Gambit e soube que ele sentia o mesmo.

Mas primeiro, ela precisava lembrar-se de Jubileu. Tinha de se concentrar no mais importante. Tudo o mais era perfumaria. Ororo correu até o balcão onde Hank mantinha seus dispositivos médicos mais avançados, alguns dos quais foram emprestadas da Shi'ar. Em termos de eficiência, não havia nada que se comparasse à tecnologia alienígena.

– Ainda estou consciente porque sou durona – Jubileu disse, embora Ororo notasse um tom levemente confuso em suas palavras. Achou que Jubileu talvez tivesse uma concussão.

– Sim, você é bem durona – Ororo disse numa voz mais gentil do que seus sentimentos. – É um dos seus muitos talentos notáveis.

Ororo deu várias injeções de remédios que Hank sempre usava naqueles X-Men que haviam entrado em brigas feias com adversários maiores e mais durões que eles. Tocou a mão de Jubileu e disse:

– Descanse. Amanhã você se sentirá muito melhor.

– E quanto aos outros? – ela perguntou. – E *ele*?

Ela não conseguia dizer seu nome. Remy engoliu seco. Ororo disse:

– Eles estão acabados, Jubileu. Por ora, estão acabados. Eu prometo. Não vou permitir que isso continue, não importa que corpos usem.

– Durona – disse uma voz familiar. Ororo e Remy viraram-se. Scott estava recostado na entrada. Remy ergueu um leque de cartas.

– Não se mexa – ele disse. – Acabou, Scott. Ou quem quer que seja.

– Não sabe quem sou? Pensei que o rosto deixasse óbvio. – Scott sorriu, com frieza. Olhou para Jubileu. – Está doendo muito?

– Vai pro inferno – Jubileu retrucou antes que qualquer um deles pudesse responder. Sua mandíbula estava melhorando; dez minutos antes, ela não conseguiria falar.

– Não ouviu o que ela disse? – Remy acrescentou.

Scott continuou a sorrir, e era estranho como sua expressão não mudava. Artificial, como se tivesse sido colada no seu rosto e ele não conseguisse mover a boca até receber permissão. Seus olhos certamente não refletiam aquele sorriso rígido. Seus olhos estavam escuros com fúria, com ódio, e Ororo percebeu que aquele contorno preciso de raiva era algo que já vira por um bom tempo, no rosto de todos. Mas sutil. Domado.

Ela ouviu o movimento no corredor atrás de Scott, e Jean apareceu: fria, rosto sério. Sangue pingava da lateral de sua cabeça. Os cabelos de Ororo moveram-se, e ela sabia que não era seu poder, mas Jean provocando-a, jogando sem humor. Kurt chegou, seguido por Vampira, e finalmente, como ela sabia que aconteceria e temia, Logan entrou na enfermaria. Grande parte do seu rosto havia sumido, mas as partes que permaneciam estavam se recompondo diante dos seus olhos. Seu crânio reluzia atrás de um brilho claro de sangue.

Ele não olhou para Jubileu, o que Ororo achou estranho. Não podia considerar aquilo como sinal de arrependimento; em vez disso, quase uma punição.

Jubileu tentou sentar-se quando Logan entrou no recinto, mas Remy pousou a mão em seu ombro, apertando gentilmente. Ela não relaxou. Seus olhos, pelo pouco que Ororo conseguia ver deles no rosto inchado, estavam apavorados.

– O que está havendo aqui? – Ororo perguntou, preparando-se para a batalha. Endireitou o corpo, invocando a deusa dentro dela como escudo e arma. Olhou no rosto daqueles que deveriam ser seus amigos e disse: – Por que vocês se transformaram em estranhos? Inimigos? Quem são vocês?

– Não entendo essas perguntas – Scott disse. – Por que está nos perguntando essas coisas?

– Porque vocês não são quem dizem que são – ela sussurrou, e sua voz baixa era apenas a calmaria, o prelúdio de algo maior, devastador. Remy a conhecia bem; ele se aproximou de Jubileu.

– Talvez *nós* não saibamos quem somos – Jean disse. – Talvez estejamos apenas confusos.

– E talvez eu esteja cansada de jogos – Ororo disse, e abriu mão do controle, derrubando as muralhas fortes que continham suas emoções, aquelas emoções mortais que eram a fonte do seu dom, que lhe dava poder. Sentir demais era algo mortífero – como agora, como seu ódio – e não havia escalada, não havia brisa, mas um golpe de furacão que lançou os homens e as mulheres que estavam diante dela contra a parede. O granizo cortou o rosto deles, arrancando sangue.

Ela esperava que eles revidassem, avançassem com desejo visceral, mas não fizeram nada. Estavam estendidos contra a parede como bonecos, permitindo que Ororo os punisse. Não fazia sentido.

– Ororo – Remy disse. – Alivie. Tem algo de errado aqui.

Ela não queria aliviar.

– Eles precisam ser punidos, Remy. Por Jubileu, pelo menos.

– Tempestade – disse a garota, mas foi interrompida por uma nova voz, uma voz profunda, uma que soava clara como um sino, mesmo com o uivar do vento.

– Sim – disse a voz. – Sim, essa era a minha ideia também, pela performance pífia deles.

Tempestade interrompeu os ventos. Os impostores estavam empilhados no chão, como marionetes que tiveram seus fios cortados. Caminhando por entre eles, um homem passou pela entrada. Era alto e elegante, com olhos castanhos penetrantes e mãos fortes. Talvez fosse bonito se não fosse a coloração doentia de sua pele, a magreza de suas bochechas. Parecia cansado, mas além disso, mais profundamente, ela via uma determinação férrea.

– Quem é você? – Ororo perguntou. – Como entrou nesta escola sem os alarmes soarem?

Ele sorriu.

– Meu nome, senhorita Monroe, é Jonas Maguire. Consegui entrar aqui porque fui convidado.

– Por eles – Remy disse, apontando para o grupo que estava caído no chão.

– Sim – ele confirmou. – Suponho que se importe muito com isso.

– *Oui* – Remy respondeu com raiva.

– E se eu disser que sou um mutante? Faria diferença?

– Na verdade, não – Ororo disse. – O que fez com nossos amigos? Nosso amigos de verdade?

– Ainda estão vivos, embora sem dúvida desconfortáveis se não conseguiram escapar do lugar onde os coloquei. Outra escola especial para jovens superdotados. – Ele sorriu. – Eu mesmo fui professor lá, embora essa não fosse a descrição do meu trabalho. Depois de observar o que vocês fazem aqui, parte de mim espera que seus amigos escapem. Acho que seria bacana para aqueles cinco voltarem e verem o lar do qual nunca mais poderão fazer parte.

– Então, eles estão vivos – ela arfou. – Você roubou seus corpos, não é? Por quê? Qual é a razão desse ardil, ainda por cima armado de forma tão pobre? – Ela queria atacá-lo, lançar raios naqueles olhos, mas de repente não conseguiu se mover, e seus poderes se recusavam a responder. O protetor psíquico já era.

– Armado de forma pobre? – Ele parecia se divertir. – E eu me esforcei tanto. Ah, bem. Não me importo muito com a execução, desde que eu o trabalho seja feito. E acho que o farei. De fato, acho que serei capaz de fazê-lo. – Ele ergueu o jornal e Ororo viu a notícia da primeira página, uma discussão sobre a marcha pelos direitos dos mutantes. – Eu esperava que os X-Men pudessem participar. De qualquer forma, não teria importado, mas isso é oficial. Significa que a imprensa e o público estarão prestando muita atenção em todos vocês.

Jonas sorriu.

– Talvez eu não devesse ter me revelado assim. Achei que poderia esperar. Já esperei tanto. Achei, no entanto, que a charada duraria um pouco mais. Pensei que, apesar de suas desconfianças, vocês se fingiriam de tolos para ver o que podia estar de errado com seus colegas, seus *amigos*. Pensei que poderia fazer todas essas coisas para saber mais de vocês, mas não previ a reação do *meu* Wolverine à garota.

– Se isso te consola – ele se dirigiu a Jubileu –, fiz o meu melhor para controlá-la, mas ela foi longe demais. Seu temperamento é bem violento. Peço desculpas.

– Quê? – Jubileu perguntou, franzindo o cenho.

– Preciso ir – ele disse. – Farei todos vocês dormirem agora. Faria mais... há algumas pessoas adoráveis nas quais vocês caberiam bem, mas meus recursos são limitados. Este é o jogo de malabarismo mais sofisticado que já fiz, um grande feito de manipulação de fantoches.

A lassidão tomou conta da mente de Ororo, de seu corpo, e ela lutou para tirar qualquer coisa, inclusive sua mente, daqueles pensamentos pesados. Os protetores psíquicos não valiam de nada. Jubileu já parecia inconsciente quando Remy caiu de joelho no chão. Seus olhos estavam semicerrados e Ororo achou que ela também não conseguiria manter os olhos abertos. Mas ela viu o bastante. Viu os cinco X-Men caídos finalmente se moverem, erguendo-se, esfregando a cabeça e os olhos como se tivessem acordado de um sono profundo. Jonas não olhou para eles. Encarava apenas Ororo, e seu olhar era selvagem e sombrio.

– Desculpe pelas rosas – ele disse –, mas meu garoto, sua Jean, precisa praticar algumas habilidades.

– O que você quer de nós? – Ororo perguntou, suas palavras embaralhadas.

Ela o ouviu dizer:

– Nada. Não quero nada de vocês. E em seguida, ele deu um tapinha na bochecha dela e lhe disse para dormir. Seus olhos reviraram-se até se fechar.

• • • •

Chegaram em casa após uma noite dirigindo incansavelmente, apertados num carro roubado em Minneapolis, que era um lixo por fora, mas tinha uma beleza de motor que fez Logan considerar manter o bom e velho Bess quando voltassem à Mansão. Não era certo, claro, mas a vida lhe pregara tantas peças que ele pensou que seu carma devia realmente ser uma droga. Poderia muito bem encaixar outro na montanha-russa que era sua vida.

Quanto mais perto chegavam do estado de Nova York, mas silenciosos ficavam. Nervosismo, medo do desconhecido, nenhuma certeza quanto à recepção que teriam. Droga, talvez não conseguissem passar pelos portões principais, mas aquela não seria a pior parte. Se acontecesse, Logan planejava se acorrentar às grades do portão e esperar o Professor voltar para casa ou alguém ligar para outro telepata. Uma boa varrida mental poderia desfazer o truque. Não haveria ninguém capaz de confundir sua mente com a de outra pessoa.

Esse era o lado positivo de seus pensamentos, aqueles que levavam a um bom resultado. O outro lado, o lado mais sombrio, preocupava-se com a Mansão que eles conheciam, se ela teria sido destruída, se todos seus amigos estariam feridos ou mortos e se os X-Men, como um time, um símbolo, nunca mais existiriam. Todo aquele trabalho, todos aqueles sonhos indo por água abaixo por um motivo que ninguém ainda conseguia sacar qual era.

Novamente ele pensou sobre a possibilidade de ter que passar o resto da vida como mulher. A perspectiva ainda não o atraía. Andar por aí na pele de outra pessoa era um exercício supervalorizado, especialmente se o único objetivo era formar um caráter equilibrado. Ele tinha caráter de sobra, muito obrigado. Não precisava de mais.

E então, na quinta manhã de seu pseudocativeiro, Scott entrou pelos portões da casa. Estavam abertos, o que era um pouco estranho, mas eles foram em frente e seguiram pelo sinuoso caminho até a casa. Tudo estava muito quieto.

– Onde estão as crianças? – Jean perguntou, e todos tiveram o mesmo pensamento terrível, que um deles, todos eles talvez, com seus corpos, impingiram um mal terrível contra os jovens.

Contudo, a escola ainda estava em pé e Logan não viu nenhum sinal discernível de combate. Exceto pelas rosas mortas que, se lembrava direito, estavam muito vivas no dia de sua partida, nada parecia fora do lugar. A porta principal, no entanto, estava destrancada.

– Estou preocupado – Kurt disse.

– Sim – Scott concordou, e eles entraram na casa. O sistema de segurança estava desligado, e Scott digitou o código, restabelecendo os alarmes. Um alerta para, no mínimo, terem tempo de se preparar. Ainda que, na opinião profissional de Logan, se eles fossem forçados a lutar contra si mesmos, – o que parecia provável, em algum momento –, preparação não os ajudaria em nada. Apenas a sorte, apenas a determinação. Esse era o tipo de coisa que mantinha um homem vivo durante tempos difíceis, e mesmo estando em casa, Logan não acreditava que a vida deles estava prestes a ficar mais tranquila.

De fato, quanto mais caminhavam pela Mansão, mergulhando no silêncio inquietante, na falta infinita de "presença" familiar ou algo do tipo, mais preparavam-se para algo realmente terrível, o tipo de coisa que criaria outra data importante, o tipo de data que exige flores num túmulo para marcar a passagem de outro ano sem um amigo querido ou amor. Logan já estava cheio dessas datas. Ele nunca esquecia.

– É como se todo mundo tivesse feito as malas e ido embora – Vampira disse.

– Espero que tenha sido isso mesmo – Logan murmurou, e ignorou os olhares de reprovação que os amigos lhe lançaram.

O primeiro lugar que encontraram que indicava algum tipo de problema foi a academia, e ali havia duas pistas que fizeram a boca de Logan secar e seu estômago doer: uma jaqueta amarela e um ponto distante que estava coberto de sangue e pedaços de carne.

Ele não esperou pelos outros. Segurando a jaqueta próxima ao peito, ele partiu pelo corredor na direção da enfermaria e, quando entrou, viu quem estava deitada na cama com a aparência de morte recente, quem estava no chão ao lado da cama e que não pareciam estar muito melhores, um grito alto escapou de sua garganta.

Uma camada fina de água cobria todo o assoalho da enfermaria. Ele escorregou quando entrou, caindo com tudo, mas engatinhou a última parte do caminho. Um olhar rápido mostrou que Ororo e Remy ainda respiravam, apesar de que as expressões nos rostos pareciam registrar o problema que os abateu. Ele tentou chacoalhá-los, mas eles não reagiam. Dormiam com uma profundidade anormal.

Logan passou pelos corpos e sentou-se, hesitante, na ponta da cama de Jubileu. Era difícil para ele ver seu rosto inchado, espancado, e imaginou como devia ter sido cada golpe que deixou aquelas marcas. O agressor fora violento, brutal e implacável. E também era alguém que Jubileu conhecia, pois a garota era boa demais para ser derrubada por alguém que não fosse um amigo, alguém que ela ficaria relutante em machucar demais.

Logan olhou para suas mãos, suaves, macias e femininas. Teve um pressentimento ruim quanto à pessoa que machucara Jubileu. Muito ruim.

– O que aconteceu aqui? – Jean perguntou, inclinando-se sobre o ombro dele para ver Jubileu melhor. – Meu Deus. Foi algum de nós que fez isso com ela?

Logan não disse nada, e Jean lhe lançou um olhar sério.

– Logan?

Ele sacudiu a cabeça, ainda incapaz de expressar seu medo, sua certeza. Talvez estivesse errado, mas duvidava. Tinha instinto para coisas como aquela. Sabia como era o trabalho de suas mãos. Jean apertou seu ombro.

Scott e Kurt agacharam-se ao lado de Ororo. Kurt segurava um pequeno copo d'água.

– Não sei o que fazer – ele disse.

– A menos que queira ser violento, use água.

Ele fez. Ororo mexeu-se. Kurt pousou a cabeça dela no colo e, gentilmente, acariciou seus cabelos para trás, murmurando bobagens em alemão. Lentamente, Ororo abriu os olhos...

... e ficou paralisada.

– Quem é você? – ela perguntou. Sua voz parecia rouca, inadequada. Kurt sorriu, ainda mais gentil.

– Fiquei muito tempo fora, Tempestade. Talvez não seja mais azul, talvez não seja mais bonito, mas como não conseguiu reconhecer a luz cintilante dos meus olhos? Os olhos não mudam, *meine schöne Frau*.

Ororo piscou.

– Kurt?

– O primeiro e único.

Ela esticou a mão e tocou seu rosto com cuidado. Tirou os olhos dele para encarar os outros. Ela deu um suspiro profundo, trêmulo.

– Esses últimos dias foram difíceis sem vocês cinco – ela sussurrou.

– Os nossos corpos estiveram aqui? Onde estão as crianças?

– As crianças estão bem, exceto por... Jubileu. E sim, seus invasores estiveram aqui. Vocês precisam ir atrás deles. Não sei quanto tempo fiquei inconsciente, mas o homem que estava controlando seus pares mencionou a marcha pelo direitos dos mutantes. Ele vai para lá. Acho que planeja fazer com que seus impostores façam algo que vai nos prejudicar. – Ela tentou se levantar, e Kurt aconchegou-a ao peito. – Ele é um telepata. Seu nome é...

– ... Jonas Maguire. – Scott disse. – Sim, nós sabemos.

– Tenho uma coisa a acertar com ele – Logan grunhiu. – Talvez algumas coisas.

– Logan? – ela disse, surpresa. – É você?

– Quê? Consegue ver a semelhança?

Ela apertou os olhos e Logan lhe ofereceu um breve sorriso antes que voltasse a atenção para Jubileu. Sentiu o pulso da menina e notou que ela queria dizer alguma coisa. Não perguntou. Não a deixaria.

Vampira disse:

– Remy não acorda.

– Não temos tempo para esperá-lo – Ororo disse. – Precisamos ir para a cidade e impedir Maguire.

Scott olhou para o relógio.

– Já passou das dez e meia. A marcha não começaria às onze?

– Sim, eu... – Ela parou de falar. – Não consigo me mexer.

– Sua espinha... – Kurt começou, mas Ororo balançou a cabeça.

– Não, ele fez algo comigo. Meu corpo não me obedece. – As lágrimas lhe escorreram dos olhos. – Vocês precisam de ajuda.

Kurt balançou a cabeça e abraçou-a rapidamente.

– Como você disse, não temos tempo. Ficaremos bem.

Logan concordou. Iriam ficar bem porque estavam furiosos demais para ser diferente. Maguire viraria picadinho.

Além disso, seria a saideira. Os cinco terminando o que haviam começado.

Logan achava que não seria uma maneira tão ruim de morrer.

20

ERA BOM ESTAR NUM VEÍCULO adquirido de outra forma que não fosse pelo dinheiro frio e implacável. Jean, embora sentisse falta da viagem de trem, não quis se lembrar daqueles momentos de roubo veicular com o tipo de ternura que a levaria a repetir o feito. Também preferia voar a dirigir.

– Seus pensamentos são dramáticos, não? – Scott lhe disse quando ela tomou assento ao lado dele nos controles do mini-jato.

– Estou pensando grande – ela falou. – Épico.

– Isso é bom – ele disse. – Vamos precisar de algo épico para sair dessa encrenca inteiros e intactos.

– Pessimi... – Ela parou, sentindo aqueles dedos no cérebro, ágeis e cheios de calor. Tão familiares, tão...

Jean fechou os olhos. Scott falou o nome dela várias vezes, e ela perdeu a conexão do som de sua voz. Os dedos desapareceram. Tão perto... ela chegou tão perto de descobrir o que estava em sua cabeça.

– O que foi? – ele perguntou, e parecia tão preocupado que ela não conseguiu ficar brava com ele por interromper sua concentração. Não podiam ler a mente um do outro mais, uma perda que Jean pensou que tinham superado durante a jornada. Grande parte da vida ela confiou muito na mente e não nas palavras, sem prestar atenção nas sutilezas de uma expressão ou na qualidade clara de um olhar. Não mais. Mesmo se de alguma forma conseguisse recuperar seu corpo, não se deixaria esquecer.

Entraram na cidade e Scott acionou o modo de invisibilidade. Encontraram a marcha pelos direitos dos mutantes sem muita dificuldade. Havia quase um ano que trabalhavam nela, planejada por uma coalisão de pessoas cujo único laço era a crença na coexistência pacífica e respeitosa entre mutantes e seres humanos, cada lado ajudando ao outro da melhor forma possível. Era um objetivo que Charles Xavier apoiava com todo o empenho, e os X-Men concordaram em estar presentes no evento, como segurança e exemplo.

– Esse foi o motivo do roubo dos nossos corpos? – Vampira pensou alto. – Apenas um meio de destruir nossa reputação?

– Não será apenas nossa reputação. Se os X-Men forem vistos enlouquecendo, isso refletirá de modo ruim em todos os mutantes, inclusive Maguire. – Scott franziu a testa. – Algo me diz que ele não se importa.

– Acho que prejudicamos muito esse cara – Logan falou em voz baixa. Estava com o ursinho no colo e olhava para ele com a mesma intensidade que geralmente reservava para uma cerveja especial, para o Super Bowl ou para uma bela mulher. Jean sorriu. Havia visto o ursinho várias vezes durante a viagem; Logan às vezes tirava-o da bolsa para olhá-lo e sacudi-lo. Jean achou que ele e o ursinho tinham desenvolvido uma linguagem especial; o bichinho lhe falava coisas sobre Maguire que não dizia para mais ninguém.

O sol desapareceu atrás das nuvens e o ar que entrava pelos respiradouros tinha um cheiro forte, como de chuva. Jean fechou os olhos, aspirando aquele aroma. Invocou todas as forças que lhe restavam, tudo que precisaria para lutar, e imaginou-se dividindo aquela força com os amigos. As possibilidades estavam contra eles. Eram apenas seres humanos agora, fora de forma e exaustos – enquanto seus corpos reais, aqueles nos quais haviam nascido, tinham dons e estavam no auge da forma. Jean sabia por que Ororo estava preocupada com eles, mas também sabia que era o trabalho deles, deveriam cumpri-lo ou morrer.

Vamos morrer, ela pensou, mas por algum motivo a ideia não a apavorava. Os últimos dias tranquilizaram sua alma de uma forma que ainda não conseguia explicar – simplesmente sabia do que era feita agora, e embora seus infortúnios não tivessem sido tão grandes quanto pensou que seriam, não era o conflito ou a luta que fazia com que se sentisse tão tranquila por dentro. Era viver como um ser humano, estar com seus amigos e ver o quanto podiam chegar longe com tão pouco, percebendo que na vida, eles e seu marido eram tudo de que precisava.

E mesmo se não tivesse os outros, tinha a si mesma. A si mesma, despida de tudo o mais, sem a distração do poder, a ponto de conseguir ver seu espírito claramente. Era um sentimento bom esse autoconhecimento. Fazia com que ela se sentisse forte.

O coração do centro da cidade entrou em seu campo de visão, e Scott conduzia o mini-jato como um carro esporte, fazendo curvas ao redor dos prédios a velocidades alucinantes que a teriam deixado enjoada caso não estivesse tão concentrada em encontrar seus raptores.

– Lá – Logan disse. – Lá embaixo, naquele telhado.

Jean olhou e viu seis figuras em pé na beirada do telhado de um prédio de escritórios, olhando para o centro da marcha. Ela não sabia por que estavam lá, em vez de lá embaixo com os outros participantes, mas aquilo facilitava as coisas. Jean preferia lutar longe dos olhos do público. Do contrário, muitas pessoas poderiam se machucar.

Logan disse:

– Vamos lá, Zarolho. O que estamos esperando?

– Nada – ele disse, e deu um sorrisinho para Jean que ainda conseguia aquecer seu coração. – Estamos indo. Pessoal, segure firme.

Ela gostou do alerta. Um momento depois, o mini-jato mergulhou na direção da terra, passando diante do nariz dos X-Men impostores e de seu domador, estapeando o rosto deles com o vento de popa. Kurt abriu um sorriso.

– Vou gostar disso – ele disse –, mesmo se for a última coisa que eu fizer.

– Talvez seja – Logan comentou, mas estava sorrindo também, e Jean sabia que seus planos envolviam uma punição poderosa para si mesmo – ou melhor, para o seu impostor. Jean não sabia como resolver o paradoxo de ferir o próprio corpo como castigo pelos crimes que outros cometiam enquanto os usavam. Era como ferir a si – literalmente – e se algum dia fossem transferidos de volta para seus corpos...

Isso não importa agora. A única coisa que importa é impedir que essas pessoas machuquem inocentes, impedir que arruínem os X-Men com suas ações. Havia mais em jogo que sua vida. É preciso fazer o que deve ser feito e não olhar para trás.

O mini-jato chacoalhou, oscilando loucamente. Scott murmurou:

– É isso. Venham atrás da gente, seus idiotas arrogantes. Venham!

De novo, aquela agitação forte, uma turbulência tão pesada que Jean pensou que o jato poderia partir ao meio. Era ela, pensou. Ela mesma, Jean Grey, usando a telecinesia para destruí-los. Mas seu método era desajeitado; Jean sentia a falta de um foco real. Apenas uma tentativa generalizada que lembrava quando havia começado a usar seus poderes de verdade e encontrou em sua mente uma ferramenta canhestra e de difícil controle.

– Eles não sabem como usar nossos poderes – ela disse, espantada, enquanto Scott lutava para encontrar um lugar para aterrissar no telhado. – Têm um conhecimento superficial, mas estão aprendendo na prática.

– Tem certeza? – Scott perguntou.

– Sim – Jean respondeu. – Do contrário, eu já teria desintegrado este jato.

– Já vi o bastante – Logan disse. – Aterrisse essa coisa, Caolho. Vamos acabar com isso.

• • • •

Scott aterrissou no telhado, a menos de cem metros de onde seus corpos estavam, sua atenção ficou temporariamente fora da parada. Era uma área ruim para travar a batalha, mas Scott não queria assumir o risco de tentar atraí-los para longe, apenas para que os impostores ficassem para trás e continuassem seu plano de desonrar a equipe real.

Claro, se esses homens e mulheres fossem tão incapazes quanto Jean pensou que fossem, o pequeno espaço de batalha funcionaria a seu favor. Os X-Men reais eram uma equipe de amigos, uma família, e trabalhavam como tal. Maguire deve ter passado o ano inteiro preparando seus pacientes para deixá-los mais maleáveis para o tempo que passariam dentro dos outros corpos, mas Scott duvidava que ele lhes ensinara outras habilidades. Ele duvidava que ele lhes ensinara confiança.

Confiança, que podia apenas ser aprendida através de experiências duras, sofrimentos e alegrias partilhadas – coisas que serviam para fortalecer o laço entre seus companheiros de equipe, transformá-los em algo mais que seus membros em separado.

Logan saiu primeiro com o ursinho na mão. Vampira seguiu-o de perto com Kurt ao seu lado. Jean saiu em seguida, mas Scott pegou sua mão antes que ela saísse do jato e puxou-a para um beijo longo.

– Vamos repetir esse beijo quando isso acabar – ele disse.

Jean sorriu, acariciando o pescoço de Scott.

– Faremos mais que isso – ela prometeu.

O ar estava frio e úmido; ventos fortes castigavam seus corpos, rajadas que ameaçavam girar o pequeno corpo de Scott. Ele encarou os adversários. Engraçado, tinha lutado com essas pessoas mais de uma vez nas simulações da Sala de Perigo – e na pele delas – e embora acreditasse conhecer suas fraquezas e como explorá-las, sentia como se todos aqueles exercícios tivessem sido em vão, porque as mentes dentro dos corpos eram diferentes, e a psicologia daqueles homens e mulheres eram ainda mais distintas que o normal.

Ororo dissera que Maguire era telepata. Um telepata de força notável, pois teve a capacidade de transferir mentes e almas para corpos diferentes a seu bel-prazer. Era também forte o bastante para forçar um indivíduo mentalmente perturbado a se curar? Temporária ou permanentemente, era a única maneira com a qual Scott conseguia explicar como os cinco indivíduos com problemas sérios e persistentes podiam estar diante dele parecendo capazes, prontos para lutar, como soldados.

Scott olhou para Maguire, mas viu que o homem estava concentrado no ursinho na mão de Logan. Uma expressão de desespero tão assombrada passou pelo seu rosto que Scott, por um momento, esqueceu por que estavam ali. A expressão o perturbou; parecia a lembrança de todos os momentos que pensou ter perdido Jean, e sofrera uma escalada de dor insuportável, lamentando a perda da única mulher que já havia amado.

Claro que Jean sempre conseguiu voltar dos mortos. Era um dom do destino que lhe servira bem com o passar dos anos.

– Onde conseguiu isso? – Maguire perguntou a Logan. Sua voz era baixa, educada. – Estiveram na minha casa?

– Sim – Logan respondeu, abraçando o ursinho contra o peito. – Engraçado ser sua casa. As únicas coisas lá que pareciam significar algo para você eram este ursinho e esta fotografia na sua mesa.

– Me entregue o urso – ele disse, baixinho.

– Este urso e eu nos tornamos bons amigos – Logan disse, ignorando o pedido de Maguire. – Muito bons amigos. Parece que costumava ser o verdadeiro amigo de outra pessoa. Mas eu diria que alguém era muito menor que eu. E também acho que aquela mulher na foto era sua mulher. E eu também acho que poderia adivinhar que algo muito ruim aconteceu com essas duas pessoas, algo que envolve a gente, que criou um elo do qual você simplesmente não consegue se livrar. Você não consegue largar. Estou chegando perto, Jonas? Algo aqui toca em suas lembranças?

Scott olhou para Logan. Todos o encararam, inclusive Maguire. Ele tinha a expressão de um homem destruído, mas mesmo quando sua garganta funcionou, seus punhos apertados contra as coxas, Scott viu seu rosto ficando tão rígido como nunca vira num homem antes. Maguire disse:

– Você acertou. Você... você e seu time tiveram uma briga com um... um mutante renegado. Um *idiota*. Minha mulher e meu filho estavam no seu caminho. Espectadores inocentes. Não consegui salvá-los. Eu tentei. Me esforcei para encontrar os corpos para absorvê-los, pois é isso que eu faço. Como embalar um presente, embalar minha mulher, ela inteira, tudo, sua alma... e fazer o mesmo com o meu bebê, segurá-los dentro de mim, armazená-los com muito cuidado até encontrar um lugar para viverem. – Ele sacudiu a cabeça. – Estavam à beira da morte quando os encontrei. Eu os coloquei dentro de mim, mas não havia tempo suficiente e eles... escaparam. Podia senti-los na minha cabeça, como areia, e não consegui salvá-los.

– Então veio atrás de nós? – Scott disse. – Para arruinar nossas vidas?

– Minha mulher ainda estaria aqui se não fosse por vocês e seus métodos. Todas as vezes que lutam com alguém, um inocente fica ferido. Seus poderes são simplesmente grandes demais, e a destruição que vocês causam... – Ele parou, ainda olhando para o ursinho. – Não, não vou discutir isso. Vocês são criminosos. No mínimo são culpados de massacre de humanos. Todas as vezes que um espectador morre quando vocês lutam com outro mutante, vocês são culpados por esse crime. Quero castigá-los. Quero que as pessoas vejam vocês, sempre, pelo que vocês são.

– Tudo que você fará é criar mais dificuldades entre mutantes e seres humanos – Kurt disse. – Certamente não vale a pena. Com certeza sua mulher não iria...

– Você não conheceu minha mulher – ele falou numa voz baixa, mortífera. – Não ouse dizer mais uma palavra sobre ela.

Scott examinou os corpos dos impostores. Nenhum deles havia se movido desde o início da conversa com Maguire. Estavam em pé, como estátuas, sem expressão.

– Você está fazendo isso com eles, não é? – disse para Maguire e apontou para os impostores. – Levou a mente dos cinco para dentro de você. É o único motivo pelos quais estão agindo com um pouco de sanidade. Você controla o quanto deles entra no seu corpo. Está deixando apenas as partes boas, os pedaços saudáveis.

Maguire segurou a respiração.

– Uma boa análise. Sim. Sim, é o que estou fazendo.

Jean sacudiu a cabeça.

– Vai se matar fazendo isso, ou enlouquecer. Não me importo o quanto seja talentoso ou forte, uma pessoa não consegue aguentar cinco indivíduos diferentes dentro da cabeça.

– Não precisarei fazer isso por muito tempo. Depois de hoje, deixarei a mente deles soltas. Se quiserem, posso devolvê-las para seu lugar de origem. Ou não.

Jean franziu a testa, olhando para seu corpo. Tocou a cabeça.

– Talvez você não tenha tanta escolha – ela disse, e Scott lhe lançou um olhar curioso. Havia algo nos seus olhos que pareciam uma promessa. Maguire não percebeu. Ele olhou para Logan novamente e esticou a mão.

– Me obrigue – Logan disse, e enfiou o urso na parte de trás da calça.

Maguire estreitou os olhos.

– Basta – Scott disse. – Não pode lutar contra nós todos, Maguire. Sua cabeça está cheia demais.

– Está certo – ele disse. – Isso já foi longe demais.

Ele estalou os dedos. Os X-Men impostores sacudiram-se, como se despertados, como se fossem marionetes.

– Bem – disse o Ciclope impostor, com desdém. – Não é surreal. Eu nunca soube como seria minha aparência na vida real, longe de um espelho.

Aquilo estava ficando complicado demais. Scott assumira que a transferência seria um simples cruzamento, que a mulher que ele habitava o habitaria, e que aquele Ciclope seria quieto, muito quieto.

Mas isso nunca seria crível. Nunca funcionaria.

Scott olhou para seus adversários e observou um deles olhando para os pés. Vampira. Não havia como se enganar com aquela evasão silenciosa, aquela timidez fóbica. Uma escolha interessante. Bem calculada. O poder de Vampira não exigia qualquer ação por parte dela para funcionar. Tudo que alguém perto dela precisava fazer era arrastar uma pessoa para ser tocada.

Wolverine estava com as garras à mostra, afiando-as umas nas outras como facas sendo amoladas. Olhou para Vampira, sua Jane Louca, e piscou.

– Meu corpo está tratando você bem, *gatinha*?

Vampira estalou os dedos. Logan disse:

– É melhor se concentrar em mim, rapaz. Sou o único com quem você precisa se preocupar.

– É mesmo. Esse é seu corpo? – Wolverine sorriu. – Eu gosto dele. Gosto do que posso fazer com as pessoas.

Scott observou o ódio terrível que tomou conta do rosto de Logan, e pensou em Jubileu naquela cama de enfermaria. Ah, sim. Alguém iria pagar por aquilo. Com tudo que tinha direito, e em muitos níveis diferentes.

Ciclope tocou seu visor e soltou uma rajada na cabeça de Scott. Ele nunca imaginou que alguém poderia ter uma mira tão ruim quando tudo que se precisava fazer era olhar para seu alvo, mas Jean estava certa. Errou o tiro de longe.

– Quando eu te pegar? – Ciclope disse. – Você vai morrer.

– Talvez – Scott respondeu. – Ou talvez você tenha uma surpresa.

••••

O problema de lutar com gente maluca, Logan pensou, *era que eles se comportavam como malucos*. Maluco, de maneiras imprevisíveis que mesmo assim podia seguir alguns padrões: pessoas malucas lutavam loucamente, isso significava lutar de forma imprevisível, e se você não pode prever seu oponente, é melhor ficar bem longe, porque uma hora ele vai te acertar.

A menos, claro, que você seja tão maluco quanto ele.

Ser um verdadeiro maluco: Logan estava bem qualificado, o que significava que tinha confiança de que a luta viraria a seu favor. Tinha que virar. Não havia maneira de deixar aquele desgraçado em pé depois de ter arrebentado uma amiga.

Wolverine agitou as garras, fazendo a pose de algum fanático aspirante das artes marciais: braços sobre a cabeça, uma perna no ar, preparando um chute. A garça, talvez. Logan achou que ele parecia um idiota.

Wolverine disse, com desprezo.

– Está com medo de vir até aqui?

– Claro – Logan retrucou. – Estou morrendo de medo.

– Que bom – ele disse, louco demais para entender o sarcasmo. – Vou arrancar suas tripas como as de um porco.

– Então venha – Logan disse, mandando um beijinho para o outro.

Wolverine rosnou e avançou. Da primeira vez, Logan se moveu rápido o bastante.

Da segunda vez, nem tanto.

....

Vampira viu as garras do impostor atingindo com tudo a lateral de Logan; esqueceu suas obrigações, a prioridade de cuidar de si mesma, e correu até ele. Ao seu redor havia uma miniatura do caos: Scott, desviando das rajadas violentas e sem mira do impostor, que também ameaçava acertar alguém do time. Ela viu Scott se aproximar o bastante para atingir a barriga de Ciclope com o ombro; os dois caíram no chão, se atracando.

Ela chegou rápido por trás de Wolverine, o impostor, a Jane Louca real, e agarrou sua cabeça e pescoço. Lembrou-se do hospital, quando tocou seu cabelo ralo, da sensação de matar alguém rachando seu crânio. Passou os últimos dias tentando muito não se lembrar, enterrar esse fato como fazia com a maioria das coisas indesejáveis em sua mente, mas tocar Wolverine trouxe aquilo de volta, porque ele se moveu com a mesma desinibição maluca, o mesmo ódio, e a lançou longe antes que ela pudesse agarrá-lo direito e derrubá-lo.

Wolverine virou-se para ela, as garras reluzindo. Logan correu atrás dele, seu rosto estava vermelho e o sangue escorria pelas suas costelas. Por um momento, fitou os olhos de Vampira e a mensagem estava clara: Afaste-se. Agora!

E ela o fez. Scott e Ciclope ainda brigavam no chão, enquanto Jean e sua impostora pareciam travadas num combate de olhares. Vampira não via Maguire em lugar nenhum.

Ela encontrou sua impostora em pé, num canto do telhado, uma figura solitária e magra que olhava para os pés. Vampira imaginou se algum dia parecera tão abatida; não era um bom visual para ela. Ficou em pé por um momento com alguma distância entre elas e disse:

– Hei.

Nada. Vampira sabia muito bem do que sua impostora era capaz; aquilo a assustava, ela tinha medo de si mesma, mas chegou ainda mais perto, e ainda assim não houve contato visual, nem movimentos, nem mesmo quando ela a empurrou com a ponta do sapato.

– Venha – ela murmurou para a impostora. – Benzinho, eu tenho coisas melhores a fazer do que isso.

Ainda assim, nada. Vampira suspeitou que ela poderia ser capaz de enfiar uma arma na cabeça daquela mulher e puxar o gatilho sem uma única reação ou tentativa de escapar. Balançando a cabeça, confusa, ela virou e espiou Kurt. Ele estava no meio do telhado, observando Noturno se teletransportar.

Com um último olhar para sua impostora, ela se virou e correu para ele.

– Oi – Kurt disse a ela. – Sem sorte com sua impostora?

– Ela não moverá um dedo contra mim – Vampira falou. – E você?

– Não vou deixar você me pegar! – gritou o impostor, enquanto continuava a aparecer aqui e ali no céu. Vampira abanou a mão na frente do rosto. O cheiro no ar era terrível.

– Se teletransportar desse jeito não deixa você enjoado? – ela perguntou para Kurt.

– *Ja*. – Kurt sorriu. – Só espere.

Ela esperou e, vários teletransportes depois, Noturno caiu do céu como uma rocha e aterrissou entre ela e Kurt. Ele vomitou. Vampira empurrou sua cauda com o sapato.

– Eu esperava um pouco mais – ela disse.

• • • •

Jean sentiu como se seu cérebro estivesse em chamas. Na verdade, com chamas lambendo a parte de dentro do seu crânio, dedinhos procurando o tecido suave para cravar raízes flamejantes.

A mulher diante dela disse:

– Eu amo isso.

Jean não disse nada; se abrisse a boca, seria para gritar, e ela se recusava a lhe dar esse prazer. A impostora já estava satisfeita demais com as capacidades que lhe foram dadas, e Jean sabia, com uma silenciosa certeza, que a outra brincava com ela. Não havia nada sutil sobre a maneira com a qual a mulher usava a telepatia. Se debatia como um grande morcego, mas ainda assim acabava com Jean, assim não havia como se sentir muito superior.

Por um momento, contudo, Jean sentiu algo frio passar por sua cabeça, um tipo diferente de fogo, e parecia familiar, como estar em casa, como todos aqueles pequenos toques que a acompanharam na sua longa jornada desde Seattle.

E em seguida, sua impostora fez um aceno com a mão e lançou Jean para fora do telhado. Jean imaginou ter ouvido Scott gritar seu nome, mas o vento era forte e rugia como um trem, como um carro de montanha-russa, e ela olhou para baixo, e a cidade estava se aproximando dela como se emergisse de um mar, e o fogo desaparecera da cabeça, mas sentia novamente aqueles dedos leves e, depois, algo mais profundo, algo que fazia a força do coração inflar e, em seguida, desinflar, desaparecer até um novo fogo beijar seu rosto, antigo como o universo e agarrar seus braços como asas, e ela gritou...

... e então estava no telhado novamente, e seu corpo foi engolido pelo fogo e sua mente sentia o toque do universo uivando nas profundezas da alma, aquela velha alma, aquelas vozes – seis bilhões –, erguendo-se numa sinfonia, e ela se lançou para fora do prédio, a Fênix mergulhando para a terra, e ela estendeu as mãos e pegou o corpo vazio de Jeff, agarrou-o apenas a poucos metros de atingir as multidões lá embaixo, e embalou-o nas chamas, voltando ao telhado, e começou a gritar por Maguire.

• • • •

Vampira viu Jean voar para fora do telhado. Correu até a beirada do prédio, tão rápido que quando tentou parar se viu deslizando até que seu pé bateu na mureta baixa. Lágrimas escorriam pelo seu rosto; ela caiu de joelhos para olhar por sobre o beiral do prédio e viu uma figura pequena lançando-se na direção do chão. Esqueceu-se de que não tinha poderes, pois o impulso de pular atrás da amiga era tão grande que quase o seguiu. Sentiu uma mão tocar suas costas; Kurt olhando para ela com um ponto de interrogação nos olhos. Ela se afundou no colo dele.

E em seguida, Vampira sentiu o calor e virou-se para ver asas de fogo estendendo-se brilhante ao redor da Jean impostora. A mulher lançou-se para fora do prédio, voando na direção do solo para agarrar aquele corpo pequeno antes que ele atingisse o chão, e Vampira observou, sem fôlego, quando voltaram ao telhado.

Kurt disse:

– Acha que é possível?

– Não sei – ela respondeu, mas a Fênix iluminou-se ao lado deles e deitou no chão o corpo de Jeff, Vampira olhou para o rosto da mulher e viu algo mais familiar que a simples carne: uma suavidade na boca que não alcançava os olhos, aqueles olhos radiantes e inflamados que mantinham um olhar que vê longe, familiar e forte, chamando por Maguire. Ela procurou e finalmente o viu: estava em pé, do outro lado do mini-jato.

Jean foi atrás dele. A Jean *deles*, de volta ao seu corpo. Vampira tinha certeza. Tocou a mão de Kurt e olhou para o outro lado do telhado. Ela não gostava do que via. Logan estava caído no chão, segurando a lateral enquanto tentava desviar dos golpes rápidos de garras brilhantes. Todo o braço esquerdo de Scott tinha marcas de queimadura. Ciclope jogou-o longe, e a distância entre eles era perigosa; o homem cambaleou para longe, sua mão no visor como se precisasse dele para ficar em pé.

Vampira correu para ajudá-lo. No meio do caminho, nuvens de fumaça cercaram-na e dois braços fortes agarraram sua cintura. Ela ouviu Kurt gritar e, em seguida, o mundo desapareceu...

... e reapareceu quatrocentos metros acima da cidade.

– Cansei dos joguinhos – Noturno disse.

Ele a soltou e desapareceu.

Ela despencou, gritando.

••••

Jonas Maguire tinha uma das mentes mais poderosas que Jean já havia encontrado. Não era, ela pensou, um telepata especialmente forte no sentido mais básico, mas as coisas que conseguia fazer, sua capacidade de reter imensas quantidades de informações, a fez cambalear. Ela espreitou a mente de Maguire e viu que Renny havia voltado, mas que estava lutando para se livrar das armadilhas que o prendiam. Renny provou o poder de Jean. Ele se lembrou, e queria mais.

– Devolva-os aos seus corpos – Jean disse, e era a voz dela novamente, seu corpo e, ah, que sensação boa voltar a uma carne familiar, aquela casca linda que era dela, e apenas dela. – Voltem!

– Não vou – Maguire disse, afastando-se dela.

– Então, vou forçá-lo – ela ameaçou, e atravessou seus escudos mentais, queimando-os um a um. Ela vislumbrou partes de sua vida: uma mulher estendida ao lado dele num gramado com um bebê dormindo entre eles e o sol, tão suave e morno em seus rostos graciosos e, novamente, a mulher, sua Maria, dançando na cozinha as doces canções de ninar enquanto o bebê sussurrava e, mais tarde, abraçando um ursinho, e mais tarde fazendo amor sobre uma colcha e, depois, deixando-os para um dia de compras enquanto ia para o hospital, sofrendo uma náusea terrível no almoço, o destino terrível, olhando pela janela do escritório para ver a fumaça subindo e, ah, ele tentou, mas não conseguiu pegar apenas qualquer corpo, não aquela mãe com seu filho, não aquele homem, não aquele, nem aquela, e Maria deslizava para a escuridão, e a escuridão cantando para seu filho e então ele desapareceu também, desapareceu daquela vida até Maguire se transformar em algo novo, algo mais sombrio, algo...

– Pare – ele grasnou, as lágrimas correndo pelo seu rosto. – Por favor.

– Arrume essa bagunça – ela disse, e ainda assim ele hesitou. Jean voltou para a mente dele e encontrou os tentáculos que levavam até Mindy, que estava dentro de Vampira, Vampira que estava dentro de Jane, e forçou sua mente a executar a tarefa e observou enquanto ele fazia a troca.

• • • •

Alguém agarrou Vampira antes que ela atingisse o chão. Tonta, com coração batendo forte, ela olhou dentro daqueles olhos verdes e se viu, aquele rosto tímido que lhe era tão familiar. Aliviada, ela abraçou a garota e esqueceu – ela, de todas as pessoas, esqueceu – e a pele resvalou na pele, e de repente soube o que era morrer com seu toque, aquele buraco negro feito de pele enquanto Vampira se alimentava de Vampira. Uma sensação de absorção, como se cada poro do seu corpo brotasse e murchasse. Imaginou o que a impostora devia estar sentindo – poder e lembrança, uma personalidade distinta dobrando-se sobre sua mente, tentando tomar o controle.

A impostora gritou, revirando os olhos, e de repente Vampira estava no ar novamente, em queda livre. Viu a si mesma, a mulher que ela fora, flutuando no ar com as mãos na cabeça, e toda sua boa vontade desapareceu quando ela pensou, *Eu espero ter te inundado.*

E em seguida, abruptamente, ela era aquela mulher. Era ela mesma naquele corpo que apenas segundos antes parecia tão distante. Vampira pairou no ar e a transição foi tão suave que, de início, ela não percebeu, não acreditou; apenas, que aquela sensação de flutuação era ela, ainda caindo, alucinando.

Mas ela olhou para baixo e viu Jane afastando-se dela, debatendo-se no ar. Vampira moveu-se por instinto, despencando como uma pedra, e era tão bonito ter um corpo que a obedecia quando queria desafiar a gravidade.

Ela pegou Jane, mas a mulher mal respirava. Vampira lembrou-se dela própria morrendo, presa na rede de sua pele. Não era uma boa lembrança. Ela voltou para o telhado.

....

Mindy agora esperava dentro do cérebro de Maguire, mas ela e Renny foram arrancados dos fios do confinamento, invadindo aquele lugar onde Maguire mantinha seu espaço sagrado, e Jean não conseguia impedir a corrente de seus espíritos, ou como eles o devastavam. Tentou ajudá-lo, mas...

... Logan foi o próximo.

....

Era sempre mentira quando as pessoas diziam estar preparadas para encontrar seu fim. Logan contara essa mentira uma ou duas vezes, e estava tentando dizer isso a si mesmo novamente. Estava sangrando muito. Não que aquilo fosse baixar seu moral ou algo do tipo.

Ele cambaleou até ficar em pé e conseguiu desviar de um golpe direto no estômago. Em vez disso, as garras enterraram-se em seus pulmões. Sentiu o gosto do sangue e olhou para seu próprio rosto, que exibia um sorriso afetado...

... e em seguida, se viu do outro lado das garras, e seu corpo sentindo-se bem e forte, e ah... ah, pobre criança, pobre garota... ele recolheu as garras e pegou Patty quando ela foi ao chão, morta. O ursinho preso nas suas costas pelo cinto parecia especialmente triste.

Jane não queria deixar o corpo de Wolverine. Lutava violentamente e nada que Jean fizesse conseguia detê-la. Ela queria sangue e foi atrás daquele ponto adocicado dentro da mente de Maguire, arrancando um pedaço. Jonas gritou.

Jean tentou não ouvir. Encontrou Kurt e...

... seu impostor estava aproveitando a brincadeira um pouco demais, soltando pessoas no meio do céu e partindo para partes desconhecidas. Kurt pensou que era especialmente cruel, e muito aterrador, estar em queda livre no céu, mas viu Vampira voando na direção dele e confiou nela para agarrá-lo...

... e ela conseguiu, mas Kurt observou a cena a distância e olhou para suas mãos, suas queridas mãos azuis com as unhas grossas e ah! Sua cauda. Ah, como era maravilhoso estar de volta.

Patty foi mais difícil. Não como Jane, mas ela gemia muito mais e, naquele momento, Maguire não erguia mais barreiras. Patty fluía como uma cobra do corpo de Noturno para os cantos da mente de Maguire, contorcendo-se sobre a barriga branca e redonda, mas Jean não tinha mais tempo para essas pessoas, pois Scott era o único que restava, e ela agiu com ele de um jeito especial, com um toque leve...

... um toque muito leve na mente dele, e ele soube que era Jean no momento em que ela invadiu seus pensamentos, pois embora ela tivesse voado para fora do telhado, a Fênix sempre surgia: sua Jean, sua amada esposa com seu lindo coração, e ela o tirou daquele local incendiado, dolorido... seu corpo emprestado estava queimado, a pele rachava, escurecia e descascava, seus pulmões cheios de fogo... e com um chute certeiro ela arrancou o estranho malévolo de seu corpo real.

Ela devolveu sua alma à carne, acomodou-o com doçura, e com um beijo e um toque estendeu um fio dourado, prendendo-o ao coração dele, prendendo-o ao coração dela.

E então ele abriu os olhos, e o mundo estava vermelho novamente, e Jean estava diante dele, radiante naquela vermelhidão, e ele se inclinou para abraçá-la.

21

ELES NÃO PARTICIPARAM da marcha pelos direitos dos mutantes. Jean usou a telecinesia para recolher os corpos. Com cuidado, rapidamente, pois Logan ouviu helicópteros chegando: repórteres ou a polícia, que provavelmente percebeu uma comoção no teto. Uma coisa linda ser capaz de ouvi-los se aproximar.

Ele pensou que era outra beleza ver seus impostores, aqueles homens e mulheres perdidos, flutuando pelo ar até o mini-jato. Belo porque Jean estava de volta com seus poderes intactos. E ainda assim, ele sentia uma estranha tristeza no coração quando olhou para a mulher dentro da qual vivera. Patty, morta. Sentiu pena até mesmo de Mindy, cujo coração parou assim que Scott deixou seu corpo.

O restante deles encarava o nada, sem piscar, sem se mover. Logan examinou seus rostos, tentando não se distrair pelos cheiros e sons que irrompiam ao redor, ou o peso familiar de seu esqueleto, prendendo-o à Terra. Esfregou os nós dos dedos e sentiu pontas boas bem embaixo da pele.

Os X-Men embarcaram no mini-jato. Maguire estava sentado no fundo, empertigado, olhos abertos, mas sem enxergar, preso apenas pela força da mente de Jean. Baba pingava do seu queixo. Scott lançou um olhar rápido para ele antes de ligar os motores.

– Bem – ele disse em voz baixa. – Pelo menos estamos em casa.

••••

Foi bom chegar em casa de novo. Pequenos confortos, como o luxo de um café quente pela manhã, um banho, banheiros de verdade. Camas, máquinas de lavar e secar, um armário cheio de roupas, não ter fome porque quarenta dólares precisavam durar para cinco pessoas numa viagem através dos Estados Unidos.

E ainda assim, Vampira não abriria mão dessas lembranças por nada.

Talvez de uma eu. Se eu pudesse, ao menos essa lembrança eu mudaria.

Um homem morto. Vampira pensou em ligar para o administrador de Belldonne e pedir o nome que ela queria tanto. Sabia o que Logan diria: que era uma mulher ávida por autopunições, melhor seria deixar isso para lá.

Ela estava na entrada da enfermaria e observava Logan sentado na beirada da cama de Jubileu. A garota ainda dormia.

Remy não. Estava deitado, muito quieto, na cama ao lado, apenas seus olhos se moviam, brilhando sob a luz. Parecia péssimo; o lado esquerdo de seu corpo era uma grande escoriação e seus lábios estavam rachados. Não disse nada a ela, simplesmente esperou. Vampira lembrou-se de como se sentira sem seus poderes – seu medo e insegurança –, como ficara desconfortável em tocar, mesmo quando podia.

Você precisa crescer, ela disse a si mesma. *Ou parar de reclamar sobre as mãos que recebeu. A única coisa que te impede de ser feliz é você mesma. Não tem nada a ver com sua pele.*

Não, nada tinha a ver com pele, mesmo. Vampira pegou no bolso a carta que Suzy lhe dera. Nove de espadas, sonhos e ilusão. Sua pele era a ilusão, sua desculpa. Corpo intocável, coração intocável: a receita perfeita para nunca se machucar.

Vampira caminhou até Remy. Viu como ele respirou fundo. Não disse nada, apenas estendeu a mão para ela. Vampira lutou contra seus instintos e não se retraiu quando os dedos dele envolveram seu pulso coberto. Ela se sentou ao lado dele e beijou o ar sobre sua cabeça.

– Estou feliz em ver seus olhos de novo – ele murmurou. – Senti falta deles.

– Só isso? – ela perguntou baixinho. – Eu estava aqui o tempo todo, meu bem. Tenho certeza que viu o bastante.

– Não – ele disse, e os dedos se apertaram. – Não foi do seu corpo que senti falta.

O calor espalhou-se pelo seu rosto. Ela esqueceu como falar.

Remy sorriu.

• • • •

Logan não prestou atenção nos pombinhos. Uma parte distante dele estava feliz por Vampira, que ela estava lá para tocar e ser tocada. *Já era hora*, ele pensou. No fim das contas, talvez a viagem dentro do corpo de outra pessoa tenha sido boa para ela.

Certamente não fez bem para Logan, nem para Jubileu. Ele olhava para o rosto da garota, machucado por ele, tentando não imaginar o que aconteceu, mas sabendo exatamente: cada soco, cada toque abastecido pelo ódio.

Quando finalmente ela começou a se mover, abrir os olhos, ele sentiu um momento de pânico.

Foi uma má ideia. O que você estava pensando, fazer com que fosse a primeira coisa que ela vê? Vai apavorar a menina.

Ele se levantou, mas antes que pudesse dar um passo, sentiu a mão pequena agarrando seus dedos. Jubileu ainda estava com os olhos fechados.

– Hei, Wolvie – ela sussurrou.

Logan engoliu seco.

– Hei. Como você está, gatinha?

– Nada mal – ela disse, e puxou a mão dele. Ele se sentou, acomodando-se desconfortavelmente na ponta da cama caso ela enlouquecesse e ele precisasse correr. Mas ela apenas sorriu e finalmente abriu os olhos.

– Desculpe – ele disse. Não pretendia se desculpar por nada, mas as palavras escaparam, roucas e trêmulas.

– Não foi você – ela disse. – Eu compreendo isso.

– Mas foi meu corpo. Eu pensei... pensei que você ficaria com medo de mim por isso.

– Cara – ela disse, aqueles olhos azuis destemidos ainda olhando para ele. – Você é doido.

Um curta risada engasgada escapou dele. Gentilmente, devagar, ele esticou o braço e bagunçou o cabelo dela.

– Sim, criança – ele sussurrou. – Acho que sou.

....

Eventualmente a equipe acabou se reunindo na enfermaria. Trouxeram cadeiras ou empoleiraram-se nas camas vazias. Era bom ficarem juntos. Em casa, novamente. Jean olhou ao redor, para todo os rostos, familiares como seu próprio, e por um momento sentiu falta daqueles corpos humanos, desgastados, com os quais atravessaram o país, e que agora estavam em coma, mantidos vivos por máquinas.

Por um tempo ninguém falou muito e, então, lentamente, com muitos detalhes e risadas ocasionais, contaram suas histórias – a fuga, a jornada – ou ali na Mansão, o desenrolar do mistério dos impostores.

– Então, foi assim – Jean disse, quando quase tudo mais havia sido dito e tudo que restava era como e por que sobreviveram. – Todas as vezes pensei que estava sentindo o Cérebro ou minha impostora, e na verdade era a Fênix.

– Eu ainda não entendi – Vampira confessou. Remy estava sentado atrás dela com o braço sobre seu ombro, suas mãos ocasionalmente brincando com os cabelos dela. Vampira estava com o rosto bastante corado.

– A força da Fênix existe separada das minhas capacidades mutantes, embora se alie a elas e as aumente. Quando fui tirada do meu corpo, a Fênix foi deixada para trás, mas ela... reconheceu a diferença. Sabia que eu tinha ido embora... eu, Jean Grey... e foi à minha caça. Acho que teria ficado, mas o corpo de Jeff não era compatível com o que ela queria. Quando ficou frente a frente com o *meu* corpo, a Fênix... ajeitou as coisas para se satisfazer.

– Quer dizer, ela fez a troca?

– Exatamente.

– Que ótimo – Logan disse. Jubileu sentou-se bem perto dele, sem sinal de inquietude no seu corpo esguio. Jean pensou que Logan parecia mais perturbado. Ela não o culpava; saber que seu corpo fora usado para machucar Remy... bem, poderia ter sido muito pior que isso. Ela ainda se sentia responsável.

– Eu liguei para o hospital – Scott disse, encostando o pé na grade da cama. – Maguire não evoluiu. Ainda está vegetando. O mesmo com nossos... hospedeiros.

– Enquanto Maguire viver, não vai haver mudança nenhuma – Jean disse. – Sua identidade foi engolida viva por aqueles cinco, e eles estão muito perdidos nele para voltar aos corpos. Estão presos lá, juntos, até o dia em que ele morrer. – Não que Patty ou Mindy tivessem alguma escolha nessa questão. Seus corpos haviam morrido no combate. E elas, se perderam para sempre.

– É um homem relativamente jovem – Kurt disse, sua voz tinha um grande pesar, e aquilo era algo em que Jean não queria pensar. O corpo de Maguire estava no tipo mais terrível de prisão, o espelho mais escuro para mentes sem nada mais a fazer além de refletir uma na outra o pior de sua loucura. Jean voltou à mente de Maguire mais uma vez antes de deixá-lo com os outros num hospital particular onde Xavier tinha contatos e influência para conseguirem tratamento de qualidade sem questionamentos.

Ela não queria entrar na mente dele novamente. Ao menos por um tempo.

– Temos nossa parcela de responsabilidade – Ororo disse em voz baixa, olhando por sobre o ombro de Logan para o ursinho em seu colo. – Matamos sua família.

– Matamos muito mais que isso – Scott disse. – Temos muito a prestar contas.

– Mesmo que tenha sido apenas um acidente? – Jubileu perguntou.

– Morto é morto – Vampira disse, olhando para as mãos. – Não importa se matou por acidente. Sempre há um preço a pagar.

– Talvez não pagamos o bastante – Kurt comentou.

Logan ergueu o ursinho, sua pelagem suja, gasta e doce.

– Estamos pagando – ele disse, baixinho. – Acho que continuaremos pagando por um bom tempo.

Um longo sino soou pela sala: o alarme. Scott correu até o monitor de parede e conectou-se ao computador principal.

– Problemas – ele disse. – A Irmandade, talvez. Relatos policiais estão chegando de Atlanta.

Todos se olharam, silenciosos e imóveis.

– Teremos cuidado desta vez – Jean disse, mas sua voz estremeceu, incerta.

– Sim – Logan falou, entregando o ursinho para Jubileu. Olhou para o rosto desfigurado da garota e disse: – Já sabemos o que pode acontecer.

EPÍLOGO

VÁRIAS SEMANAS DEPOIS, um envelope remetido por um escritório de advocacia de Dakota do Norte chegou para Scott Summers, Jean Grey, Logan, Vampira e Kurt Wagner. O envelope continha duas cartas e uma chave. A primeira carta era datada de dois dias após a chegada deles em casa, em Nova York.

– O que é isso? – Jean perguntou, olhando por sobre o ombro de Scott.

– É de James – Scott disse. – Finalmente se lembrando onde ouviu o nome. Está deixando sua casa e as terras aos cuidados da escola.

– Ah – ela suspirou. – Meu Deus.

A segunda carta, do advogado, dizia apenas um pouco mais.

Naquela tarde, os cinco voaram até Dakota do Norte para enterrar James. Abriram a cova com pás e enxadas, e deitaram-no para descansar ao lado da mulher. Não disseram nada, mas sentaram-se ao lado do túmulo por um tempo, assistindo ao sol cruzar o céu e a grama balançar ao vento. O arbusto de lilases, embora não tivesse flores, parecia especialmente belo.

Partiram assim que as estrelas apareceram. E o Cão seguiu com eles.